沈黙する女たち

麻 見 和 史

幻冬舎文庫

沈黙する女たち

目次

プロローグ

十一月にしては珍しく、今夜は強い風が吹いている。

男はパソコンに表示された時刻を確認した。午前二時十八分。ほとんどの人間はもう眠りに就いているころだろう。

——いや、そうでもないか。世の中には俺のような奴が大勢いるんだ。

そう考えながら男はマウスを操作し、キーボードを叩いた。

男は有料の会員制ウェブサイトを管理している。そのサイトでは「ノーマン」と名乗っていた。

今、パソコンの画面にはいくつかの画像が表示されている。ノーマンはそれらを拡大し、被写体を細部までチェックしていった。

ほっそりした腕と脚。長い黒髪。白い肌。被写体は若い女性だ。年齢はおそらく二十代後半だろう。彼女はうつろな目で宙を見つめている。表情に生気はなく、魂が抜けてしまったかのようだ。

それは死体の写真だった。

今の時代、日本ではなかなかお目にかかることができないだろう。これらは忌むべきもの、恐れるべきものとされている。だが口ではあれこれ言っても結局のところ、みなそれを見たがっているのだ。理性で説明できることではない。動物的な本能によって、人は死んだ者を見たがる。それは誰にも止められない欲求だった。

常識人を気取る連中は、眉をひそめるに違いない。だがそういう奴らに限って、裏では悪どいことをしているのだ。「人の悪口を言ってはいけない」などと子供に説教する奴が、酒を飲みながら同僚の陰口を叩いたりする。この世は欺瞞《ぎまん》だらけだ。

細部の確認を終えると、ノーマンはその画像を別のフォルダーに移動させた。そこには、ほかにも数多くの画像が保存されている。

戦場で血を流し、重なり合って倒れている兵士たち。

抗争の末、敵に射殺されたマフィアのメンバー。

何かの事件に巻き込まれ、首を掻き切られた女性。

焼け跡から発見された、黒焦げの死体。

まだまだある。

これらはノーマンの大事なコレクションであると同時に、「会員」たちの共有財産でもあった。今、会員数は五百名を超えていて、人数はまだまだ増えつつある。それだけの人間が、死者の写真を見たがっているのだ。

ノーマンは今日の新着画像を、ウェブサイトにアップロードし始めた。すぐに自分もログインし、サイトが正しく表示されているかどうか確認する。会費を受け取っている以上、ミスのないようサービスを徹底しなければならない。

黒い背景に、白い文字が浮かび上がる。

《死体美術館》

それがノーマンの運営するウェブサイトだ。トップページからいくつかのカテゴリーに飛ぶことができる。《事故》《火災》《薬物中毒》《自殺》《殺人事件》《戦争》といった分類のほか、《新着画像》というリンクボタンがある。そこをクリックすると、最新のアップロード画像を見ることができるのだ。

チェックが終わると、ノーマンは会員向けのメールを一斉送信した。

《今日の新着画像をアップしました。ごゆっくりお楽しみください。死体美術館・管理人ノーマン》

風の音を聞き、コーラを飲みながら反応を待った。

数分後、アクセスカウンターが急速に動き始めた。メールを見て、会員たちがウェブサイトの閲覧を始めたのだ。

目に見える反応は、カウンターの数字ぐらいだ。だがノーマンには、会員たちの喜ぶ様子が想像できた。

同じ趣味を持つ仲間たちが、今、身を乗り出すようにして画面を見つめているに違いない。画像をダウンロードして、プリントアウトする者もいるだろう。彼らにとって死体画像を見ることは、何よりも刺激的な趣味なのだ。

さて、とノーマンはつぶやいた。

これで今夜の仕事は終わりだ。寝るのは午前四時ごろと決めているから、それまでほかのアングラサイトを見て回ろう。

そう考えているとき、スピーカーからメールの着信音が聞こえた。問い合わせだろうか、と思いながらメールを開いてみる。

《こんばんは。会員のkunikida2014です。新しい写真が手に入ったので、いつものように買い取ってもらえないでしょうか。代金は今までと同様、後払いでけっこうです。画像を添付しましたので確認をお願いします》

マウスを操作して、ノーマンは添付画像をチェックしてみた。

首吊りをしたと思われる男性の写真だ。ノーマンは画像を拡大し、細部を調べていく。二分ほどのち、小さくため息をついた。

これは偽物だ。生きている人間が、首を吊ったようなふりをしているだけだ。首の角度がおかしいし、手足の筋肉に力が入っていることがよくわかる。こんなものに金を払うわけにはいかない。

ノーマンはキーボードを引き寄せ、返信を書き始めた。

《死体美術館・管理人ノーマンです。申し訳ありませんが、お送りいただいたものはフェイク画像だと思われるため、買い取りは困難です。また何かありましたら、そのときはよろしくお願いします》

このサイトではリアルな「死」を展示するよう心がけている。本物か偽物か判断できないものは、グレー判定であることを明記した上でアップロードすることもある。だが、明らかに偽物だとわかる写真は論外だ。

本物を載せることで、ノーマンは会員たちの信頼を得てきた。だから品質の悪いものを掲載するわけにはいかないのだ。なにしろここは有料サイトなのだから。

新聞やテレビでは決して取り上げられることのない写真。それを提供するのが自分の役目だとノーマンは考えている。ここは誰にも邪魔されることのない、愉悦の園なのだ。

窓の外で、風の音が強くなった。コーラを一口飲んでから、ノーマンは明日公開する予定の画像を確認し始めた。

第一章　死美人

1

息を殺して、椎名《しいな》達郎《たつろう》は部屋の中をゆっくりと見回した。

その建物は相当古いものだった。床の上には埃が積もり、あちこちにごみが散らばっている。割れた食器や新聞紙、プラスチック製のハンガーに殺虫剤の缶。今、誰かが生活している気配はまったくない。

壁に掛かっている大きな鏡に、自分の姿が映った。灰色のジャンパーに紺色のスラックス、ビジネスシューズ。目が細く、色白で、昔からタレントの誰それに似ていると言われることが多かった。だが自分では、痩せて貧弱なこの姿はあまり好きではない。

床にカレンダーが落ちていた。印刷されている日付は、今からおよそ四十年前のものだ。

そのころ住人はこの家を出て、どこかへ引っ越していったのだろう。

とにかく、ここは見事な廃屋だった。椎名に言わせれば「理想的な廃屋」だ。

いろいろなごみが散らかっていることは、まったく気にならない。いや、それらはむしろ、この空間を飾るための良い材料だと言える。

薄暗い屋内に、窓からわずかに日が射している。埃の舞う中、斜めに光の筋が出来ていて美しい。スポットライトのようなその筋は、床の絨毯《じゅうたん》の上に小さな日だまりを作っている。

一眼レフカメラを構えて、椎名は家の中を撮影し始めた。

どこへ出かけるにも、椎名はカメラを持参するようにしている。写真を撮れば、自分がそこへ行き、それを見たという証拠になる。ときにはその写真が大きな価値を持ち、高い値段で売れることもある。

高校に入り、写真部に入部してから椎名はそのことを知った。たまたま撮影した火事の写真を新聞社に送ったところ、記事に採用されたことがあったのだ。夜空をバックにして、ごうごうと炎が燃え上がるシーン。それは非日常を切り取った、迫力のある一枚だった。

半年ほどのち、同じ新聞の投稿写真コーナーに椎名の名前が載った。

《本年度　読者からの投稿写真　金賞　東京都江戸川区　椎名達郎》

そう記載され、椎名の撮影した写真が再掲されたのだ。

あれはとても誇らしい経験だった。そこからカメラ中心の生活が始まったと言ってもいい。カメラは椎名の第二の目だ。

不思議なもので、カメラを通してものを見ると落ち着くことができる。どれほど恐ろしく、危険で残酷なものだったとしても、レンズを通していれば、いくらでも凝視することができるのだ。

高校二年生のとき、道路で猫の死骸を見つけたことがあった。車に撥《は》ねられたその猫は、腹をぺちゃんこにされてアスファルトに張り付いていた。不思議と血はあまり出ていなかったが、辺りには内臓らしいものが散らばっていた。

その死骸を見て椎名は震え上がった。怖い、気味が悪い、吐き気がする。足早に立ち去ろうとしたのだが、そのとき自分がカメラを持っていることを思い出した。

今、目の前にあるのは「特別なもの」なのだ。

カメラマンにはふたつのタイプがいる。ひとつは当たり前のものを当たり前ではない視点で、面白く切り取るタイプ。もうひとつは、ひたすら特別なものを追いかけるタイプだ。火事の現場写真を撮影してから、椎名は特別なものを追いかけるようになっていた。

だから椎名は猫の死骸を撮影した。それは自分の内的な欲求に、素直に従った結果だった。

そのときの椎名は、思いのほか落ち着いていた。レンズ越しであれば、猫の死骸をいくら見ていても気分は悪くならなかった。これには自分でも驚いた。

自分はカメラマンという職業に向いているのではないか、と椎名は思った。カメラさえ持っていれば、普通の人間が震え上がってしまうようなものも撮影できる。危険な場所にも入っていける。これは自分の強みだろう。

そういう経緯があって、将来はカメラマンになるというのが高校時代の夢だった。

ただ、椎名はプロになるための具体的な行動をとらなかった。大学時代に一度コンクールで入賞したが、卒業して就職すると、会社の仕事に忙殺されてしまった。そのうち、夢というのは手が届かないからこそ夢なのだ、などと自分を納得させるようになった。

それでも、すべてをあきらめたわけではない。椎名は今でもカメラを持ち歩き、仕事先で写真を撮ることがある。三十歳になった現在も、いずれ衝撃的な写真が撮れるのではないかと、期待を抱いていたのだった。

椎名は土足のまま廃屋の中を歩き回った。フラッシュを焚き、四十年前に遺棄された家を調べていく。

知る人ぞ知る、という話だが、世の中には廃墟や廃屋のファンがいる。写真家の中には廃墟を専門に撮影し、写真集を出している人がいた。椎名にとっても、廃墟・廃屋は特別なものと感じられたから、撮影にも熱がこもるというものだった。

　椎名は台所に入っていった。茶簞笥《ちゃだんす》には皿や茶碗が当時のまま残っている。おそらくここに住んでいたのは、夫婦ふたりだけだったのだろう。箸も、黒いものと赤いものがあった。

　床の上に雑誌が何冊か落ちている。表紙には古い髪型のアイドルたちがいて、作り笑顔をこちらに向けていた。このアイドルたちは今、どこで何をしているのだろう、と椎名は考えた。

　ぎぎ、と床板が鳴った。椎名は慌てて体勢を立て直した。

　腐ってはいないだろうが、一部の建材はだいぶ弱っているようだ。こんなところで怪我をしてはたまらない。注意深く隣の部屋へ移動した。

　そこは居間だった。カーテンが引かれていて、台所よりもずっと暗い。足を止めて、目を凝らしてみた。

　部屋の隅に何かがある。いや、あれは人ではないのか？　書棚のそばに何者かが座り込んでいるようだった。

「誰だ？」

　椎名はこの家に入ってから初めて声を出した。緊張のせいで、その声はかすれていた。

　じっと様子をうかがってみたが反応はない。

「ここで何をしている？」椎名はもう一度声をかけた。

だが、やはり反応はなかった。

その人物は体育座りのような恰好《かっこう》で座り込んでいた。椎名にじっと見られているのに、動こうとする気配がない。

そのまま十秒ほどが過ぎた。

実際のところ、椎名はひどく動揺していた。四十年前に遺棄されたと思われる廃屋で、いきなり人に出会ってしまったのだ。自分もそうだが、相手も不法侵入者であるに違いない。雨風をしのぐため、ひそかに忍び込んだホームレスだろうか。突然椎名が現れたので、怖くなって返事もできずにいるのか。

まずいな、と椎名は思った。こんなふうにじっとしていても埒《らち》が明かない。奴を追い払うにせよ、自分が追い払われるにせよ、早くこの膠着状態から抜け出したかった。そのためには行動しなければならない。

椎名は静かに右手へと移動していった。そうしながら相手の様子をうかがった。その人物はこちらを見ているのかいないのか、身じろぎひとつしない。

窓際に達すると、椎名は深呼吸をしてから一気にカーテンを開けた。

秋の午後の、白っぽい陽光が室内に射し込んだ。間髪を容れず、書棚に近づいていった。

しかし、あと二メートルというところで椎名は足を止めた。距離を保ったまま、その人物の様子をうかがう。

埃だらけの床の上に、女性が座っていた。膝を抱える形で、左半身を書棚にもたせかけている。年齢は二十代後半だろうか。髪は長めで茶色に染められていた。サロンで施すような赤いネイルをしていて、お洒落《しゃれ》な人物だと言えた。

だがお洒落に気をつかっていたであろうその女性は今、全裸だった。彼女はじっと目を閉じたまま、沈黙している。

「おい、どうしたんだ？」

椎名は驚きを抑えながら彼女に尋ねかけた。だが、相手には何も聞こえていないようだ。

ヤモリだろうか、小さな生き物が、彼女の顔の上でちょろちょろと動いた。額から髪の毛へとその生き物は這《は》い回ったが、女性はまったく動かない。

もしかして、と椎名は思った。彼女は死んでいるのか？

その女性に近づき、椎名は右手を伸ばした。手袋を嵌《は》めているから、こちらの指紋が付く心配はない。そっと彼女の喉に触れてみた。

脈がない。

彼女の体はマネキン人形か何かのように固かった。座り込んだ姿勢のまま、凍りついてしまったというのか。いや、そうではないだろう。今はまだ十一月だ。裸でいたからといって凍りつくことはないはずだ。ではこの状態は何なのか。

死後硬直、という言葉が頭に浮かんだ。彼女は死亡し、この姿勢のまま固まってしまったのではないだろうか。死後どれぐらいの時間で硬直するかはわからない。だが半日やそこらでは、これほど固くならないような気がする。一日ぐらいたっているのかもしれない。

とにかく、彼女はしばらく前に死亡して、ここに遺棄されたのだ。

椎名の体は小刻みに震えていた。黒い霧のような恐怖が膨らんでいく。

なぜ彼女はここで死んでいるのか。殺害されて運ばれたのだろうか。もしかしたらこれは、あいつの仕業なのではないか。そうだとしたら、あいつは自分に何をさせようとしているのだろう。

——知り合いの死体を見せて、俺を驚かせようというのか？

そう、目の前で死んでいるこの女性は、椎名が知っている人物だった。最後に見たときには、彼女はコーヒーを飲み、髪をいじりながら思い出話をしていた。その女性が今、こんな汚れた廃屋の中で死んでいる。しかも全裸になって。

相手の正体がわかるまでは、未知のものへの怖さがあった。だが、自分の知っている女性だとわかると、恐怖はより具体的なものになった。今、目の前に死体がある。若くて健康的な――矛盾しているようだが、とても健康的に見える死体だ。以前は柔らかかったであろう頬や耳、胸、ふともも。美しい、と椎名は思った。

　無意識のうちに椎名はカメラを構えていた。ファインダーを覗いた瞬間、自分の中で何かが切り替わる感覚があった。体の震えは止まった。

　直接目にすれば、神経が削られるような気分になるだろう。罪悪感や恐怖で身が縮むような思いをすることも間違いない。だがカメラのレンズを通すことで、それらの感情が薄められたように思えた。

　レンズを通して見ることで、彼女は不気味な死体ではなく、撮影すべき被写体に変わったのだ。そこに特別なものがあるのなら、シャッターを切らなくてはならない。そうでなければ、何のためにカメラを持っているのか、ということになる。

　報道関係者ならスクープを手に入れるために、写真家なら芸術作品をものにするために、ファインダーを覗くのだろう。カメラを構えていると人は大胆になれる。いや、いろいろな感情にフィルターをかけた結果、感覚が麻痺してしまうのかもしれない。

　落ち着いた心理状態で、椎名は撮影を続けた。

　近づき、離れ、角度を変えて彼女を撮影した。先ほどは動揺していて気が回らなかったが、ファインダーを覗きながら死体の状態を確認することができた。

女性の腹部には刺し傷があった。しかし彼女が座っている場所に、ほとんど血痕はない。ということは、どこか別の場所で殺害され、ここに運ばれたのだろう。

しゃがみ込んで傷口のアップを撮ろうとしたとき、突然、ポケットの中で携帯電話が振動し始めた。

カメラを右手に持ったまま携帯を取り出す。液晶画面にはこう表示されていた。

《会社　赤崎《あかさき》主任》

先輩から電話がかかってきたのだった。


椎名は携帯の時刻表示を確認した。

十一月十日、午後三時二十七分。今、椎名は外回りの仕事をしていることになっている。車の運転中だったり、顧客と商談中だったりすれば、電話に出られないことはよくある。だから赤崎からの電話は無視することにした。

二十秒ほどで携帯の振動は止まった。留守番電話機能が働き始め、やがてそれも終わった。

あらためて椎名はカメラを構えようとした。その矢先、また電話がかかってきた。

思わず椎名は舌打ちをした。赤崎の顔が頭に浮かんでくる。最初は面倒見のいい先輩だと思っていたが、じつは無神経でしつこい性格の男だと、最近わかってきた。

あとでねちねち責められるのは嫌だから、椎名は携帯電話の通話ボタンを押した。

「はい、椎名です」

「忙しいところ悪いな。今いいか？」

明るい調子で赤崎は訊《き》いてくる。「今いいか」と訊かれて「取り込み中だからあとで」などと返事をしたら、次に会ったとき絶対に嫌味を言われるだろう。

「ええ、短い時間でしたら……」

と椎名は答えた。本当は、死体を前にしてそんな余裕のある状況ではないのだが、相手が赤崎では仕方がない。

「おまえの客で藤吉《ふじよし》さんっているだろ。課長があそこの工事見積もりを確認したいって言うんだけど、サーバーのどこに保存してある？」

「それでしたら、『作業中』フォルダーの『十一月案件』を見ていただいて……」

「十一月案件か。……ああ、見つかった。この中のどれだ？」

「頭にFYと付いているファイルです。FUJIYOSHIさんだからFYです」

「なんだおまえ、わかりやすく日本語にしておけよ」

「……すみません」

一分ほどで見積もりの説明を終えた。赤崎は目的を果たして、ほっとしたようだ。じゃあな、と言って彼は電話を切った。

椎名は携帯電話をポケットに戻した。まったく、こんな場所で仕事の話をしなくてはならないとは——。

ひとつ息をつくと、椎名は目の前の死体に意識を集中させた。

あまり時間はかけられない。傷口などをアップで撮影したあと、死体から離れて居間の中を撮影していった。

その途中、床の上にボールペンが落ちているのを見つけた。手袋をつけた手でそれを拾い上げる。

三本百円というような安いものではない。手にしっくり馴染む、金属製ボディーのボールペンだ。創立三十周年の記念にと社長が配付してくれたもので、《糸山《いとやま》工務店》という社名が記されている。さらにボディーをよく見ると、先端近くに目立つ傷が付いていた。

椎名は目を見張った。これは、自分が会社で使っていたものではないか！

四、五日前に見当たらなくなり、どこかで落としてしまったのかと思っていた。あるいは自分が仕事で外出しているとき、会社の誰かが持っていってしまったのか、と。ボールペン一本で大騒ぎをすることもないと思い、同僚たちには黙っていた。

だが、そのボールペンが死体のそばに落ちていたのだ。

――誰かが俺を嵌めようとしているのか？

いずれ警察がこの女性を見つけ、廃屋を調べることになるはずだ。そのとき椎名のボールペンが見つかったら、いったいどうなるか。

この女性を殺したのは椎名だと思われるだろう。自分が犯人扱いされるのだ。逮捕され、厳しい取調べを受けることになるかもしれない。

冗談ではない、と思った。

念のため、屋内の床をもう一度詳しく調べて回った。どうやら、ほかに椎名を陥れるような証拠品はないようだ。

急いで廊下に出る。今までじっくり写真を撮っていたことを後悔した。早く脱出しないと、誰かがやってくるかもしれない。

軋《きし》む床板を踏み締めて、椎名は玄関に向かった。


人影がないことを確認してから、廃屋の外に出た。

寒い、というほどではなかった。だが十一月の午後、郊外の山林は気温が低い。椎名は錆び付いた門を抜け、林道を歩きだした。

この辺りは雑木林で、道は舗装されていない。雨のときなどはかなり歩きにくくなるのではないだろうか。

道を急ぎながら、椎名はさまざまなことを考えた。

あの家で、自分はどう行動すべきだったのか。慌てて出てきてしまったが、あとあと警察に疑われることはないだろうか。あのまま現場に留まって、すべての事実を伝えたほうがよかったのではないか。

いや、そんなことをしても無駄だろう。椎名は死体の写真を撮影してしまっている。まともな人間がそんなことをするはずはない。なぜ死体を撮影したのか、まずそのことを椎名は説明しなければならなくなる。こちらを疑ってくるであろう警察官に、写真撮影の動機を理解させることは難しいのではないか。

いっそ、撮影した画像をすべて削除してしまおうか？

待て。そんなことをしたら、あいつが何を言ってくるかわからない。それに、そもそも警察の人間が椎名の話を信用してくれるとは限らなかった。彼らはどうしようもなく愚鈍なのだ。

脳裏に嫌な記憶が甦ってきた。

左右から椎名を挟んで、歩くようにと促す警察官たち。こちらが何を言っても、彼らは聞く耳を持たなかった。ふたりの警察官によって椎名はパトカーに乗せられ、警察署に連れていかれた。そして長時間にわたり、屈辱的な扱いを受けたのだ。

椎名は強盗傷害の疑いをかけられていた。任意の事情聴取ということだったが、あれはほとんど取調べと変わらなかったのではないか。警察官たちに恫喝《どうかつ》され、侮辱され、椎名は恐怖と憤りを感じた。

結局、疑いは晴れて椎名は解放された。だが、それまでの長かったこと！　このまま罪をかぶせられ、人生をめちゃくちゃにされるのではないかと椎名は思った。冗談ではない。もう二度とあんな目に遭うのは御免だ。

椎名はショルダーバッグを肩に掛け直すと、先を急いだ。あちこちで枝分かれした道を十五分ほど歩いたころだろうか、前方に空き地が見えてきた。キャンプをするのにちょうどよさそうな場所だ。

そこにはシルバーのワンボックスカーが停めてある。椎名は半ば小走りになって、その車に近づいた。開錠して素早く運転席に乗り込む。ボディーに社名は書かれていないが、これは糸山工務店の営業車だ。座席は運転席と助手席のふたつしか用意されていない。後部は荷物を載せるスペースになっていて、板などの木材や、壁に貼るクロスを丸めたもの、エアコンの室外機が入りそうな大きさの資材収納ケースや、工具、台車などが積んである。

エンジンをかけると、椎名はすぐに車をスタートさせた。路面の状態の悪い道を、町のほうへと進んでいく。

運転する間、椎名はときどきルームミラーに目をやった。うしろから追跡してくる車は見えない。とりあえず最悪の事態は避けられたようだった。

林道が終わってようやく舗装道路に出ると、椎名は息をついた。車を走らせつつポケットから煙草の箱を取り出し、ライターで火を点ける。会社でもレストランでも最近は禁煙禁煙とうるさいが、この車だけはゆっくりできる場所だ。誰に遠慮することもなく、煙草を吸うことができる。だから椎名は、デスクワークより外回りのほうが好きだった。

車に乗ってから三十分ほどのち、市街地に戻ることができた。

ホームセンターを見つけて駐車場に入っていく。ここなら、しばらく停車していても目立つことはない。

椎名は助手席に置いていたショルダーバッグから、ノートパソコンを取り出した。インターネットに接続し、あるサイトを閲覧する。タイトルが表示された。

《死体美術館》

ここは会員用の有料サイトになっている。椎名はパスワードを入力してログインした。

いかにもという雰囲気の、黒い画面が現れる。会員用のページには、さまざまなカテゴリーが表示されていた。

《事故》《火災》《薬物中毒》《自殺》《殺人事件》《戦争》

これらの分類のほか、特殊な嗜好を持つユーザーへのサービスなどもある。

基本的には、海外の紛争地帯や犯罪多発地域で撮影された写真が多いが、中には日本国内で撮影したと思われるものも掲載されていた。

会員用ページの右上に《投稿される方へ》というリンクボタンがあった。このサイトでは死体写真を買い取ってくれるのだ。椎名は取引をしたことがないから、どれぐらいの価格になるかはわからない。

しばらくその画面を見つめたあと、椎名はもう一本煙草を吸った。心を落ち着ける必要があった。

二分後、煙草を消して、椎名はデジタルカメラを手に取った。データ記録メディアを取り出し、先ほど撮影した写真をノートパソコンにコピーする。

一度画像を開いて、きちんと写っていることを確認した。そのあと、それらの画像を添付して、あるメールアドレスへ送信した。

――あいつはこのサイトに写真を売るつもりなんだろうか。

はっきりしたことはわからない。ただ、このアドレスに画像データを送るよう指示されているのだ。

椎名が送ったメールのタイトル。それは《死美人》だった。

2

糸山工務店は住宅の補修、増改築などを手がける会社だ。

従業員は社長を除いて十六名、そのうち営業車を使用する社員が九名いた。椎名はそのひとりとして日々車を運転している。

先ほどから信号待ちが多く、椎名は苛立っていた。

武蔵村山市の廃屋で女性の死体を発見したのが、午後三時二十分ごろだった。今日、椎名は仕事の合間を縫ってあの場所に行ったのだ。そのまま仕事を放棄できる状態ではなく、次の客先に向かわなければならなかった。あらかじめわかっていたことだが、かなり厳しいスケジュールだ。

約束から五分ほど遅れて、椎名は東大和市にある住宅街に到着した。この辺りにはアパートやマンションのほか、戸建ての家も多い。椎名たち工務店の社員にとって、こうした民家は一番の得意先だ。

《支倉《はせくら》》と書かれた表札を見ながら、椎名はチャイムを鳴らした。

はい、と不機嫌そうな声が聞こえた。

「お世話になっております。糸山工務店の椎名です」

ややあって玄関のドアが開き、白髪頭の男が姿を見せた。先ほどの声と同様、顔も不機嫌そうだ。

「椎名さんさ、今何時だと思ってる？」

あ、と言って椎名は腕時計を見た。それから頭を下げた。

「申し訳ありません、少し遅れました。道が混んでいたもので……」

「そういうのを計算した上で、早めに出なくちゃ駄目だろう？」

「すみません、今後は気をつけます」

黙ったまま支倉は踵《きびす》を返した。椎名は工具箱を持って、彼のあとを追った。

椎名は営業担当で、新規顧客の開拓を行っている。住宅街で飛び込み営業をしたり、客先を回って改築の注文を受けたりする。営業職ではあるが、簡単な内容であれば自分ひとりで補修をすることもある。

会社に入ったのは今から一年ほど前のことだった。二年前まで別の建築会社に勤務していたのだが、事情があって退職し、不安定なアルバイト生活になってしまった。その後、再就職先を探すのに苦労していたとき、糸山工務店で採用してもらえたという経緯がある。正社員という立場になれたのはありがたい、と椎名は常々思っていた。

「この壁だけどさ、半年前のリフォームで手抜きをしたんじゃないの？」

居間の隅を指差して、支倉が言った。椎名は腰を屈めて、壁の様子を確認する。

「どこでしょう？」

「ここだよ、ここ。押すと凹むだろう？　こんなんじゃ納得できないって」

椎名はその部分を指先で調べてみた。気になるといえば気になるが、一般的には許容範囲と考えられる仕上がりだ。

「工事が終わったときに、一度ご確認いただいたと思うんですが……」

「だからさ、工事してくれた人には言ったんだよ。それなのにほったらかしだから困ってるわけ。なんべん同じ話をさせるんだよ、おたくの会社は」

支倉はかっとなりやすいタイプの人間だ。椎名は逆鱗《げきりん》に触れないよう細心の注意を払いながら、交渉を続けた。再度工事をすると、この案件は赤字になってしまう。だから、次回その部分を簡単な方法で補修することにした。

「私がやれば短時間で済みますから、それでいかがでしょうか」

「本来なら、やり直してほしいところだよ」

「ええ、ですが再工事となると費用も時間もかかりますし……」

「うちはちゃんと金を払っただろう？　なんで譲歩しなくちゃいけないんだ？」

「責任持ってやらせていただきますので」

「まったく、もっとちゃんとした会社に頼めばよかったよ」

支倉はぶつぶつ言っている。椎名は内心のいらいらを抑えるのに苦労した。ひとつ深呼吸をしてから、作り笑いを浮かべた。

「お見積もりはファクスでよろしいですよね？」

「仕方ないな……。安くしといてよ。うちは譲歩してるんだからさ」

「日程についてはのちほど、お電話で確認させてください」

椎名は深く頭を下げる。支倉は玄関先まで送ってくれたが、最後に一言、こう言った。

「あんた煙草吸うでしょう。体によくないよ。体も痩せてるしさ」

「これはどうも」椎名は頭を掻いてみせた。

玄関から外に出ると、急ぎ足で営業車に戻った。運転席に乗り込み、支倉の家を睨《にら》んで舌打ちをする。それから椎名は、ゆっくり時間をかけて煙草を一本吸った。

その後、三カ所の客先を回って、椎名はふたつの契約を受注した。台所のリフォームが一件、トイレのリフォームが一件という内容で、売上としてはまあまあだ。本当はもう一件、外壁の工事を取りたかったのだが、残念ながら先方の都合で延期になった。これが決まっていれば今月の目標は達成というところだったから、椎名は少し落胆した。

午後九時半ごろ、椎名は三鷹に戻ってきた。

ＪＲの駅から少し離れた住宅街の一画に、糸山工務店はある。建築を生業とする会社なのだが、自社の建物は質素なものだ。飾り気のない二階建ての事務所がひとつ、それに隣接して倉庫がひとつ、作業場がひとつある。だがこの作業場は今、ほとんど使われていない。

椎名は会社の駐車場へ車を乗り入れ、エンジンを切った。パソコンの入ったバッグを肩に掛けて、ドアをロックする。後部に回ってバックドアの施錠を確認したあと、青白い街灯の下を歩きだした。

正面玄関から会社の建物に入った。

午後九時半を回っている今、事務所に残っている者は五、六名だ。その中に主任の赤崎がいることを知って、椎名は小さくため息をついた。疲れて帰ってきたというのに、またあの人の話し相手をしなければならないかと思うと、気が滅入った。

「なんだ椎名、戻ってきたのか」

赤崎はパソコンの画面から顔を上げて、椎名を見た。両目が吊り上がった、狐のような顔をした男だ。

「お疲れさまです」

と言って、椎名は自分の席に腰を下ろした。

面倒なことに、椎名の席は赤崎の隣だ。赤崎は椎名よりふたつ年上の三十二歳。年齢が近いということで、上司はふたりの席を並べたのだろう。気を利かせてくれたと見ることもできるが、実際のところ、迷惑な話だった。赤崎とは業務のやり方も違うし、生活の仕方も違う。もちろん性格も異なっている。

「昼間の藤吉さんの件だけどな、あれ粗利率低くないか？」

椎名が腰掛けるのを横目で見ながら、赤崎が言った。椎名はバッグの中を確認するふりをして、赤崎とは目を合わせないようにした。

「そうですか？　きちんと計算してますけど」

「どこか間違えてるんじゃないの？　そうでなければ、わざとか？」

「え？」

妙なけちを付けられ、椎名は顔を上げざるを得なかった。赤崎は自分のパソコンの画面を指差している。

「俺、計算し直したんだけどさ、ここ、どうなってんだよ」

できれば赤崎には近づきたくないのだが、こうなっては仕方がない。椎名は彼のほうに椅子を動かし、一緒にパソコンの画面を見つめた。

十分ほど話をして、結局それは赤崎の勘違いだということがわかった。彼は悪びれた様子もなく、にやにやしながら言った。

「もしかして、おまえが使い込みでもしてるんじゃないかと思ってさ」

「そんなことするわけないでしょう」

「いや、真面目そうな顔してる奴に限って、裏があったりするんだよ。俺はそういうのを心配してるわけ。会社の先輩として、定期的にチェックを入れておかないとな」

椎名は黙って椅子を動かし、自分の席に戻った。パソコンの電源を入れ、ＯＳが起動する画面を見ていた。

「ほんと困っちゃうよな。俺も忙しいのにさ」

赤崎は独り言を口にした。いや、独り言のように思わせて、じつは椎名に聞かせているのだろう。勝手に他人を疑っておいて詫びの一言もないのかと、椎名は不満を抱いた。

椎名はどちらかというと内向的な人間で、ひとり静かに仕事をすることを好んでいる。それに対して赤崎は社交的というか、物怖じしない性格というか、とにかく思ったことをすべて口に出してしまう人間だった。他人のすることに首を突っ込みたがり、自分の非は認めようとしない。椎名から見て、性格判定は十点満点中、三点だ。つきあいたくない部類の人間だった。

――ひょっとして、この人が俺を嵌めようとしているのか？

可能性はあった。赤崎はすぐそばに座っているのだから、普段から椎名を観察することができる。椎名の留守中、引き出しを開けてボールペンを盗むことなど簡単だろう。

しばらく考えを巡らしたあと、椎名は仕事に取りかかった。今日の作業記録をまとめて、パソコンに入力していく。

事務所の中に残っているのは二十代、三十代の社員ばかりだった。課長や部長といった役職者はいつもたいてい先に帰る。

外出の多い仕事だから、本当は現場から自宅に直帰してしまってもよかった。今日もおそらく、三割ぐらいの社員がそうしているだろう。だが椎名がそうしなかったことには理由がある。自宅が会社のすぐそばにあるからだ。

ふと見ると、赤崎は若松《わかまつ》という社員と雑談していた。若松はたしか今二十六歳だが、髪にあちこち白いものが交じっている。同僚たちからは「若」とか「若旦那」とかいうあだ名で呼ばれていた。

「若、下請けのシモダ壁材ってあるだろ。あそこ経営が危ないんだってな」

赤崎がそう言うと、若松はオーバーに驚いたような仕草をした。

「えっ、ほんとですか？　やばいな。俺、仕事を発注しようと思ってたのに」

「探せば、別の会社はすぐ見つかるだろうけど、価格の交渉が難しいよな」赤崎は腕組みをした。「シモダと同じぐらいの値段で引き受けてくれればいいんだけどさ」

渋い表情になって、若松は唸った。

「よその会社のことはともかく、うちは大丈夫なんですかね。今度、ボーナスがカットされるんじゃないかって聞いたんですけど」

「まじか。それ、どの筋から？」

「総務の小野《おの》さんから聞いたんです。ここだけの話だけど、って言われて」

「ここだけの話がどこまで広がってるんだよ」と赤崎。

若松は白髪交じりの頭を掻いて笑ったが、じきに真顔になった。

「でも赤崎さん、いずれうちの会社で、残業代もカットされるんじゃないかって話もありましたよね」

「冗談じゃないよ」赤崎は眉をひそめた。「そんなことをするんなら、こっちにも考えってものがある」

「そうは言っても、うちには労働組合もないし……。どうするんですか」

「とにかく社員が一致団結して交渉するんだよ」

「通用しますかね、そういうの」

若松は首をひねっている。

この男も怪しいな、と椎名は思った。赤崎ほど意地が悪そうな印象はないが、若松も抜け目のない奴だ。社の内外で情報収集しているようだし、金銭欲が強いという噂もある。誰かから報酬を得るために、椎名を陥れたとしてもおかしくはない。

「椎名はどうなんだ」急に赤崎がこちらを向いた。「おまえも今の仕事にはいろいろ不満があるんだろ?」

「いや、俺は別に……」

そう答えて、椎名はパソコンへの入力作業を続けた。ちっ、と舌打ちする音が聞こえた。

「おまえ、この会社に入ったときからずっとそうだよな。ひとりだけ、自分は関係ないって顔をして」

「そんなことはないですけど……。ただ、文句ばかり言っていて、会社がなくなってしまったら困りますから」

「おまえ、一生こき使われるぞ」

椎名はパソコンの画面に目を戻した。嫌なら今すぐ辞めればいいのに、と言いたかったが、さすがにそれは我慢した。仮にも赤崎は椎名の先輩であり、主任なのだ。

赤崎は缶コーヒーを一口飲んでから、仕事の続きに戻ったようだ。三十分ほどでその作業を片づけ、彼は雑誌を読み始めた。

「この前聞いたんだけどさ」思い出した、という調子で赤崎が言った。「椎名はカメラマンを目指してたんだって？」

椎名はキーボードを打つ手を止める。

「誰から聞いたんです？」

「大貫《おおぬき》課長からだよ。なんだ？　隠しておきたいことだったか？」

椎名は大貫の顔を思い浮かべた。髪を七三に分けて固めた、物静かな人物だ。生真面目な教員か役人のように見えるが、じつは酒好きで、飲むと説教癖が出ることが多い。

「いえ、そうじゃないんですけど」椎名は咳払いをした。「たいした話じゃないんですよ。学生時代、コンクールで入賞しただけです」

「コンクールで入賞してもプロにはなれないのか？」

「それは無理です。誰か有名なカメラマンのスタジオに入るとか、大きな写真の賞をとるとかして実績を積まないと……。そもそも写真で食べていけるなんて、ごくわずかな恵まれた人間だけなんです」

赤崎は驚いたような顔をしてこちらを見ている。

「どうかしましたか？」

椎名が尋ねると、赤崎は口元を緩めて言った。

「おまえがそんなふうに話すのは初めてだな、と思って。トラウマのスイッチが入っちゃったのか？」

「いや、別に……」

椎名はそう答えたが、いくらか動揺していたのは事実だ。よりによって赤崎に、自分の心中を読まれてしまうとは思わなかった。

「カメラマンって自分の得意分野を持ってるんだろう？　動物写真とか山の写真とか」

赤崎は雑誌の誌面を指差しながら言った。そこにはちょうど風景写真が載っている。カメラマンのフォトエッセイを連載するコーナーらしい。

「まあ、そうですね。建物の写真を専門に撮る人もいますし」

「そういえば、地下水路の写真集を見たことがあるな。あと、つぶれた病院とか閉鎖された遊園地とかを撮影した、廃墟の写真集。あれ面白いよな」

赤崎がそんなことを言い出したのは、単なる偶然だったのだろう。だが椎名の脳裏に、今日見た女性の死体が浮かんできた。

椎名のバッグにはカメラが入っている。そのカメラで今日、自分は死体の写真を撮ってきたのだ。それは地下水路やつぶれた病院、閉鎖された遊園地などより、よほど刺激的で興味深い被写体だと椎名は思った。

午後十時半を過ぎると、同僚たちは全員帰っていった。

椎名は喫煙室へ行き、煙草を吸った。勤務時間中に落ち着くことができるのは車の中とトイレの中、そしてこんなふうに夜ひとりで過ごす喫煙室ぐらいだ。こうしているときが一番安心できる。

誰かがそばにいると、どうしても気をつかってしまう。できることなら、どんなときでも自分ひとりで仕事をしたかった。今の環境ではそうもいかないが、いずれは個人で仕事ができたらいいのだが、と椎名は考えている。

やるとしたら工務店だろうか。自分の技術と経験を使うのなら、それがもっとも現実的だ。プロのカメラマンになりたいという気持ちもあるが、つい先ほど赤崎に話したとおり、それは非常に難しいことだった。自分などはせいぜい、アマチュアのカメラマンとして活動していくしかないだろう。

いや、待てよ、と思った。ひとつ、自分だけの強みを持つ方法がある。事件や事故を撮影することだ。

死体写真家などという職業が成り立つものだろうか？

しばらく考えたあと、椎名はひとり首を振った。そんな職業が成り立つはずはない。そもそも需要がないだろう。

ただ、いろいろな事件を追跡する写真家という選択肢はあるかもしれない、と思った。情報を集め、警察や記者たちに先んじて現場に乗り込むのだ。

もちろん、マスコミの一員として死体写真を公表することなどはできない。だが事件を追跡する過程でそういう現場に遭遇し、そのとき写真を撮ったのだということなら、報道写真家として評価される可能性はある。画像加工ソフトで手を加え、死体が見えるか見えないかの境界辺りにとどめておいたらどうだろう。もしかしたらそれが話題になり、写真集が売れたりするのではないか。

――まあ、そう簡単にはいかないか。

夢のような想像から現実に立ち戻り、椎名は煙草の火を消した。

廊下を歩いて、誰もいない事務所に入っていく。

あらためて室内を見回したあと、椎名は赤崎の机に向かった。革手袋を両手に嵌め、引き出しを開けて調べ始めた。

雑然と突っ込まれた書類の下からメモ用紙が出てきた。そこに書かれていることに、椎名は素早く目を通す。ほとんどは客先を訪問する約束や、提案の内容、受注金額のメモなどだ。

いくつかある引き出しを順番に開けていった。何かないかと、椎名は慎重に確認していく。右手の引き出しに文具類が収めてあり、創立三十周年記念のボールペンが入っていた。

昼間の出来事を思い出した。武蔵村山市の廃屋で、椎名は自分の使っていたボールペンを発見した。無事に回収することができたが、あのまま発見できずにいたら、どうなっていただろう。

赤崎の引き出しをすべて調べ終わると、椎名はしばし考え込んだ。できることならパソコンを起動してデータをチェックしたいところだが、パスワードがわからないからそれは難しい。起動したというログも残ってしまうから、あとで問い詰められたとき言い訳ができなくなる。証拠が残るようなことはしたくなかった。

椎名は赤崎の向こうの席に移った。若松たち後輩の机、さらに大貫課長の机などを調べていく。

この事務所の中に、自分を嵌めようとしている者がいるのではないか、と椎名は考えている。早くそいつを見つけないと、この先、自分の身に何が起こるかわからない。手遅れになる前に、相手の正体をつかまなければ――。

と、そのとき、背後でドアの開く音がした。

大袈裟な表現をすれば、心臓が止まりそうなほど椎名は驚いた。幸い心臓は動き続けていたが、息が乱れ、首のうしろが熱くなっている。

――見られたか？

ぎこちない動作で、椎名はゆっくりとうしろを振り返った。

3

事務所に入ってきたのは、社長の糸山宗夫《むねお》だった。

「遅くまでご苦労だな」

どうやら、椎名が他人の机を漁《あさ》っていたことには気づいていないようだ。椎名は素早く革手袋を外し、相手に向かって頭を下げた。

「社長、お疲れさまです」

糸山はたしか七十四歳だったと思う。頭頂部が禿げ上がり、側頭部にはわずかに白髪が残っている。痩せていて、背が少し曲がっていた。社員と同じジャンパーを着ていて、姿だけを見ると、昔ながらの中小企業の経営者という印象だ。だがこう見えて、糸山はなかなか抜け目のない男だった。

「ちょっと待ってろ」

そう言って糸山は廊下に出ていった。三十秒ほどして戻ってきたとき、彼の手には缶コーヒーがあった。

「ほら、俺の奢《おご》りだ」

どうしようかと迷ったが、椎名はその缶コーヒーを受け取った。

「ありがとうございます」

「いつも遅くまで悪いな。だけど、俺はおまえを信じてるよ」

微笑しながら糸山は言った。じつは、社長がこうして気をつかってくれるのは今に始まったことではない。遅くまで残業している椎名を見ると、彼はコーヒーやらパンやら、いろいろ差し入れてくれるのだ。

椎名は自分の席に戻り、パソコンの画面を見つめた。仕事に戻るから話はこれぐらいにしてほしい、と意思表示をしたつもりだった。

糸山はそれに気づいているのかいないのか、赤崎の席に腰を落ち着けてしまった。

「ここだけの話なんだけどな、総務の人間が辞めたいと言ってるんだよ。しかも、ふたり同時に。まったく、どうしたものかな」

「それは大変ですね」

椎名は画面を見つめたまま言った。今は忙しい、と遠回しに伝えているのだが、糸山はまったく気にしていないようだった。

「総務部長とあれこれ相談して、疲れてしまったよ。どうしてみんな、もっと会社のことを考えてくれないんだろうなあ。俺がどれだけ苦労して社員の生活を守っているか、わかっていないんだ。そうだよな、椎名」

「ええ、そうだと思います」

ここで糸山は声を低めた。ほかに誰がいるわけでもないのに、辺りを気にするような素振りを見せる。

「なあ、ほかの社員の様子はどうだ。俺のことを悪く言っている人間はいないか？」

企業の経営者であれば、もっと堂々としていればいいのに、と椎名は思う。もちろんトップにはトップとしての悩みがあるだろうが、一社員である自分にあれこれ相談されても、返答に困ってしまう。

「社長のことを悪く言っている人間はいないと思いますよ。ただ……会社に不満を持っている人間はいるようです」

「具体的にはどういうことだ」

「いや、私の口からは……」

「いいじゃないか。おまえと俺の仲だろう？」

それは、と言いかけて椎名は口を閉ざした。おまえと俺の仲だ、などと言われても戸惑うばかりだ。しかし椎名は糸山のことを無視できない立場にあった。中途入社する際、糸山にはずいぶん世話になっているのだ。

「私から聞いたとは言わないでくださいよ」

「もちろんだ。椎名のことは絶対に守る」

椅子を回転させて、椎名は糸山のほうを向いた。

「さっき社員たちが噂していました。今度ボーナスがカットされそうだと。それから、もし今後、残業代がカットされるようなことになれば黙ってはいないと」

「本当か？　いったいどういうつもりなんだよ。今はどこの会社も苦しい時期だ。社員の待遇だけ考えていたんじゃ会社がつぶれてしまう」

「わかっています。だから私もそう言いましたよ。個人的な意見としてね」

「どいつもこいつも、わがままなことを……」

糸山はひとしきり文句を言っていたが、そのうちため息をついた。

「なあ椎名。おまえだけは俺を裏切らないよな？」

「私は……」少し考えてから椎名は答えた。「助けていただいたことには感謝しています。その気持ちは変わりません」

「それでいい。おまえはそういう奴だ。信じているぞ」

糸山は安心したという顔で、椅子に背をもたせかける。

その顔を見ているうち、椎名は尋ねてみたくなった。

「社長はどうして私を助けてくれたんですか」

生活に困っていた椎名に、糸山は給与や住宅のことなど、いい条件を出してくれた。おそらく椎名自身の技術や経験を買ってくれたのだと思うが、それだけではなかったような気もする。

「俺は、きちんと働いている人間が損をするのは間違っていると思うんだ」糸山は言った。

「初めて見たとき、椎名はとても真面目で、しかもこれまで損をしてきた人間だと感じた。だから俺が手を貸してやらなくちゃいけないと思ったんだよ。お節介だったか？」

「そんなことはありません。本当に感謝しています」

糸山はほとんどの社員に厳しい態度をとる。しかし椎名にだけはひそかに気をつかってくれている。その見返りというわけではないが、椎名は社員たちの情報を糸山に伝えていた。世話になった手前、糸山の恩に報いたいという気持ちがあった。

ただ、だからといって普段から特別扱いされることを望んでいるわけではない。特に社員たちの前ではそうだ。椎名ひとりが優遇されていると知ったら、彼らは反発するに違いない。

「最近、赤崎とはうまくやってるのか？」

糸山は目の前の机を見ながら言った。自分が座っているのが赤崎の席だということは意識していたらしい。

急に質問されて、椎名は口ごもった。

「……赤崎主任はああいう人ですから」

曖昧にそう答えたが、糸山はすぐに察したようだ。じつを言うと、前にもこんなふうに糸山と話す機会があって、そのとき椎名は赤崎が苦手だと告白している。

「社員が事を起こすとなれば、こいつが先頭に立つんじゃないかと思っている」糸山は赤崎の机を指先で叩いた。「だからおまえには、赤崎をよく見ていてほしい。あいつが何か企んでいるようなら私に知らせてくれ」

「まいりましたね」椎名は顔をしかめてみせた。「これじゃ、まるでスパイですよ」

「おまえは最初から、そういう役を引き受けてくれていると思ったが……」

「そうですね。おっしゃるとおりです」

椎名はうなずいた。だがほんの少し、不満が表情に出てしまったようだ。糸山は椎名の顔を覗き込みながら言った。

「昔は自分ひとりで何もかもできたんだ。社員をまとめていくことも簡単だった。少なくとも、俺はそう思っていた。しかしなあ……歳はとりたくないもんだよ。今はこんなふうにして情報を吸い上げなくちゃならない。そうしないと不安でいられないんだ」

「情報というのは、多いに越したことはないですよ」と椎名。

禿げ上がった頭を掻きながら、糸山は笑った。それから右手で目をこすった。

「本当に歳はとりたくない。何年か前から目が悪くなってきて、車の運転ができないんだ。施設にいる女房を見舞いに行くのも難しくなった。今じゃ毎回、タクシーを使っているよ」

たしかに仕事中、糸山は老眼鏡を使っていた。七十歳を過ぎているのだから、あちこち悪くなるのは仕方のないことだろう。

「それは大変ですね」

と椎名は言った。それ以外の相づちを思いつかなかった。

「誰か車を運転してくれるといいんだけどなあ」

そんなことを言いながら、糸山は椎名のほうをちらちらと見ている。もしかして、運転手役を頼みたいのだろうか。命令されればやるしかないな、と椎名は思った。

だが、ここまでの話は糸山の愚痴だったようだ。彼は赤崎の席から立ち上がり、苦笑いを浮かべた。

「まったくなあ、若い奴が羨ましいよ」

そう言うと、糸山は廊下へ出ていった。

午後十一時を過ぎたところで、椎名も帰宅することにした。

エアコンを止め、事務所の明かりを消して廊下へ出る。十メートルほど先にある社長室のドアをノックした。

「すみません、お先に失礼します」

ドアを開けて椎名は中に声をかけた。糸山は黒縁の老眼鏡をかけて、机の上の書類を読んでいるようだ。顔を上げて、彼は言った。

「お疲れさん。気をつけてな」

「すぐそこですから」

「ああ、それはそうだ」

糸山は右手を軽く挙げた。一礼して椎名はドアを閉めた。

会社を出ると、外は思った以上に肌寒くなっていた。椎名はノートパソコンを入れたショルダーバッグを持って、住宅街の道を歩いていく。

事務所から一分半ほどで自宅に到着した。距離にして百メートルも離れていないだろう。

そこは二階建てのアパートで、十部屋あるうちの一部屋が糸山工務店の借り上げ社宅となっている。

糸山自身は会社の敷地内に自宅を持っていて、そこに住んでいた。究極の職住近接だと言える。その件について、面接のとき糸山はこう語っていた。

「四年前、うちの事務所で火事が起こったんだ。出火の原因はわからないんだが、全焼でね。もう事業を続けるのは無理じゃないかと、みんなに言われた。しかし俺は従業員の生活を預かっている身だよ。そのまま無責任に廃業というわけにはいかなかった。あちこちに頭を下げて、ようやく事業を再開させることができたんだ」

大変だったんですね、と椎名は言った。熱のこもった糸山の話から、再建には本当に苦労したことがよくわかった。

だからな、とそのとき糸山は続けた。

「もう火事やトラブルに泣かされたくないんだ。俺はいつでも対応できるよう、会社の敷地の中に住むことにした。ところが最近、体の具合がよくないものでね。ひとりじゃ心許ないということもあって、誰か社員にも近くに住んでほしいと思った。それで借り上げ社宅を用意したというわけだよ。よかったら、椎名が住んでくれないか。家賃は格安でかまわないからさ」

家賃の安さは本当に魅力的だったから、椎名はその社宅に住むことにした。通勤時間が一分半というのもいい。ひとつだけ心配だったのは、何かあるたび社長に呼び出されるのではないかということだった。しかしこの一年ほどの間、私的な用事で呼び出されたことは一度もない。親戚から送ってきたと言って、たまにキャベツやネギを持ってこられるのはありがた迷惑だが、それを除けば住居に関してまったく不満はなかった。

椎名の部屋はアパートの二階、南東の角部屋だ。日当たりもいいし、道路もよく見える。

鍵を開けて、椎名は玄関の中にするりと入った。そのままドアに耳を押しつけて、三十秒ほど様子をうかがった。特に不審な靴音などは聞こえない。

ひとつ息をつくと、椎名は靴を脱いで廊下に上がった。部屋の明かりを点け、足早に奥の部屋へ進む。自宅は2DKで、台所の正面に居間がある。そちらには行かず、右手の寝室に向かった。

明かりを点けず、薄暗いまま窓に近づいた。カーテンの隙間から外の様子をそっとうかがう。アパートの下の道路に人影はひとつもなかった。会社を出たあと、自分のあとをつけてきた者はいないようだ。

ほっとして、椎名は寝室から居間へ移動した。

窓際のパソコンデスクに近づき、デスクトップパソコンの電源を入れた。普段、外出時はノートパソコンを使うが、自宅にいるときはこの大型のパソコンを使っている。

新聞社やテレビ局のウェブサイト、そのほかのニュースサイトなどを調べてみた。しかし武蔵村山市の殺人事件についてはまだ報道されていないようだ。ということは、あの事件は今も発覚していないのだろう。

椎名は胸のポケットから煙草の箱を取り出し、一本抜いてライターで火を点けた。深く煙を吸い込み、吐き出す。また煙を吸って、ゆっくり吐く。そうやって自分を落ち着かせた。

マウスを操作し、「お気に入り」設定しているウェブサイトにアクセスする。黒い背景に表示されたタイトルは《死体美術館》だ。

ログインして会員ページを閲覧した。ボタンをクリックし、分類された死体写真を見ていく。

そこには、この上なくグロテスクな世界があった。日常生活の中ではほとんど見られないもの。普通に暮らしていたら、まず遭遇することのない死体。こうした場面に出くわすことは、確率的には非常に低いだろう。だが、これらは世界中のどこかに、間違いなく存在するものだ。

単なる幸運か、それとも粘り強さの成果なのか。カメラマンたちは、これらの壮絶な場面に立ち会ったのだろう。彼らはファインダーを覗き込み、恐怖を感じることもなくシャッターを切ったのだ。

そうやって撮影されたグロテスクな写真たちを受け入れているのが、ここ死体美術館だというわけだった。管理しているのは「ノーマン」という人物らしい。性別も顔も本名も不明、どこに住んでいるかもわからない。だがノーマンはたしかに存在する。この奇怪なウェブサイトによって、ノーマンは世界とつながっている。

椎名は新着の写真を順番にチェックして、印刷ボタンを押した。プリンターが動き始める。右へ、左へ、右へ、左へ。ヘッドが忙しく走り、リアルな写真が何枚もプリントされていく。

それらの写真を、椎名は机に並べていった。

ベッドの上で大きく手足を広げて死んでいる女性。胸を刺され、血まみれになって床に倒れている女性。川原の草むらで、口から血を流して死んでいる女性。品質の高い死体写真は、すべて外国人を撮影したものだった。

あまり画質はよくないが、日本人が撮影された写真も掲載されていた。その中で椎名が特別視しているのは、ビルから転落したと思われる女性の写真だ。白いブラウスに青いストライプ模様のスカート。地面に激突したときに衝撃があったのだろう、右腕が奇妙な角度にねじ曲がってしまっている。この写真はすでにプリントしてあった。

そのほかの新着画像を確認していったが、すでに知っているものばかりだった。昨日から今日にかけて、新しい写真はアップされていないのだろうか。少し落胆しながら、椎名は画面を切り換えていく。

そのうち、はっとした。

あの写真だ。今日椎名が送信した写真が、死体美術館に掲載されている！

廃屋の一室で膝を抱え、書棚にもたれかかって座っている女性。その特異な姿勢と、床に散らばる古い時代の遺物のせいで、彼女はじつに美しい死体となっていた。このサイトを閲覧する者たちの興味を引き、満足させるのに充分な作品だと思われる。

椎名の写真はあいつを経由して、管理人ノーマンの手に渡った。そして管理人に認められ、このサイトに掲載されたのだ。

自分が撮影した写真を、椎名は死体美術館のサイトからダウンロードし、印刷した。この写真を多くの会員たちが見ているかと思うと、不思議な気分になった。

小さな音を立ててプリンターヘッドが動いている。右へ、左へ、右へ、左へ。

やがて印刷が終わった。椎名は、膝を抱えた死体の写真を手に取ってしばらく眺めた。それからピンを一本つまみ上げ、写真を壁に貼った。

4

毎日取材に飛び回っていると、時間のたつのが本当に早く感じられる。

銀座の外堀通りで信号待ちをしながら、早乙女綾香《さおとめあやか》は腕時計に目をやった。今日は十一月十一日、秋も深まり、そろそろ朝晩は肌寒くなってきている。

信号が変わるのを待つ間、綾香はビルの窓ガラスに自分の姿を映してみた。外へ出かける仕事が多いから、汚れてもいいように最近はいつもラフな恰好をしている。下はスニーカーにジーンズ、上はジャンパーという出で立ちだ。以前はショルダーバッグを使っていたが、今はリュックサックを背負っていた。

そういえば四月に入社したときにも、ここで信号待ちをしたな、と綾香は思い出した。

以前、綾香は東陽《とうよう》新聞東京本社の社会部で記者をしていた。だが取材の方針に関して上司と意見が衝突し、嫌気が差して会社を辞めてしまったのだ。

なんで辞めるのよ、もったいない、と友人たちには言われたものだ。東陽新聞は三大全国紙のひとつで、本来、綾香が入社できるような会社ではなかった、というのが友人たちの共通した意見だった。入社できたのは体力のせいだろう、高校時代、陸上競技をしていたからだ、と推測する者もいた。それなのに上司と揉めて退職するとは何事だ、あんた馬鹿じゃないの、と親友にまで言われてしまった。

だが東陽新聞を辞めたことを、綾香は後悔していない。むしろ辞めてから気がつくことのほうが多かった。それまで自分は、大手新聞社の社員という肩書きに守られ、優遇された状態で仕事をしていたのだ。

子供のころから曲がったことが大嫌いで、常に正義を通したいと思っていた。友人たちに言わせると、綾香の特徴は「空回りする勝ち気」なのだそうだ。まあ、自分でもそう思わないわけではなかった。電車の中でもお店でも、マナーの悪い客を見るとついあれこれ言いたくなってしまう。

しかしそんな綾香にも、ひとつ悩みがあった。ビルのガラスに自分の顔を映して、綾香はため息をつく。

――なんで私の顔って……。

こういう性格であるにもかかわらず、綾香は癒し系というような顔をしているのだ。目尻が下がっていて、どうしても緩んだような表情に見えてしまう。三十歳を過ぎた今、さすがにそう言われることはなくなったが、若いころは「お嬢さん」扱いされて困ったことがあった。そのイメージを払拭《ふっしょく》するため、取材で猪突猛進を繰り返していたら、今度は周囲の男性たちから「変人」扱いされるようになってしまったのだ。

午前八時二十分、綾香は銀座八丁目にある自分の会社に到着した。

ここは「クライムチャンネル」というCS放送局だ。CSはCommunication Satellites、つまり通信衛星を指す。CS放送局は専門的な番組を、通信衛星経由で一般家庭に流している。また、ケーブルテレビ会社にも番組を提供している。

クライムチャンネルは、独自コンテンツを提供することを特徴としていた。犯罪、事件、事故などの番組を中心に扱っていて、月に一度『重犯罪取材ファイル』というドキュメンタリー番組を制作している。そのほか自社で取材したニュースを毎日流しているし、昼間は他局から買い取った古いノンフィクション番組なども放送していた。

多くの社員はエレベーターに乗るが、綾香はいつも階段を使っている。今日も鉄製のドアを開け、五階まで階段を駆け上った。

「おはようございます！」

「おう、早乙女か。いいネタ見つけたか？」

「鋭意取材中です」

「期待してるぞ。しっかりやれよ」

といった調子で社員たちと言葉を交わしながら、綾香は廊下を進んでいく。この半年で、綾香の顔を知らない者はいなくなったらしく、みな挨拶を返してくれる。記者たるもの、顔を売ってなんぼだと綾香は思っている。いざというとき頼れるのは人脈だ。

ＩＤカードを使って《制作部》と書かれた部屋に入っていく。ここでも先に出社していた社員たちに挨拶をしながら、綾香は通路を進んでいった。

綾香の所属は制作二課だ。自分の席にリュックを下ろすと、近くの机に突っ伏している男性の姿が目に入った。仮眠をとっているのだろうか。どうせ寝るなら仮眠室に行けばいいのに、と綾香は思った。必要なときは徹夜でも何でもすべきだが、だらだらと仕事をするのは綾香の好みではない。

このままそっとしておくか、どうしようかと迷ったが、やはり声をかけることにした。もうじき始業時刻なのだから、同じ課の社員が寝ていてはまずい。

「おはようございます」

そう声をかけてみたが、その社員は動かなかった。仕方なく、綾香は相手の背中を軽く叩いた。

「もうじき始業ですよ」

それでも相手は無反応だ。綾香は耳元でこうささやいた。

「カメラさん、本番五秒前」

えっ、と言ってその男性は顔を上げた。寝ぼけまなこで机の上を手探りしている。ビデオカメラを探しているのだろう。

辺りを見回し、綾香の姿を見つけると彼は顔をしかめた。紺色のジャンパーを着た男性で、あちこち髪の毛が撥ねている。顔も体も痩せていて、見るからに気が弱そうな印象だ。

この男性は制作二課の上司、野見山達司《のみやまたつじ》係長だ。先日誕生日を迎えて三十九歳になったと聞いている。

「早乙女ちゃんか。財布が落ちるかと思ったよ」

まだ寝ぼけているのか、野見山は妙なことを言った。

「財布って何のことです？」

「夢でさ、かみさんに頼まれてスーパーへ出かけたんだよ。自転車に乗ってたんだけど、かごから財布が落ちそうでさ。手を伸ばしても、どうしても届かなくて……。いや、あの、そんな軽蔑したような顔しないでよ」

四月に入社してから、綾香は野見山とふたりでコンビを組んでいる。綾香が記者として取材をリードし、野見山は撮影担当としてビデオカメラを回すという役割分担だ。

ふたりは『重犯罪取材ファイル』の取材を中心に活動してきた。入社直後、遺体の腹部に煙草の吸い殻などが押し込まれる殺人・死体損壊事件が発生したが、それをまとめた『廃棄された男』という番組は好評を博し、綾香たちは社長賞をもらった。この成果のおかげで制作二課に早乙女あり、と社内でも認めてもらうことができたのだ。

クライムチャンネルは犯罪の取材に特化している。だから新聞社の社会部出身である綾香にとっては、かなり働きやすい職場だと言えた。

「野見山さん、徹夜したんですか？」

自分の席に腰掛けながら、綾香は尋ねた。

「そう。撮影した映像を編集していたら終電を逃しちゃって」

野見山は撥ねた髪の毛を一生懸命、手で撫でつけている。

「お疲れだとは思いますけど、寝るなら仮眠室に行ってくださいよ」

「とんでもない！　仕事中に仮眠をとったりしたら、査定に響くじゃないか」

「でも今、寝てましたよね」

「あれは仮眠じゃなくて居眠りだからね」

よくわからないことを言って、野見山は伸びをした。パソコンに向かって何か入力を始めたようだ。

そこへ別の社員が出社してきた。見るからに血圧の低そうな、色白の青年だ。同じ二課の小森聡《こもりさとし》だった。綾香より三つ下だと聞いたが、小森はあまり背が高くないこともあって、もっと歳が離れているように感じられる。彼はコンピューターが好きで、この会社でもデータ分析などを担当していた。基本的にインドア派の人物だ。

「小森さん、おはようございます」

綾香は丁寧に声をかけた。自分のほうが年上だが、社歴では相手のほうが先輩だ。

「なんだか顔色が悪いですね。夜中、ゲームでもやってたんですか？」と綾香。

「違いますよ。ゆうべは……」

椅子に座りながら、小森は何か言いかけた。しかし綾香の顔をちらりと見たあと、言葉を呑み込んでしまったようだ。彼はいつもこんな調子だからコミュニケーションがとりにくい。怒っているわけではないと思うが、あまり自分の考えを表に出さない人なのだ。

「あ、小森くん。ゆうべの件だけどさ……」

野見山が話しかけると、小森は椅子の向きを変えた。

「どうですか。うまくいきました？」

「本当に助かったよ。あんな時間に電話して悪かったね」

おや、と思って綾香は野見山の顔を見た。

「ゆうべ、何かあったんですか？」

「残業してる途中、パソコンでわからないことがあってね。小森くんに電話したんだ。三時ごろ」

「夜中の三時に？」驚いて、綾香は聞き返してしまった。「それは、さすがに迷惑だったんじゃ……」

「いや、起きてましたから」事も無げに小森は言う。「僕のほうも、やり残した仕事が気になって、自分の家でデータを確認してたんですよ」

「いったい、いつ寝てるんです？」

「そのあと寝ました。四時間ぐらいかな」

「駄目ですよ」綾香は真顔になって言った。「慢性的な睡眠不足は健康によくないんですから。特に小森さんの場合は内勤が多くて、普段から運動不足でしょう」

「僕のこと、心配してくれてるんですか？」

「もちろんです。よかったら、今度ふたりで出かけませんか」

「え。本当に？」

小森は急に身を乗り出してきた。綾香は深くうなずく。

「本当ですよ。私も一緒にジョギングする仲間がほしかったんです」

「なんだ……。どうぞ、ひとりで走ってきてください」

顔をしかめて、小森はパソコンの電源を入れた。


全体朝礼のあと、予定されていたとおり制作二課だけでミーティングが行われた。

六人掛けの打ち合わせスポットに二課のメンバーが集まった。野見山と小森、綾香、そして制作部長の露木《つゆき》芳雄《よしお》だ。

露木部長は髪をオールバックにして、薄い色のついた眼鏡をかけていた。近くに寄ると、強めの整髪料のにおいがする。どう見ても一般の会社員という雰囲気ではないが、本人はこういう恰好を楽しんでいるような節があった。小さくてもテレビ局の人間だ、という自負があるのかもしれない。

「全員集まったな。では打ち合わせを始める」

露木は手元のメモ帳を開いた。全員と言っても制作二課のメンバーは綾香たち三人だけだ。ニュース番組などを担当する制作一課に比べると、どうしても見劣りする体制だった。露木は「少数精鋭」などと言うが、結局は予算が少ないことが原因だろう。発足以来、二課は管理職不在のままで、いまだに露木部長が課長を兼任している。

「今月放送しているドキュメンタリーだが、どうも評判がよくないな」

渋い表情になって露木は言った。最初から気の滅入るような話題だ。

「地上波と違って、うちの会社の場合、視聴率に左右されることはない。しかしケーブルテレビ各社で行っているアンケートの結果を見れば、番組の評価は一目瞭然だ。さて、おまえたちに質問したい。どうしてこうなった？」

資料をみなの前に出して露木は言った。その内容に綾香たちは目を落とす。

「ええと……編集がまずかったですかね」野見山が小声で言った。「もう少し扇情的にやったほうがよかったんでしょうか」

「そういう問題ではない」露木は眼鏡のフレームを押し上げた。「編集ももちろん大切だ。だがそれ以前に、取材方法が重要なんじゃないか？　もっと言えば、事件の見つけ方に問題があるんじゃないかと俺は思う」

「どういうことです？」と野見山。

「四月に取材した『廃棄された男』はあんなに評判がよかっただろう？　しかしその後の番組はどれもパンチに欠ける」

「もっとセンセーショナルな事件を扱えと……」

「そうじゃない。過去の事件を掘り返しているからいけないんだ。どれほどインパクトのある事件でも五年前、十年前に起こったものでは新鮮さがない。今、どれだけ多くの事件が起こっていると思う？　視聴者は旬の話題に興味があるんだよ。昔の事件ばかりじゃ、見てもらうことはできない」

野見山は黙り込んでしまった。その横の小森は、最初から喋る気がないようだ。

数秒おいてから露木は続けた。

「ここで方針を練り直す必要があると思う。おまえたちは一度成功しているじゃないか。『廃棄された男』のような番組をまた作るんだよ。あれがなぜ受けたかというと、リアルタイムで起こっている事件を取材したからだ。そのおかげで、五月に放送したときには視聴者の頭に、あの事件のことがまだ残っていた。だから興味を持ってもらえたんだ」

「たしかに、犯人が逮捕された翌月でしたからね」野見山は手帳に目を落とす。「警察の捜査は続いている最中だったし、週刊誌にも毎週記事が出ていました」

「それがわかっているなら、なぜやらない？」露木は部下たちを見回した。「現在進行中の事件を追ってこそ、メディアは高い評価を得ることができるんだ。今、制作二課はそれをやるべきじゃないのか？」

「質問よろしいですか」綾香は口を開いた。

うん、と言って露木はこちらを向いた。あらかじめ綾香が反論してくることは、承知の上だったのだろう。

「意見を聞こうか、早乙女」

咳払いをしてから綾香は話しだした。

「部長のおっしゃることもわかりますが、速報性の高い仕事は制作一課の担当ですよね。私たち二課は、過去の未解決事件を掘り起こして取材することを許されているんじゃないでしょうか。私が入社したとき、そう説明を受けた記憶がありますが……」

「組織というのは生き物だ。状況によって方針は変わっていく」

「でも、今起こっている事件を追うとなると、どうしても時間が足りなくなります。充分な取材ができなければ番組の質は下がります。中途半端な出来のまま放送したら、それこそ視聴者に見放されてしまうんじゃないでしょうか」

「俺は、そうは思わない。話題になった事件のことをすぐに放送すれば、スピード感が出るはずだ。解決したかどうかは問題じゃないんだよ。つい最近起こった事件こそ、視聴者の興味を引くことができるんだ」

「取材する人間はもちろんですが、編集の人間が、徹夜で作業するようなことになりませんか。そうなればきっとミスが出ますよ」

露木はひとつ息をついた。それから綾香の顔を見て、諭すように言った。

「なあ早乙女、どうしておまえはネガティブなことばかり考えるんだ？　四月の事件ではうまく取材できたじゃないか。あの調子で頑張ってくれ、と言ってるだけだぞ」

「あのときはうまくいきすぎたんです」綾香は首を左右に振った。「いくつかの偶然に助けられて、私たちは犯人を見つけることができました。でもひとつ失敗すれば、事件は解決しなかったし、番組だって放送できなかったと思います」

「今回だって、そういう偶然が起こらないとは限らない。おまえには運を引き寄せる力がありそうだしな」

え、と言って綾香は露木を見つめた。上司を批判するつもりはないが、これだけは言っておきたかった。

「部長、幸運は何度も続きません。新聞社時代、私はそれを経験しているからよくわかります」

「『廃棄された男』はビギナーズラックだったというのか？　それは違うよ。早乙女が実力で勝ち取った成果だ」

「お世辞を言われても……」

「いやいや、俺は今でもそう信じているよ」

そんなことを言って露木は口元を緩めた。野見山も小森も、困ったような顔で綾香を見ている。

「とにかく、一度チャレンジしてみようじゃないか」露木はメモ帳を閉じた。「次の取材では、現在進行形の事件を扱う。オレオレ詐欺みたいな話じゃ駄目だぞ。社会の注目を集めるような、話題性のある事件を取材するんだ。もしやってみて駄目だったら、また考え直せばいい」

渋い顔をして綾香は黙り込む。野見山のほうを向いて尋ねてみた。

「野見山係長の意見はどうです？」

驚いた様子で、彼は姿勢を正した。

「早乙女ちゃんがＯＫだと言うんなら、私も賛成するよ」

「小森さんは？」

綾香がそう訊くと、小森はぼそりと言った。

「右に同じです」

「よし、決まりだな」露木は満足げな顔になった。「期待してるぞ、おまえたち」

仕方ない、と綾香は思った。組織に所属する者として、上司の命令には従わなければならない。それに、現在進行形の事件を追うことには期待する部分もあった。綾香も制作スタッフのひとりである以上、視聴者の反応はいつも気になっている。露木の指摘するとおり、最近放送した番組の評判が今ひとつだというのは、自分でも意識していた。ここで方針を変え、少し無理をしてでも話題性のある事件を扱えば、多くの人に評価されるだろう。そうなれば、犯罪被害者の家族など「残された者」を訪ね、今後のことを一緒に考えたいという綾香の希望も、叶えやすくなるに違いない。

露木は事務連絡を始めた。綾香たちはスケジュールを確認し、メモをとる。

話の途中で露木は通路のほうに目をやり、素早く立ち上がった。どうしたのだろう、と思って綾香は振り返った。

打ち合わせスポットに向かって、五十歳ぐらいの男性がやってくる。着ているスーツはおそらく外国製だ。彼は綾香たちに向かって、さっと右手を挙げ、さっと下ろした。年齢のわりには、体の動きにキレのある人だ。

「お疲れさん、打ち合わせは終わったかい？」

大手ＩＴ企業、スピードゲート社の保志憲一郎《ほしけんいちろう》社長だった。

「今ちょうど終わったところです」露木は保志に向かって深々と頭を下げた。「保志社長じきじきにおいでいただいて、本当に恐縮です」

スピードゲート――略称ＳＧはインターネットプロバイダー事業のほか、ポータルサイトやブログ、ニュースサイトの運営などをしている。クライムチャンネルは何年か前、スピードゲートに買収されていた。

「まあ露木部長、座って座って」保志はにこやかに笑う。

「おそれいります」もう一度頭を下げて、露木は椅子に腰掛けた。

野見山が空いていた椅子を勧めようとしたが、保志はすぐに首を振った。

「いや、私はいいんだ。気にしないでくれ」

そう言われ、野見山は緊張した面持ちでうなずく。

前に聞いたのだが、保志にはいずれテレビ業界を大きく変えたいという考えがあるらしい。

もちろんスピードゲート一社でできることではないが、妙に自信がありそうな保志の顔を見ていると、案外本当にやってしまうのではないかと思えてくる。

クライムチャンネルは会員向けに、パソコンや携帯電話などで見られるよう、過去の番組のストリーミング配信を行っている。いずれは綾香たちのドキュメンタリー番組が、金を稼げるコンテンツになるかもしれない、と保志は考えているようだった。

「前に話しておいたとおり、今日は有力な新人を連れてきたよ」

綾香たちのそばに立ったまま、保志はうしろを振り返った。そこには三十代後半と見える男性が立っていた。髪を短く刈っていて、顎の右側には何かで切ったような古い傷がある。着ているのはグレーの安っぽいスーツだ。身長は綾香と同じぐらいだから、たぶん百六十五センチ前後だろう。やけに目つきが鋭く、綾香たちをじっと見つめる視線にはまったく隙がなかった。

――この人、もしかして……。

嫌な予感がした。綾香は新聞記者時代、こういう種類の人間を何十人と見てきたのだ。

「久我《くが》貴宏《たかひろ》くん、三十七歳。二年前まで警視庁にいた人だよ」

えっ、と言って野見山がまばたきをした。小森も目を丸くしている。

やはり、と綾香は思った。目つきの鋭い――というより、目つきの悪いその男性を見て、警察関係者ではないかと考えていたのだ。

「自己紹介を」

と保志に促され、久我は口を開いた。

「久我です。一昨年の夏までサツカンをやっていました。退職時の階級は巡査部長。最後に勤めていたのは捜査一課です」

「捜一ですか……」

つぶやいたあと、綾香は記憶をたどった。新聞記者時代、捜査一課にも取材をしていたが、久我という刑事は知らなかった。それも仕方がないことだろう。警視庁捜査一課は大所帯で、所属する刑事は三百人ほどもいるのだ。

「今日から久我くんには、制作二課で仕事をしてもらう」と保志。

「あの……異例のことじゃありませんか?」綾香は保志に向かって尋ねた。「元警察官が自分の経験を活かして本を書いたり、メディアで発言したりすることはあります。でも、テレビ局に入って取材するというのは……」

「そのとおりだ、早乙女くん」保志は、綾香の顔に人差し指を向けながら言った。「前例がないことをやるのが、我々スピードゲートだよ。……ああ、すまない。ここはクライムチャンネルだったね」

「久我さん自身も、やりにくいんじゃないでしょうか」

「いや、自分は……」

久我が何か言いかけたのを、保志は制した。

「私と久我くんとで話し合った結果、正社員にはしないことにした。彼とは業務の委託契約を結んである。取材に同行してもらい、経験を活かしていろいろな場面で協力してもらう。所定の活動費のほかにボーナスを出す約束だ。番組作りに貢献してくれれば、彼の報酬は高くなる。どうだい、これほどモチベーションが上がる仕事はないだろう」

何から何まで異例ずくめとなりそうだった。うまくいくのだろうか、という疑念が湧いてくる。だが親会社の社長が決定し、制作部の部長がＯＫを出しているのなら、綾香たちが口を挟む余地はない。

――まあ、私には直接関係ないことだし。

綾香はそう思っていた。ところが保志はこう言ったのだ。

「久我くんには第一線で働いてほしい。ということで、早乙女くんとコンビを組んでもらうことにした」

「えっ？」綾香は思わずのけぞりそうになった。「ちょ……ちょっと待ってください。私は今、野見山さんとコンビを組んでいまして」

「うん、だから、これからは久我くんと組んでくれる？」

「でも、今までは私が取材をして、野見山さんがカメラを回すという役割分担になっていたんです」

「安心したまえ。重いものを君に担がせたりしないよ。カメラは久我くんに担当してもらおう」

「いえ、そういうことじゃなくてですね」綾香は慌てて説明した。「たとえばその、四月に取材したドキュメンタリーですが、あれがうまく撮れたのは、私と野見山さんのコンビがよかったからだと思うんです」

「野見山くんはひとりでもできるだろう。何なら、小森くんと組ませてもいい」

「僕が野見山さんと？　それはちょっと……」

今度は小森が動揺している。「ちょっとって何だい」と野見山が小森に突っ込んだ。

「どうした早乙女くん、不安なのか？」保志は軽い調子で言った。「大丈夫。見た目はあれだが、久我くんはきちんとした人だよ。元新聞記者と元警察官。これは最強のコンビになりそうじゃないか。なあ、露木部長」

「おっしゃるとおりです」深くうなずいたあと、露木は綾香の肘をつついた。「いいな、早乙女。おまえは今日から久我とコンビを組むんだ」

「……わかりました」

今はそう答えざるを得なかった。

綾香は久我の様子をうかがった。その視線に気づいたのだろう、久我は直立不動の姿勢のままこちらを向いた。

戸惑いながら、綾香は軽く会釈をする。だが久我は、無表情のまま視線を逸《そ》らしてしまった。まるで興味がないとでも言いたげだ。

——うわ。この人、感じ悪いなあ。

綾香の中で、久我の第一印象はほとんど最悪に近かった。こんな無愛想な男と仕事をするのかと思うと、先が思いやられる。

「じゃあ、あとはよろしく頼むよ」

さっと右手を挙げ、さっと下ろして、保志は打ち合わせスポットから離れていく。それを見送ったあと、久我が動いた。

「失礼」

そう言って、あいていた椅子に腰を下ろす。メモ帳を取り出したあと、久我は顎の古傷を撫でながら、みなを見回した。

「では、打ち合わせを続けましょうか」

5

午前九時四十分。綾香たちは打ち合わせスポットを出て、自分たちの席に戻った。

久我の席は綾香の隣に用意された。もともとその場所はあいていたから、そのまま使ってもらうことになったのだ。文具や資料は総務部の女性社員が用意してくれた。そのあと、余っていたパソコンを持ってきて、小森と野見山が環境設定を行った。

「これで、だいたいOKだね」野見山は腕組みをしてこちらを向いた。「あとは仕事の内容についてだけど、どうしよう。私がおおまかな説明をしたほうがいいかな」

野見山は係長だから、新人の面倒を見なければという気になっているのだろう。

しかし当の久我は落ち着いたものだった。

「いや、けっこうですよ野見山さん」低い声で久我は言った。「仕事のやり方は実地で教わることにします。それでいいですね？　早乙女さん」

「え……。あ、はい」

急に訊かれて綾香は戸惑った。

半年ほど前、初めて自分がここに来たときは、業務の進め方について上司に説明を求めたものだ。まず話を聞いて、自分のやるべきことと、やってはいけないことを教わろうとした。とはいえ、すぐ取材に出ることになったから、OJT、つまり現場での実地訓練となってしまったのだが――。

それに対して、久我は事前に教育を受けなくていい、と考えているようだ。腹が据わっているのか、楽観主義なのか、とにかく綾香とは別のタイプの人間らしかった。

久我はパソコンを使い、SNSを閲覧し始めた。

「あの、久我さん」綾香は隣の久我に話しかけた。「何をしているんですか？」

「ネットで情報を集めているんです」久我は画面を見つめたまま言った。「このSNSのこと、知りませんか？」

「もちろん知っていますけど、そういう話ではなくて……」綾香は咳払いをした。「これから久我さんには、仕事を覚えてもらわなくちゃいけないんですが」

「さっき言ったとおり、OJTで覚えます。いいネタを見つけて、早く取材を始めたほうがいいでしょう」

「じゃあニュースを調べましょうよ。SNSなんか見ていないで」

久我はマウスを操る手を止め、椅子をこちらに向けた。

「新聞社やテレビ局のサイトを見るということですか？　それじゃ駄目だ」

「え？」

「すでにニュースになっている事件じゃ、もう遅いということです。大手のメディアに情報を握られてしまって、我々に勝ち目はないでしょう。それより、今起きたばかりの事件を追いかけるべきですよ。そうすれば我々にもチャンスが回ってきます」

「でも、どうやって事件を見つけるんです？」

久我は少し考えたあと、検索ボックスに「パトカー」と入力した。一般市民がＳＮＳに書き込んだ内容が一覧表示された。

「こうやって検索しただけで、この数時間に現場へ臨場したらしいパトカーの情報がわかります。渋谷駅のそばにパトカーが来て誰か連行されたとか、門前仲町駅近くの永代通りにパトカーが三台来ているとか、そういうことがね」

久我は相手を説き伏せるような喋り方をする。先ほど机を与えられたばかりだというのに、もう十年も座っているような貫禄が感じられた。不本意だが、綾香は彼のペースに巻き込まれつつある。

いやいや、こんなことではいけない。そう思って、綾香は異論を唱えた。

「役に立たない情報もあるでしょう？　たとえば、ほら、この人は見かけたパトカーの車種を書いているだけです。こっちの人は刑事ドラマの思い出話をしているだけだし……」

「もちろん取捨選択する目は必要です」久我は言った。「しかし、そこさえしっかりしておけば、SNSは情報収集のための有効なツールになります。中には、こうやって写真を載せてくれている人もいるし」

たしかにその書き込みには、停車しているパトカーの写真が添付されていた。周囲に野次馬が集まっているようだ。

「このほか、『事件』『事故』『警察』『救急車』といった言葉で検索していれば、何かが引っかかってくる。重大な事件の発生を知ることもできます」

「事件が起こっていれば、ですよね」

「関東圏で一日何件ぐらいの事件、事故が起こっていると思います？　ニュースのネタになるようなことは、いくらでもあるんです。今この瞬間にも事件は起こっていますよ」

「でも、報道に値するような事件かどうかは別ですよね」

「それを調べるのが我々の仕事じゃないんですか？」

綾香は黙り込んでしまった。のっけから久我はジャブを打ってくる。言うことがいちいちもっともな内容だから、反論するのが難しい。

――こういうときは、上下関係をしっかりさせておかないと……。

こちらも東陽新聞で六年ほど働いてきた経験がある。久我のようなタイプには、自分の立場を理解してもらう必要があることを、綾香は知っていた。

「さっきの打ち合わせのとおり、今日から久我さんは私とコンビを組んでもらいます。久我さんは三十七歳でしたよね。私は今三十一歳ですけど、この仕事では私が先輩であり、リーダーです。今後は私の指示に従ってください」

綾香がはっきりものを言う性格だと知って、久我は意外に思ったようだ。彼は姿勢を正した。

「わかっています、早乙女キャップ」

「はい？」

「新聞社とかでは、チームのキャプテンのことを略してキャップと呼ぶんでしょう？」

「まあ、そうですね。うちは新聞社ではないですけど、それで行きましょうか」

「了解しました、キャップ」

久我は深々と頭を下げた。こういうところはやはり元警察官だな、と綾香は思った。上意下達というのが警察の基本だ。久我は長年その習慣を守ってきたのだから、ここでも上下関係を重視するだろう。綾香の読みは正解だったようだ。

「そう固くならないでください」表情を和らげて綾香は言った。「久我さんは元刑事ですから、事件や事故には詳しいですよね。得意分野に関しては、あなたの意見を尊重します」

「恐縮です、キャップ」

「そんな、恐縮だなんて。私も、年上の方を相手に威張るつもりはありません。よけいな気をつかわず、ごく普通に接していただければと……」

なるほど、そうですか、と久我は言った。

「じゃあ、ごく普通にやらせてもらいましょうか」彼はにやりとした。「あんたがリーダーで俺は部下。その筋さえ通せばいいわけだな？」

突然相手の口調が変わったので、綾香は思わずまばたきをした。

「そうですが……。急にどうしました？」

「よけいな気はつかわないよ。キャップにそう言われたからね」

「たしかに、そう言いましたけど……」

「あんたも俺も、それぞれ得意分野を持つ専門家だ。俺はアンダーグラウンドの連中にも顔が利く。それを利用するつもりだ」

え、と綾香は声を出してしまった。

「法に触れるようなことをされたら困ります」

今度は久我が驚く番だった。

「なんで俺がそんなことをするんだよ。そこまで信用がないのか？」

「私もよけいな気をつかわずに言いますが、久我さんを見ていると、何かとんでもないことをしそうで心配です」

「ひどい言い草だな」久我は苦笑いした。「まあいい。それぐらい遠慮がないほうが、俺もやりやすい」

パソコンの画面を見つめて、久我はSNS検索を続けた。十分ほどたったころ、何か情報をつかんだようだ。彼は再び綾香のほうを向いた。

「キャップ。武蔵村山市で何か起こっているようなんだが」

「武蔵村山というと……」

綾香は自分のパソコンで地図を開いた。武蔵村山市は立川市の北に位置している。

「そこで何が起こったんですか？」

「武蔵村山市の山林に警察車両が入っていったらしい。ブルーシートを広げていたという話もある。別の情報では、今朝から東大和署のパトカーが騒がしいということだ」

「でも、武蔵村山市と東大和市では関係ないんじゃ……」

綾香が言いかけると、即座に久我は否定した。

「武蔵村山市を管轄するのは東大和署なんだ。ふたつの情報がつながっている可能性がある」

「その情報、今見つけたんですか？　この短時間で……」

　綾香は驚きの目で久我を見つめた。彼は無表情な顔で説明した。

「パトカーが動いたのは今朝早くのことだそうだ。俺たちはつい十分前まで、この件を知らなかった。そのままであれば、ニュースが流れるまで気づかなかっただろうな。事件の端緒っていうのはそういうものだよ。アンテナを張っていなければ、知らずに終わってしまう」

　綾香はマウスを操作して、地図上の距離を測った。銀座八丁目から武蔵村山市まで車で移動すれば、一時間以上かかりそうだ。それでも行ってみる価値はあるかもしれない。山林で警察車両がブルーシートを広げていたのなら、遺体が発見された可能性がある。

「まだニュースになってはいないんですよね？」

「ああ。どこのサイトにも出ていないよ」

　現時点では、どこの社も報道していないということだ。すでに取材は始まっているかもしれないが、今なら、自分たちのような小さな会社が食い込む余地もあるだろう。

「久我さん、車の運転は？」

「人並みにはな。パトカーのようには走れないが」

「わかりました。武蔵村山市に行きましょう」

　綾香は椅子から立ち上がり、露木部長の席に向かった。

取材開始の許可を得て、綾香と久我は外出の準備を始めた。綾香はリュックサックの中にタブレットPCやメモ帳、地図帳などをしまい込む。部長席の横にあるホワイトボードに行動予定を書き込んだあと、久我のそばに戻った。

「これ、持っていく機材一式です。ビデオカメラの使い方は、あとでお教えします」

「誰でも使えるのか？」

「ええ、私でも大丈夫でした。……そうだ久我さん、スタッフジャンパーを用意してもらえますけど、どうします？」

「いや、このままでいい」

久我は灰色のスーツ姿だ。そのほうが慣れている、ということだろう。

小森に挨拶をして、綾香たちは慌ただしく廊下へ出た。そこへ、ちょうどコーヒーカップを持って、野見山が戻ってきた。

「え？　もう出かけるのかい？」野見山は意外そうな顔をしている。

「武蔵村山に行ってきます。あとをよろしくお願いします」

「……あ、早乙女ちゃん」野見山は綾香を呼び止めた。「何かあったら電話してくれるかな。私も小森くんも、君には協力するからさ」

「ありがとうございます。そのときはよろしくお願いします」

ひとつ頭を下げて、綾香はエレベーターホールに向かった。黙ったまま、久我もあとからついてきた。

会社のワゴン車に乗り込み、綾香と久我は武蔵村山市へ出発した。

久我の運転は思ったほど乱暴ではなかった。これなら、今後ずっと運転手として信頼できそうだ。ただ、彼とふたりきりのドライブというのはあまり愉快なものではなかった。

とにかく久我はとっつきにくい人間だ。綾香を無視するようなことはないが、口の利き方はぶっきらぼうで、何を考えているのかよくわからない。

それでも綾香は、初めて出来た部下とのコミュニケーションをとろうと、あれこれ話しかけた。

「久我さんは捜査一課だったんですよね。何係だったんですか？」

「警察を辞めても、そういうことはぺらぺら喋れないんですよ、キャップ」

「そ……そうですよね」綾香は苦笑いを浮かべたあと、話題を変えた。「今から二年前……三十五歳で退職というのは早いですね」

「あんたも三十やそこらで退職したんだろう？　天下の東陽新聞を辞めるとは、もったいないじゃないか」

「上司と意見が衝突したんですよ。私が追っていた事件を記事にするなと言われたので、納得できません、という話をして……」

「どこからか、圧力でもかかったか？」

「ええ、おそらく政治家から。私は取材を続けたかったんですが、社としてそれは許されないということになって、どうしようもありませんでした」

ふん、と久我は鼻を鳴らした。

「そんなものだろうな。国民には知る権利がある、とマスコミは言う。でもマスコミには、国民にすべての事実を知らせる義務はないんだ。奴らはうまくやってるよな」

運転席の久我を見ながら、綾香はそっと尋ねた。

「久我さんはマスコミに批判的な立場なんですか？」

「元サツカンなんだから、マスコミが好きなわけはないだろう。あいつら、蠅のようにぶんぶん飛び回って、何度も捜査を邪魔しやがって……」

ハンドルを動かしながら、彼は舌打ちをした。これはまたずいぶん嫌われたものだな、と綾香は思った。

「そんなに嫌っているのに、どうしてこの会社に入ったんです？　うちだってテレビ局ですよ」

「俺はクライムチャンネルに入ってはいないよ。委託契約で仕事をするだけだ」

「契約のことはともかく、これから私と一緒に取材をするわけですよね。そのあと番組が作られて放送されることになります。それはかまわないんですか？」

「金さえもらえればいい」

赤信号を見て久我はブレーキをかけた。車が停止すると、彼は綾香のほうに顔を向けた。

「視聴者の評判がよければボーナスがもらえるんだ。正直な話、番組の内容なんてどうでもいい」

それはどうなのだろう、と綾香は思った。仮にも番組の制作に携わる人間が、内容はどうでもいいなどと放言してよいものだろうか。

――私が手綱を締めなくちゃいけないんだな。

久我はかなり癖のある人物だ。彼のほうが年上だが、仕事に取り組む姿勢については、リーダーである自分がコントロールしなければならないだろう。今後、面倒なことが起きないようにと綾香は祈った。

「答えてもらえるかどうかわかりませんけど……」相手の表情をうかがいながら、綾香は尋ねた。「久我さんが警視庁を辞めた理由は何なんですか？」

「あんたと似たようなことだよ」

「上司とうまくいかなかった、とか？」

「いや、上司というより……そうだな、組織とうまくいかなかったんだ」

「不祥事絡みですか？」

久我は何か考え込んでいる。答えるべきかどうか、迷っているように見えた。

信号が青になったことを確認すると、彼はアクセルを踏んだ。

「ただじゃ話せないな」久我は冗談めかして言った。「情報は金で買うものだよ」

やはり不祥事か、と綾香は思った。そうでなければ三十五歳で警察を退職し、金に困るような状況には陥らないだろう。

「とにかく、この仕事は絶対に成功させる。そしてボーナスをしっかりもらう。そうすればすべて丸く収まる」

久我はさらにアクセルを踏み込んだ。

十一時半ごろ綾香たちの車は東大和市に入り、新青梅《おうめ》街道沿いにある東大和警察署に到着した。久我は車を徐行させて署の様子を観察していたが、辺りに停まっている車両を見ると、すぐに眉をひそめた。

「ちくしょう、もう何社か来てやがる」

「いったいどこの会社でしょうね」綾香は窓ガラス越しに、ワンボックスカーを見つめた。

「テレビ局でしょうか」

「新聞かテレビかは関係ないんだよ。よそが来ないうちに、俺たちが情報を握っておきたかった。くそ、ボーナスが減っちまうじゃないか」

軽口を叩いているのではなく、久我は本当に悔しそうだった。それほど執着するとは、よほど金に困っているのだろうか。それとも、彼が地団駄踏むぐらいの報酬を、クライムチャンネルは提示しているのか。実際、いくらという約束をしているのか訊いてみたかったが、さすがにそれはやめておいた。どこに行っても、金の話はデリケートだ。

「いや、待てよ。まだ勝機はある」

そんなことを言いながら、久我は社有車を停めた。ビデオカメラの入った大きなバッグを肩に掛け、彼は運転席から外に出る。綾香もリュックサックを背負って助手席から降りた。

一階のロビーには、すでに十数名のマスコミ関係者が集まっていた。その中に知り合いを見つけて、綾香は思わず顔をしかめてしまった。

「早乙女、久しぶりじゃないか」

東陽新聞東京本社、社会部記者の梶浦正紀《かじうらまさき》だ。彼は綾香の五つ年上で、かつての先輩だった。いろいろ面倒を見てもらったから、梶浦には今でも感謝している。しかし彼は綾香のことを、いつまでも出来の悪い後輩だと思っているようなところがあった。

「そろそろ辞める気になったんじゃないのか？」

梶浦はそう尋ねてきた。これは今に始まったことではない。綾香がクライムチャンネルに転職したと知ると、別の会社を紹介する、すぐに移ったほうがいい、と彼は何度も勧めてきた。基本的にお節介な人物なのだ。

「辞めませんよ。まだまだやりたいことがたくさんあるんですから」綾香は挑戦するような目を相手に向けた。「梶浦さんこそ、東陽新聞で窮屈な思いをしてるんじゃないですか。私が辞めたあとも、会社の方針は変わっていないんでしょう？」

梶浦は口をへの字に曲げた。怒っているわけではなく、無意識のうちにそうしてしまう癖があるのだ。

「人には、実力に見合う器ってものがあるんだよ」梶浦は言った。

「私にはクライムチャンネルが合っていると思います」

「違うよ。おまえはもっと大きな場所で活躍すべきだ。CS放送局なんかでくすぶっていていいのか？」

まいったな、と綾香は思った。力を評価してくれるのは嬉しいが、梶浦の場合、私情が混じっているから困ってしまう。

綾香の隣で、久我が怪訝《けげん》そうな顔をした。

「キャップ、この人は誰ですか？」

「東陽新聞の梶浦さんです。以前、私がお世話になった先輩です」

「ああ、東陽さんか」久我はショルダーバッグを左の肩に掛け直した。「いつも世話になってるね」

え、と言って梶浦は黙り込んでしまった。目の前にいる性格の悪そうな男がどういう人物なのか、測りかねているのだろう。

「あなたは、クライムチャンネルの人ですか？」と梶浦。

「カメラマンの久我さんです」綾香は紹介した。「今日から私とコンビを組んで取材することになりました。私の部下です」

「部下？　早乙女の？」疑うような目で、梶浦は久我を見つめる。

久我は低い声で尋ねた。

「梶浦さん、社会部の佐竹《さたけ》部長は元気かい」

「うちの佐竹を知っているんですか？」梶浦はまばたきをした。

佐竹の名前が出て、綾香も驚いていた。九十キロはありそうな、佐竹部長の姿が頭に浮かんでくる。東陽新聞を辞める前、あの人とも一悶着あったことを思い出した。

「佐竹さんには貸しがある」久我は言った。「あの人が大きなポカをやったことも知ってる」

「いったい、どういう経緯で……」

「俺が捜一にいたころ、ちょっとネタを流してやったんだよ。あの人の手柄になったはずだ。それ以来、飯を奢ってもらったり、いろいろあったなあ」

梶浦は目を大きく見開いた。久我を見つめてから、綾香に訊いてきた。

「この人、元刑事なのか？」

「そうなんです。今は私の部下ですよ」

「とんでもない話だ」信じられないという顔で、梶浦は首を振った。「元刑事がテレビ局の社員になったって？　マスコミ的にはタブーじゃないのか？」

「俺は社員じゃない。委託契約で働いているだけだ」

「いや、そういう問題じゃなくて……」言いかけたが、梶浦は小さくため息をついた。「今の時代、やったもん勝ちってことか」

「じゃあ、佐竹部長によろしくな」

久我は踵を返した。梶浦に会釈をしたあと、綾香は慌てて久我を追いかけた。

「驚きました。久我さん、ずいぶん顔が利くんですね」

「捜一にいれば、記者のほうからすり寄ってくるからな。持ちつ持たれつという関係だよ」

綾香に向かって、久我はにやりと笑ってみせた。

午後一時から記者発表が行われた。

パイプ椅子が並べられた部屋に、記者やカメラマンが集まっている。綾香と久我は、うしろのほうの席に座っていた。大手の会社と比べると、クライムチャンネルは扱いが悪い。これは毎度のことだから仕方がなかった。

事前に綾香が教えたとおり、久我はビデオカメラを回し始めた。

発表をするのは警視庁捜査一課の柴貞義《しばさだよし》管理官だ。綾香は新聞記者時代、この人に何度も取材をしたことがある。柴は今四十八歳だということだが、年齢よりも少し上に見えた。仕事上意識しているのかもしれないが、表情の読めないところがあって、なかなか情報を出してくれない人物だった。

「本日午前七時五分ごろ、東京都武蔵村山市の廃屋で女性の遺体が発見された。発見者はその付近の植物を調査していた、城東大学理学部の学生三名。わずかだがドアの外に血痕があったのを見つけて、中を調べたとのこと」

廃屋のおおまかな所在地を説明したあと、柴は続けた。

「被害者は腹部を刺されていたが、現場に血痕は少なかった。どこか別の場所で殺害され、運ばれてきたものと考えられる。女性の年齢は推定で二十代後半から三十代後半。発見されたときは全裸で、膝を抱え込んだ状態で座っており、死後硬直が進んでいた。死亡推定時刻は昨日、十一月十日の午前零時から二時の間。免許証、携帯電話などの所持品はなく、現在も身元はわかっていない」

表情の読めない顔で、柴は淡々と発表を行った。

続いて、各社から質問が出た。

「大都《だいと》新聞ですが、被害者とその廃屋との関係はわかっているんでしょうか。廃屋の持ち主が事件に関与している可能性はありますか」

「今のところ、被害者の身元がわかっていないため、廃屋との関係も不明です」

「日央《にちおう》テレビです。周辺での目撃証言はないんでしょうか」

「現在聞き込みを行っていますが、まだ情報は入ってきていません」

「東陽新聞です」

先ほど会った梶浦が口を開いた。それを見て、久我が顔をしかめている。

「どこか別の場所で殺害されたということですが、やはり自動車で運ばれたと考えられますか？」

「さまざまな可能性を考慮して、捜査を進めているところです。現時点で、不審なタイヤ痕などは発見されていません」

綾香も手を挙げているのだが、弱小メディアの悲しさで、なかなか指名してもらえない。柴管理官とは面識があったが、そんなことはここでは役に立たなかった。

あきらめるしかないか、と思っていると、急に久我がカメラを押しつけてきた。久我は右手を挙げた。

それを見て、柴管理官が眉を大きく動かした。普段表情の読めない人だが、今、彼が驚いていることは明らかだ。

柴がこちらに向かって手を差し出した。質問が許可されたのだ。

久我は口を開いた。

「被害者はその廃屋に運ばれてから、死後硬直の状態になったと考えられますか？　それとも、遺棄される前から硬直していたと考えられますか？」

ひとつ咳払いをしてから、柴はこう答えた。

「おそらく、遺棄される前に死後硬直の状態になっていたと思われます」

「硬直した状態で運ばれたということですね？　確認させてほしいんですが、それはこういう恰好ですか？」

久我はパイプ椅子の上で、体育座りのような恰好をした。それを見て、周りの記者たちはみな驚いている。

「そうです。そういう恰好をしていました」柴は資料を見てから答えた。「書棚にもたれかかるような形だったため、床に倒れてはいませんでした」

「全裸だったということですが、被害者の体に引っ掻き傷はありませんでしたか。埃が付いていたということは？」

柴はかすかに眉をひそめた。くどいと感じているのだろうか。

「引っ掻き傷等は見つかっていません。埃は少量付着していたとのこと」

「足の裏に土や砂などは？」

「それは付いていません」柴はそう答えたあと、早口で言った。「詳細な回答は捜査に差し支えますので、ここまでとします。では、記者発表を終わります」

柴は一礼して部屋から出ていった。

各社の記者たちも椅子から立ち上がった。それぞれ同僚と相談したり、携帯電話で社に報告を入れたりしている。

「堂々としたものですね、久我さん」周囲に聞こえないよう、綾香は小声でささやいた。

「さすが元サツカン」

「柴さんとは以前いろいろあってね。久しぶりに俺の姿を見て、つい質問を許可してしまったんだろうな」

「この調子なら、ほかの社より早く情報が集められるかもしれませんね」

期待を込めて綾香が言うと、久我は腕組みをしてうなずいた。

「そのために、俺はここにいるんだ」

6

ガソリンスタンドで給油をしたあと、久我はどこかに電話をかけていた。それが済むと、彼は車を北へ走らせた。

住宅はまばらになり、畑や空き地が目立つようになってきた。ここから先、道は山林の中へ続いている。東京都内でもこういう場所があるのか、と思いながら綾香はビデオカメラに手を伸ばした。

「風景を撮影しておきますね」

綾香が言うと、久我はハンドルを握ったまま、ちらりとこちらを見た。

「こんな何もない道を撮影しても、つまらないだろう」

「久我さん、わかってませんねえ」綾香はカメラを窓の外に向ける。「ひとけのない山林へと進む取材陣。行く手に待っているのはどんな事件現場なのか……。そういう緊張感の出る画《え》が必要なんですよ」

「俺にはよくわからないが、そういうものなのか？」

「三月まで、私は東陽新聞でスタティックな仕事をしていたんです」

「スタティック？」

「動きのない、静的な、という意味です。新聞記事に添付されるのは常に写真であって、そこに動きはないでしょう？　でもテレビ局に入ってから、どうやって視聴者に見せるかということを意識するようになりました。映像と音の力は大きいですよ」

「過剰なところもあるけどな」久我はぼそりと言う。

「まあそうなんですが……」綾香は苦笑いを浮かべた。「でもそれは映像メディアの持つ強みです。私たちは一時間もののドキュメンタリー番組を作っているんですけど、映像の強みを活かすためには、映画の演出が参考になると気がつきました」

「そうなのか？」

「今私たちは、事件現場を訪ねるという第一の山場に差し掛かりつつありますよね。静かに緊張感を高めていくシーンがあると、そのあとの山場がぐっと良くなるんです」

わかったような、わからないような顔をして久我は唸っている。

雑木林の中を、車は時速四十キロほどで進んでいった。もう民家はほとんど見当たらず、たまに農作業用の軽トラックが停まっているぐらいだ。

午後三時前、ふたりは事件の起こった廃屋に到着した。

三方を雑木林に囲まれた土地に、古い民家が建っている。すでに鑑識の作業などは終わっているのだろう、立ち入り禁止テープなどはない。

砂利道にワンボックスカーが何台か停まっていて、カメラを構えた他社のスタッフたちが見えた。

「これじゃ、うち独自の番組なんて作れそうにないな」久我は不機嫌そうな顔だ。

車を降りると、彼はビデオカメラを担いで歩きだした。綾香はジャンパーにリュックという姿でついていく。

「久我さん、外から何カットか、家を撮影してください」

「どのへんがいいんだ？」

「まずはここから全体像を。そのあと、あの玄関をアップで撮ってください」

場所を指定して、事件現場となった廃屋を撮影してもらった。久我は思ったよりも素直で、綾香の言うとおりに動いてくれる。好き勝手に行動してしまうのではないかと心配したが、それは杞憂だったようだ。

「どうしたキャップ。何をにやにやしている？」

「にやにやしてはいませんけど……。久我さんがいい仕事をしてくれそうだな、と思って」

「金のためだからな」

そう言って久我は歩きだした。

廃屋といっても個人の所有物だから、中に入って撮影するのは無理だ。綾香たちは敷地の外をぐるりと回って、廃屋の外観を撮影した。みな考えることは同じらしく、よそのスタッフたちもそうしている。

綾香は用意してきた地図帳を開いた。アナログな方法だが、携帯電話やタブレットＰＣよりも広い範囲を見ることができる。

「私たちは車でしたけど、電車でも来られるみたいですね」綾香は言った。「駅から歩いて三十分ぐらいです」

「それは、歩ける距離とは言わないだろう」

「え……そうですか？　私なんか平気で歩きますけど。場合によっては走りますよ」

「もしかしてあんた、体育会系か？」

「高校時代は陸上部でした。今でも仕事で行き詰まると、無性に走りたくなります」

「そんな顔をしているから、お嬢さんっぽい趣味の人かと思っていた」

「久我さんだって、顔だけ見たら相当ですよ」

む、と言って久我は黙り込んでしまった。

ここで得られる情報はないと見たのか、他社のスタッフたちは引き揚げていった。

日が陰り、風が吹いて林の木々がざわざわ音を立てた。それがおさまると、あとは鳥の鳴き声が聞こえるぐらいになった。

ぴりり、と電子音が響いた。久我はポケットから携帯電話を取り出し、誰かと会話を始める。三十秒ほどで電話を切り、彼はこちらを向いた。

「よし、家の中に入るぞ」

「え？　まずいですよ。不法侵入になります」

「今、所有者から撮影の許可を得た」

驚いて、綾香は相手の顔を見つめた。

「いや……信じられませんよ。そんなに都合よく許可がとれるわけが……」

「あんたには無理だろう。だが俺にならできる。こういうときのための人脈だ」

「もしかして、警察官時代のツテですか？」

そういえばガソリンスタンドで、久我はどこかに電話をかけていた。あのとき家の所有者に話をつけてくれるよう、元同僚に頼んだのだろうか。しかし現職の警察官が、退職した久我の頼みを聞いてくれるものだろうか。

「何かまずい方法を使ったんじゃないでしょうね？　うちの会社にもコンプライアンスというものがあって……」

「安心しろ。法に触れるようなことはしていない。ただ、少し『融通《ゆうずう》を利かせてもらった』だけだ」

念のため綾香は会社に電話をかけ、このことを露木部長に報告した。

「久我の話は信用していい」露木は言った。「違法なことはしないよう、契約書で縛ってある。あいつも、つまらないことでボーナスを失いたくはないだろう」

「そうですか。わかりました。じゃあ、事件現場に入ってみます」

綾香が電話を切ると、久我は口元を緩めて尋ねてきた。

「どうだ。問題ないと言われただろう？」

「いろいろ気になりますけど、今はお礼を言いますよ。中が撮れるなんて、願ってもないことです」

リュックから白手袋を出して両手に嵌める。隣を見ると、久我も手袋を持参していた。元刑事だけあって、こういうところはぬかりがないようだ。

辺りにほかの記者がいないことを確認してから、綾香たちは建物に近づいていった。

ペンキの剝げかけた門扉を押すと、耳障りな音がした。手袋に赤茶色の錆がつく。

落ち葉を踏み締めながら、綾香たちは荒れ果てた前庭を進んだ。煉瓦で縁取られた花壇、青いブランコ。少し離れた場所にとぐろをまいたビニールホースが見える。

ドアは施錠されていない。「失礼します」と声をかけて綾香は中に入った。カメラを回しながら、久我もついてくる。

何十年も放置されているらしいその家は、どこも埃だらけだった。廊下や壁には、至るところに染みがある。靴をどうしようかと綾香が迷っていると、久我は土足のまま廊下に上がってしまった。綾香もそれにならった。

現場はたしか、居間だったはずだ。ふたりは廊下を進んでいく。

あちこちに新聞紙や雑誌が落ちていた。その日付は四十年ほど前のものだ。歩いていくと、ぎぎ、と床が軋んだ。

居間の中も相当散らかった状態だった。書棚のそばを調べると、埃が不自然に取り払われた跡がある。膝を抱える恰好で、ここに遺体が座らされていたのだ。

久我はその場所に近づき、ビデオカメラのレンズを向けた。

すでに鑑識が調べたあとだから、遺留品などは見つからないだろう。それでも何か発見があるのではないかと、綾香たちは家の中を見て回った。

台所には少しだけ生活の跡があった。茶簞笥にはふたり分の食器が揃えてある。黒い箸と赤い箸。ここに住んでいたのは夫婦だったのではないだろうか。

一通り撮影を終えると、久我はカメラを止めて綾香のほうを向いた。

「ここで俺たちにできることは、あまりなさそうだな」

「家の所有者はどんな人なんです？」綾香は尋ねた。「以前は夫婦が住んでいたように見えますけど」

「所有者はその夫婦の遠い親戚らしい。兵庫県に住んでいる波岡《なみおか》という女性で、七十代だそうだ。この家を処分してしまいたいが、相続手続きの関係でそのままになっているんだとか」

また風が出てきたらしく、窓枠がかたかたと音を立てた。

「外を歩いてみましょう」

久我を促して、綾香は廊下に向かった。

家の裏手には崖があった。辺りを調べてみたが、さすがに警察がすべてチェックしたのだろう、何も見つからなかった。

秋の日が暮れるのは早い。暗くなりつつある空を見上げて、綾香は言った。

「画は充分撮れたし、この家はもういいですね」

「少し、そのへんの道を調べてみるか」

ふたりは車に乗り込んだ。久我がエンジンをかけ、ワゴン車をゆっくり走らせる。先ほど通らなかった未舗装の細い道に入ってみた。分岐点をいくつか通過して走り続ける。しばらく進み、そろそろ道に迷いそうだというころになって、雑木林の中に空き地が現れた。

「気になりますね。停めてください」

車を降りて、綾香たちはその空き地に向かった。辺りはとても静かだ。一面に落ち葉が舞い散っていたが、ある場所を見て、久我が眉をひそめた。ビデオカメラで撮影したあと、彼はそこにしゃがみ込んだ。

「キャップ、ここを見ろ」

綾香は彼の隣にしゃがんで、地面を見つめた。落ち葉が踏み固められたような跡が残っていて、見るからに不自然だ。

「もしかして、犯人はここに車を停めたんじゃないか？」と久我。

「でも、あの家からここまでけっこう距離がありますよ。歩いたら十五分ぐらいかかるんじゃないでしょうか」

「犯人が警戒心の強い性格だとしたらどうだ。家の近くに車を停めたら、タイヤ痕を調べられてしまう。しかしこれだけ離れていれば、警察も気づかないだろう」

「ここからあの家まで、遺体を担いでいったということですか？」

「可能性はあるよな」

久我は自信ありげな顔をしている。元刑事の勘がそれを裏付けているのだろうか。

「どうします？　あの家まで道をたどって、痕跡を探してみますか？」

綾香が訊くと、久我は腕組みをして考え込んだ。ややあって彼は首を横に振った。

「さすがにそこまでやるのは無理だな。警察にやってもらったほうがいい」

「とりあえず、暗くなる前にこの空き地だけでも確認しましょうか」

すでに太陽は西の空、かなり低いところにある。ふたりは空き地の中を調べ始めた。

五分ほどのち、綾香は枯葉の上に何か光るものが落ちているのを見つけた。

「久我さん、こんなものが……」

金属製の針のようなものだった。直径二ミリ、長さ四センチぐらいだろうか。よく見ると先端が斜めにカットされていて、注射器の針のように見える。いったい何の部品だろう。

「警察に届けますか？」

「いや、業者に調べさせよう」

「それなら、知っている人がいますよ」

「いや、ここは俺を信用してくれ。俺は顔が広いんだ」

だが何のことはない、久我の言う業者とは、池袋にある法科学研究センターのことだった。

「私もそこに頼もうと思っていたんですよ。前にも、調査を依頼したことがあるんです」

「なんだ。それなら話が早い。帰りに池袋に寄っていこう」

久我はその金属部品をビニール袋に入れると、スーツのポケットにしまい込んだ。

辺りはかなり暗くなっていた。木々の枝が黒いシルエットになりつつある。こうなるともう、捜索も限界だろう。

ヘッドライトを点けて久我は車をスタートさせた。現在地がわからないまま走っていたが、そのうち地元の人が運転する軽トラックに行き合った。乗っていたのはひげを生やした三十代ほどの男性で、農作業の帰りだということだった。彼は野村《のむら》と名乗った。波岡宅の事件のことは、もう知っているそうだ。

「私たちテレビ局の者なんですが、最近このへんで不審な車を見ませんでしたか？」

「え……。テレビの人？」野村はそわそわした様子で身繕いを始めた。「テレビに出るのに、こんな恰好でいいのかな」

「いいえ、ここでカメラは回しませんので……」

「でも俺、警察の人にも情報を伝えたんだよ。聞きたくない？」

本当ですか、と言って綾香は久我にカメラの準備をさせた。撮影用のライトを点けて、久我は撮影を始めた。

「地元の方ですよね？　最近、この近くで不審な車を見なかったでしょうか」と綾香。

えへん、と咳払いをしてから野村は口を開いた。

「警察の人にはもう話したんですけど、昨日の午後四時前だったかな、銀色のワンボックスカーを見たんですよ。あれは、このへんに住んでる人の車じゃないね。ナンバーまでは覚えてないけど、運転していたのは男でしたよ。俺は林の中にいたから、向こうは気がついていなかったみたいだね」

「その人の恰好は？」

「ジャンパーを着ていた。そう、今俺が着ているような感じのね。色は灰色だったと思います。年齢はわからなかったなあ。年寄りではないと思うけど……」

「二十代から五十代ぐらい、といった感じでしょうか」

「うん、そうだね、たぶん」

「車はどっちへ行きました？」

「林から出てきて、町のほうへ走っていったね」

その車は、先ほど綾香たちが調べた空き地の辺りから、町のほうへと走り去ったらしい。

犯人は少し離れた場所に車を停めたのではないか、という推測が現実味を帯びてきた。

野村は期待を込めた目で綾香たちを見た。

「俺、取材されるの初めてなんですよ。このニュースは何チャンネルで放送されるの？」

「ああ……ニュース番組の取材じゃないんです」綾香は名刺を手渡した。「何か思い出したら、ここに連絡をいただけますか」

「クライムチャンネル？　どこで放送してるの、これ」

「ケーブルテレビなんかで見られるんですけど」

「なんだ、金がかかるのか」

野村はがっかりした様子だったが、綾香が取材協力の礼としてステッカーを差し出すと、興味深そうな顔で受け取った。綾香は彼の住所と電話番号を教えてもらって、メモをとった。

「最後に、もう少し質問なんですが」カメラを止めて、久我が尋ねた。「事件のあった波岡さんの家について、何か噂を聞いたことはありませんか？」

「いや、それはないねえ。もう何十年も空き家だったと思うから」

「このへんで空き巣狙いとか、強盗事件があったことは？」

「聞かないですね。今回あんな殺人事件が起こって、俺たちもびっくりしてるんですよ」

そうですか、と言って久我は口を閉ざした。

礼を述べて、綾香たちは社有車に戻っていった。野村は軽トラックに乗り込み、窓を開けてから言った。

「それにしても、おたくらどうしてこんな場所に迷い込んだの?」

「林の中に空き地がありますよね。あそこを調べていたんです」

「ああ、なるほど……。町のほうからまっすぐ来れば、こんな場所に迷い込むことはないんだけどね」

「そうなんですか?」と綾香。

「最短ルートを走ればすぐだよ。ちょっとわかりにくい分岐があって、そこを入っていくとあの空き地に出るんだ。波岡さんちに行くんなら、えらく回り道になるはずだよ」

だとすると、と綾香は考えた。犯人はわざわざ遠回りをして廃屋に向かったことになる。おそらく、あの空き地に車を停めるためだったのだろう。そして、あの空き地を知っていたということは、犯人には土地鑑があったのだと考えられる。

野村に会釈をして、綾香は社有車に乗り込んだ。

東大和署で刑事たちに話を聞こうとしたが、みな口が固かった。新しい情報を得られないまま、綾香と久我は会社に戻ることにした。

池袋の法科学研究センターに寄り、銀座のクライムチャンネルに戻ってきたときには、午後七時になっていた。久我はトイレに寄るという。綾香はひとり事務所に入っていった。

「ただいま戻りました」

自分の机に近づいていくと、野見山が腰を浮かせて話しかけてきた。

「早乙女ちゃん、大丈夫かい。久我さんとうまくやってる？」

「ええ、特に問題なくやっていますけど……」

「なんか困っていることがあるんじゃないの？　彼、ちょっと強面《こわもて》だし。顎の傷もなんだか怖いし……」

「たしかに愛想のない人ですけど、仕事にはしっかり取り組んでくれていますよ」

「何かあったら遠慮なく言ってほしいな。私と早乙女ちゃんの仲なんだから」

別に特別な仲ではないんだけど、とは思ったが、心配してくれることには感謝すべきだろう。ありがとうございます、と綾香は素直に頭を下げた。

「正直な話、私も戸惑ってるんだよ」野見山は渋い表情になった。「評判のよかった『廃棄された男』は私と早乙女ちゃんで取材したものだよね。それなのに、なんでコンビ解消になってしまったのか……」

「戦力の増強ということでしょう。久我さんは元刑事だから、いろんなところに顔が利くみたいだし」

「だけどそういうのって、ずるいと思うんだ。元刑事なんか連れてこられたら、私たち一般の人間がかなうわけないよね」

「まあそうですね。ある意味、特殊な人ではありますけど」

「だろう？　露木部長も何を考えてるんだか」

などと話しているところに、久我がやってくるのが見えた。ふたりは慌てて口を閉ざす。

野見山が久我のことを気にする理由はよくわかった。久我は元警察官という経歴だけでも異端視されているのに、愛想もないし、謙虚さもない。先輩である野見山などから見たら、面白くないと感じる部分があるのだろう。

――少し私から言っておいたほうがいいかな。

綾香はそう考え、腕時計を見た。

仕事が一段落した午後八時過ぎ、綾香は久我の様子をうかがった。新しい職場で初日を過ごした彼は、まだ帰るとは言い出さない。パソコンでネット接続し、「武蔵村山事件」の情報を集めているようだった。元刑事だけあって、相当粘り強い性格らしい。

「久我さん、今日はもう終わりにしませんか」

綾香が言うと、久我はマウスを操作する手を止めた。

「俺はどちらでもいいが、キャップがそう言うなら終わりにする」

彼は書類やメモ用紙を片づけ始めた。

「このあと、時間ありますか」綾香は小声で尋ねた。「一緒に食事でもどうです？」

怪訝そうな顔をして、久我は綾香の顔を見た。

「気をつかってくれているのか？　個人的に、そういうのはあまり好みじゃないんだが」

「リーダーとして、あなたと親睦を深めたいんですよ。ね、ビールでもいかがです？」

「俺は、ビールはあまり好きじゃない」

「そんなこと言わずに……。私、好きなんですよ。お願いです、つきあってください」

えっ、という声が聞こえた。振り返ると、コピー機のそばで小森が目を丸くしていた。

「早乙女さん、今のはどういう……」

「あ、いえ、気にしないでください」綾香はごまかすように笑ってみせた。「私と久我さんの問題ですから」

まばたきもせず、小森は綾香を見つめた。それから、慌てた様子で自分の席に戻っていった。

小森の背中を見送ったあと、久我は再び口を開いた。

「わかった。一緒に行ってもいい。ただし、あんたにはキャップとして、懐の深いところを見せてほしい」

「どうすればいいんです？」

「ごく簡単な話だ」久我は言った。「奢ってくれ」

会社の近くにある中華料理店で、綾香と久我は食事をした。

あまり好きではないと言ったわりには、久我は生ビールを三杯も飲んだ。さらにメニューを見て、今度は紹興酒を注文している。

少し酔いが回ってきたところで、綾香は久我に尋ねた。

「久我さんは独身なんですか？」

「ああ、そうだ。あんたと同じだ」

「今日、一緒に行動して気がついたんですが、久我さん、もしかして倹約してます？」

「無駄に使える金はないからな。食費なんて一番削らなくちゃいけないところだ」

「普段どんなものを食べているんですか？」

「カップ麺が多いな。もう少し余裕があるときは、スーパーで半額になった弁当を買う。まあ、そのへんが限度だ」

「半額になるタイミングって難しいんじゃないですか？」

「閉店間際が勝負だな。早すぎては半額にならないし、遅いと商品がなくなってしまう。あれはとても難しい」そこまで言ったあと、久我は顔をしかめた。「いったい何の話だ」

「倹約していることと委託契約にしていることは、関係あるんですか？」

「どうしてそう思う？」

「もしかして、お金に困っているんじゃないかと……。よけいなお世話かもしれませんけど」

「そうだな。よけいなお世話だ」紹興酒を一口飲んだあと、久我は顎の傷を撫でた。「委託契約にしてもらったのは、そのほうが金になるからだ。あんたの言うとおり、俺は金に困っている。……これで満足か？」

「いいえ、もう少し。なぜお金に困っているんですか？」

「そこまでプライベートな話はしたくない」

「警察を辞めたことと、お金のことは関係あるんですか？」

「あんたに話す義理はないよ」

「昔、警察で何があったんです？」

「なんでそんなにあれこれ聞きたがるんだ。これは尋問なのか？」

まさか、と綾香は首を振る。

「どこまで踏み込んでいいのかわかりませんけど、何か手助けできることがあれば、と思っているんです」

だったら、と久我は言った。にやけた顔でこう尋ねた。

「あんた、俺と結婚して養ってくれるか？」

「それは嫌です」綾香は即座に拒絶した。「絶対に嫌です」

ふん、と言って久我は紹興酒を呷《あお》った。それからウエイトレスに向かって手を挙げた。

「エビチリと五目チャーハン追加。紹興酒もだ」

7

ワンボックスカーの運転席で、椎名達郎は腕時計に目をやった。

午後八時三十五分。すでに糸山工務店の就業時間は終わっているが、事務所にはまだ何人も社員が残っているだろう。出先で仕事をしている者もいるはずだ。

椎名は基本的に外出していることが多く、その間は誰かに見られているわけではない。営業社員の役目は、仕事の注文を取ってくることだ。ノルマとまでは言わないが、月々の目標受注金額は決まっていて、それに達すれば大手を振って過ごすことができる。一カ月の中で所定の数字を挙げることができれば、外で息抜きをすることも可能だ。ある程度、時間の融通が利く職種なのだった。

今、椎名は杉並区下井草の路上に車を停めている。車内で煙草を吸いながら、ある写真店を見張っているところだ。店の正面はガラス張りになっていて、中の様子がよく見えた。

明るい店内に客の姿はない。カウンターには髪をショートカットにした、若い女性店員がいた。身長は低めで、おそらく百五十センチぐらいだろう。質素な印象だから学生のようにも思えるが、事前に調べた結果、彼女は二十七歳だとわかっていた。椎名は一眼レフカメラを構え、フラッシュを焚かないよう注意しながら、彼女の写真を撮った。

一瞬、彼女がこちらに目を向けたように思えた。だがそれは気のせいだろう。明るい店の中から、この暗い車内が見えるはずはない。

観察を続けるうち、店の奥から別の店員が現れた。眼鏡をかけた、背の高い中年の女性だ。ふたりはいくつか言葉を交わしていた。やがてショートカットの彼女は、頭を下げて奥の部屋に引っ込んだ。

椎名は煙草を揉み消し、次の行動の準備に移った。

五分後、ショートカットの女性が店の裏手から出てきた。椎名は革手袋を嵌め、車の運転席から外に出た。携帯電話を確認するようなふりをして、車のそばに立つ。

ショートカットの女性は道を渡って、こちらにやってくる。駅へ向かうため、彼女がこの歩道を通ることはわかっていた。従って、この路上にワンボックスカーを停めておけば、彼女は車のすぐ脇を通るのだ。

何が起こるか、彼女は想像すらしていないだろう。どんな目的で銀色の車がそこに停まっているか、考えてもいないはずだ。

彼女は徐々に近づいてくる。車までの距離はあと十メートル。七メートル。五メートル。いよいよだ！

椎名は動きだそうとした。

だがそのとき、彼女に声をかけた者がいた。椎名はぎくりとして行動を止めた。先ほどの背の高い中年女性が姿を現した。彼女は親しげな様子でショートカットの彼女に近づき、隣を歩き始めた。どうやら駅まで一緒に帰ろうということらしい。

思わず椎名は舌打ちをした。だがそれに気づかれてはまずい。携帯電話を操作する演技を続けて、彼女たちが車の横を通りすぎるのを待った。

計画は失敗した。

ふたりの女性のうしろ姿を見ながら、椎名は今後の行動について考えを巡らした。ふたりは別方向の電車に乗るかもしれない。ふたりが別れたところで、あらためて接触を図るべきだろうか。しかし人通りの少ないこの場所ならともかく、駅の中ではリスクが高い。

どうするかと考えているとき、携帯電話が鳴った。

眉をひそめて、椎名は液晶画面を見つめた。

《会社　大貫課長》と表示されている。

無視してもよかったが、場合によっては不審に思われる可能性もある。椎名は車に乗り込んで電話に出た。

「はい、椎名です」

「お疲れさん。大貫だけど、今大丈夫か」

髪を七三に分けた、大貫の真面目そうな顔が頭に浮かんだ。椎名にとって敵ではないが、味方と言えるわけでもない。

「大丈夫です。何でしょうか、課長」と椎名は答えた。

「藤吉さんの件で、下請けから問い合わせが来たんだ。急いでるらしくてね。今日中に返事をしなくちゃいけないんだが、椎名は何時ごろ戻ってくる？」

「ああ……。そうですね。九時半ごろまでには」

「じゃあそれまで待っているから、打ち合わせをしよう。そのあと下請けに回答する」

これから打ち合わせをするのかと思うと、気が滅入った。だが上司の命令であれば、拒絶することはできない。

「わかりました。できるだけ急ぎます」

椎名は電話を切ると、低い声で唸った。何かをやろうとすると、すぐに邪魔が入る。まったく、会社員というのは窮屈で仕方がない。

打ち合わせを終えて自宅アパートに戻ったときには、もう午後十一時半になっていた。

椎名は窓から外の様子を確認したあと、テレビを点けてニュース番組を見た。政治や経済など興味のない話がしばらく続いたあと、ようやく期待していた情報が流れた。

男性アナウンサーは緊張した面持ちでニュースを伝えている。今日午前七時過ぎ、武蔵村山市の山林にある廃屋で、女性の遺体が発見された。被害者の身元はまだわかっていないが、年齢は二十代後半から三十代後半。身長百六十センチほど。彼女は全裸だった——。

ようやく報じられたか、と椎名は思った。昨日の午後には椎名が写真を撮っていたというのに、警察が死体を見つけたのは今朝だったのだ。

あのあと椎名は、死後硬直についてネットで調べていた。もし警察が発見したのが死後三十時間以内だったとすれば、その時点でも硬直は解けていなかったはずだ。そうだとすれば椎名と同様、捜査員たちも石のように固まった死体を発見したことになる。

椎名は煙草を吸いながらパソコンの電源を入れた。先ほどテレビで見たニュースをネットで検索してみる。しかしテレビで報じられたこと以外の情報は得られなかった。まだ警察からの発表が少なく、新聞社、テレビ局などの独自取材も進んでいないのだろう。

椎名はカメラからデータ記録メディアを取り外した。パソコンにデータをコピーして、画像ファイルを開く。そこには写真店で見た、ショートカットの彼女が写っていた。

パソコンを操作して、椎名は彼女の写真を印刷した。かすかな音を立てて、プリンターへッドが動きだす。右へ、左へ、右へ、左へ。そうやって彼女の姿が、白い紙の上にプリントされていく。

椎名は出来上がった写真を資料ファイルに収め、そのファイルをショルダーバッグの中に入れた。

今日は駄目だった。だがまだチャンスはあるはずだ。なんとしても彼女に接触しなくてはならない。

——俺の身を守るためにも、やらなければいけないんだ。

自分にそう言い聞かせたあと、椎名はマウスを操作していつものウェブサイトにアクセスした。《死体美術館》というタイトルが表示される。椎名はページを切り換えていく。

白いブラウスに、青いストライプ模様のスカート。その女性の死体は、今もサイトに表示されていた。

第二章　遺留品

1

朝のひんやりした空気を胸に吸い込みながら、綾香は周囲を見回した。

十一月十二日、午前八時十五分。綾香は久我とともに東大和警察署に到着していた。同じ東京都といっても、銀座八丁目から東大和市までは車で一時間半もかかる。他社に出遅れるわけにはいかないから、ふたりは七時過ぎにクライムチャンネルに出社し、社有車でここまでやってきたのだった。

警察署の近くには、すでに数社の車両が停まっていた。彼らも相当早起きして出かけてきたのだろう。いや、資金の潤沢な会社であれば市内のビジネスホテルなどに宿泊し、早朝から取材活動を開始していたのかもしれない。そうだとすれば、この時点で早くも差をつけられている可能性があった。

署のロビーに入っていくと、他社の記者たちが副署長を囲んでいた。この場所でカメラを回すのはルール違反だ。カメラマンの久我を残して、綾香は取材者の一団に加わった。

「記者発表は午前十時からです。それまで待ってください。なお、手続きなどで一般市民が署に来ますから、取材のみなさんは業務を妨げないよう願います」

でっぷり太った副署長は、みなを見回してそう言った。

「武蔵村山の事件ですが、女性の身元はわかったんですか？」

記者のひとりが訊くと、副署長はゆっくりと首を横に振った。

「ここでは何も話せません。記者発表まで待ってください」

「近隣での目撃証言はとれていますか？」

「今、私からみなさんにお話しできることはありません」

一見、人がよさそうなのだが、この副署長は思ったより口が固い。まあ、そうだろうな、と綾香は思った。捜査を仕切っているのは桜田門の捜査一課、柴管理官たちだ。所轄の人間が勝手にあれこれ喋るわけにはいかないし、そもそもこの副署長は詳しい情報を知らされていないのかもしれない。

「おはよう、早乙女」

そう声をかけてきたのは東陽新聞の梶浦だった。

「梶浦さん、今日も来たんですか？」

「当たり前だろう。まだいくらも情報が入っていないんだ。何もつかめませんでしたなんて、上には報告できないよ」

「天下の東陽新聞なら、ほかに取材することがあるんじゃないですか？　たとえば江東区の医療ミスの件とか」

梶浦はもともと医学・医療系の事件に強い。臓器移植や医療過誤、保険制度の問題などを取材させたら右に出る者はいないと言われている。

「少し気になることがあるんだ」梶浦は声を低めて言った。「今回の武蔵村山の事件で、被害者は膝を抱えた形で座っていたんだよな。それを聞いて『屈葬』を思い出した」

「屈葬というと、手足を曲げた形で遺体を埋葬するという……」

「そう、それだ。犯人があああいう姿勢をとらせたのなら、その理由は何なのか。知りたいと思わないか？」

綾香は黙ったまま相手の顔を見つめた。新聞記者時代、梶浦は綾香に対していろいろとアドバイスしてくれた。だが今、綾香と彼は別の会社にいるわけで、ライバル同士だと言える。その綾香に、梶浦はなぜこんなことを話すのだろう。

「妙なことを吹き込んで、うちの取材を攪乱《かくらん》するつもりですか？」

綾香が眉をひそめるのを見て、梶浦は驚いた様子だった。

「ちょっと思いついただけだよ。別に深い意味はない」

「忙しいので、これで失礼します」

軽く頭を下げて、綾香は踵を返した。梶浦が悪い人間ではないことはわかっている。だが今の段階で、おかしな情報に振り回されたくはなかった。

「キャップ、あの男とずいぶん仲がいいじゃないか」久我が話しかけてきた。「商売がたきだろう？　奴に情報を取られるなよ」

「わかっています」綾香はうなずいた。「私も取材のプロですから、初歩的なミスはしません」

十時から記者発表が行われたが、まだ被害者の身元は判明していないということだった。記者たちの質問に対して、柴管理官は表情を変えることなく冷静な回答を繰り返している。結局、新しい情報はほとんど出てこなかった。

綾香は久我とともに社有車に乗り、現場付近での証言を集めることにした。だが昨日も見たとおり、廃屋があるのは山林の中だ。近くに民家はなく、かろうじて畑で農作業をしている人を見つけて話を聞くぐらいしか手はない。

昨日林道で出会った野村という男性に電話をかけてみたが、特に思い出したことはないということだった。

「あの家について調べてみましょうか」綾香は久我に提案した。

「しかし持ち主の波岡さんが住んでいるのは兵庫県だぞ。そこまで行くのか？」

たしかに、わざわざ兵庫県まで行くのは時間のロスになるだろう。大きな成果が期待できるわけではないし、今はまだその段階ではないという気がする。

廃屋の様子を思い出しながら、綾香は言った。

「あの家について、不動産会社が何か知っているということはないでしょうか」

「そうだな。地元の物件だから、どこかの会社が情報を持っている可能性はあるが……」

「行ってみましょう。とにかく今は積極的に動かないと」

綾香たちは車で市街地に移動した。ネットでいくつかの不動産会社を探して、順番に訪ねていく。

そのうちの何社かは、あの家の持ち主が波岡という女性だと知っていた。

「うちで扱わせてもらえないかと連絡をとったこともありますが、波岡さんは体が悪いようでして……」駅近くの不動産会社で、担当者は資料を調べてくれた。「兵庫県まで会いにいくこともできなかったものですから、そのままになってしまいました」

「波岡さんの家について、何か聞いたことはありませんか」

「何か、というと？」

「たとえば、あの家をほしがっていた人が訪ねてきたとか、情報を集めているような人がいたとか……」

「そういう方はいらっしゃらないですね。ただ、廃墟マニアっていうんですか、写真を撮ってネットにアップする人がいると聞いたことがあります。住居侵入ですから、私どもの業界でも困っているんですけど」

「あの家がネットに出ているということですか？」

「はっきり見たわけじゃありませんが、そんな噂があるとかで」

礼を述べて、綾香たちは不動産会社を出た。

持っていたタブレットＰＣで検索しようとしたが、件数が多くて時間がかかりそうだ。思案したあと、綾香は事務所に電話をかけた。派遣の女性社員が出たので、制作二課の小森を呼んでもらう。

「もしもし、小森ですが……」

覇気のない声が聞こえてきた。彼はゆうべも遅くまで仕事をしていたのだろうか。

「早乙女です。小森さん、あなたの力が必要です」

「は？」

電話の向こうで小森は驚いているようだ。

「武蔵村山の事件ですけど、遺体が置かれていた廃屋がネットに出ていないか調べてほしいんです。画像が相手なので、私のほうでは調べきれなくて……」

「ああ、それはそうでしょうね」小森は言った。「何かその家の情報はありますか？」

「昨日撮影したデータは会社のサーバーにありますから、外観や何かをチェックしてみてください。家の持ち主は兵庫県に住む波岡という女性で……」

綾香は現在までにわかっていることを、手短に説明した。

「了解です。こちらで調べて結果を報告します。急ぎですよね？」

「ええ、できれば……。当てにしていますよ、小森さん」

「任せてください」

最初は覇気の感じられなかった小森だが、急にやる気を出したようだった。目の前に何か解決すべき問題があると、彼は張り切る性格なのだ。それがわかっていれば、小森に仕事を頼むのはそう難しいことではなかった。

その後も綾香と久我は、いくつかの不動産会社を訪ねていった。殺人事件のことはみな知っていて、綾香が取材スタッフだと言うと興味を示した。だがあいにく、波岡の家に関する情報はほとんど出てこない。

正午過ぎ、綾香たちはコンビニで買ったものを車の中で食べた。久我はおにぎり三つ、綾香はサンドイッチだ。

無言のままふたりで食べていると、綾香の携帯電話が鳴った。液晶画面に表示されているのは小森の名前だ。綾香は慌ててサンドイッチを呑み込むと、通話ボタンを押した。

「はい、早乙女です。小森さん、何か見つかりました？」

「とんでもないものが出てきました」珍しく小森は興奮しているようだった。「早乙女さん、ネット上の会員制サイトに、事件現場の写真が載っています。遺体が写ってるんですよ！」

綾香は絶句してしまった。今捜査している事件の遺体が、ネットに掲載されている？　そんな話はこれまで一度も聞いたことがない。

「いったいどこに……」

「今、URLをメールで送りました」

通話を切らずに、綾香はタブレットPCを手に取った。小森からのメールを開いて、URLのリンクをクリックする。

黒い背景に《死体美術館》という文字が浮かび上がった。メールに書かれていたユーザー

ＩＤとパスワードを入力すると、会員ページに入ることができた。そこにはさまざまなカテゴリーが並んでいる。

「何なの、これは……」

思わず綾香は声を出してしまった。運転席の久我も、画面を覗き込んで眉をひそめている。

小森が教えてくれたページに移動すると、そこに女性の写真が掲載されていた。彼女は書棚に寄りかかるようにして、床に座り込んでいる。膝を抱え、体育座りのような姿勢をとっていた。その写真を見て、綾香は梶浦の話を思い出した。彼は被害者の様子を、屈葬のようだと表現していた。

「これ、問題の廃屋じゃないですか？」小森の声が聞こえた。

ええ、と綾香は答えた。

「書棚に見覚えがあるから、事件現場に間違いないと思います。……小森さん、どうやってこの画像を見つけたんですか？」

「アングラサイトの掲示板を見ていたら、妙な書き込みがあったんです。遺体の写真を集めた会員制サイトに、ある女性の写真が載っている、どうやらそれは武蔵村山で起こった事件の写真らしいって。その人の書き込みを追いかけていくうち、死体美術館というサイトに行き着いたんです」

「ここ、会員制なんですよね？」

「さっき入会しました。費用を立て替えておきましたから、あとで早乙女さん、よろしくお願いしますよ」

「部長に交渉してみます」そう言ったあと、綾香は画面を見つめて唸った。「この写真はサイトの管理人が掲載したんでしょうか」

「死体美術館ではこういう写真を募集しているようですね。一般の人から買い取って、載せているんじゃないかと思います。まったく、気分の悪い話ですよ」

「だとすると、写真を送ったのは犯人？」

「その可能性が高いですね」

どういうことだろう、と綾香は考えた。犯人は殺人を犯し、死体遺棄しただけでは飽きたらず、写真を世間にさらしたかったのだろうか。いや、世間にさらすというのは違うかもしれない。ここは会員制のサイトだから、遺体の写真が好きだという人が会員登録しているのだろう。この女性の写真は、そういう会員たちのために撮影され、掲載されたのかもしれない。

「今、このサイトについて調べているところです」小森が言った。「どこまでやれるかわかりませんが、情報を集めてみます」

横にいた久我が、綾香の肘をつついた。

「キャップ、このサイトの管理人とは連絡がつくのか？」

綾香はそのまま小森に質問してみた。ええ、と小森は答えた。

「《投稿される方へ》というボタンがありますよね。それをクリックするとメールを送ることができます」

そのことを伝えると、久我は何度かうなずいた。

「わかった。こいつにメールしてみよう。データを売り込みたい、直接渡したいって言えば会えるんじゃないか？」

「え？」綾香はまばたきをした。「そんな写真、どこにあるんです？」

「それらしく見えればいいんだよ。とにかく管理人に会うことさえできれば、捜査は先に進む」

無意識のうちに、久我は「捜査」という言葉を使ったようだ。

わかりました、と彼に答えてから、綾香は電話の向こうに話しかけた。

「小森さん、私のほうで管理人に連絡をとってみます。何か情報が入ったら、また教えてください」

「了解です」

電話は切れた。ひとつ息をついたあと、綾香は久我のほうを向いた。

「久我さん、さっき『捜査』って言いましたね」

「え？　そうだったか？」

「私たちがやっていることは取材ですから。捜査じゃありませんので、そのへんはよろしくお願いします」

綾香が言うと、久我は不機嫌そうな顔になった。

「そんなこと、あんたに言われなくてもわかっている」


綾香はタブレットPCを使って、死体美術館の管理人である「ノーマン」という人物にメールを送った。

自分の名は「AYK」とすることにした。Ayakaから何文字か取ったものだ。

《はじめまして、AYKといいます。写真を買い取っていただけると知って、ご連絡しました。今、私の手元に、外国で撮影してきた死体写真が大量にあります。これを買い取っていただきたいと思います。数が多いので直接お会いして吟味していただけないでしょうか。こちらは東京在住ですが、うかがえる場所ならどこにでもお邪魔します。ご都合のいい場所や

日時などをご指定ください。なお、秘密厳守でお願いします》

最後に「秘密厳守で」などと書いたのは、真実味を出すためだが、相手がそれをどう判断するかはわからない。とにかく連絡をとってみてどうなるか、結果を待つことにした。

メール送信を終えて運転席を見ると、久我はどこかに電話をかけていた。低い声でぼそぼそ話していたが、やがて彼はこちらを向いた。

「キャップ、車を出すぞ」

久我はギアを切り換え、サイドブレーキを解除した。ウインカーを右に出して車をスタートさせる。

「何か情報が入ったんですか？」と綾香。

「被害者の身元がわかった。白浜唯《しらはまゆい》、二十九歳。三軒茶屋に住んでいる。派遣社員で、現在は食品メーカーの工場に勤務」

「どうしてそんなことがわかったんです？」

「後輩の刑事に、少し鼻薬を嗅がせておいた」

え、と言って綾香は目を丸くする。

「ちょっと！　そんなことしていいんですか？」

「冗談だ」久我は前を向いたまま言った。「そいつにはいくつか貸しがあってな。今ちょうど、被害者の身元が記者発表されたところだそうだ。後輩はそれを教えてくれたんだ」

「あ……。臨時の記者発表があったんですね？」

綾香たちは東大和署を出てしまったから、発表を聞くことはできなかったのだ。きわめて重要な情報だから、これを知っているのと知らないのとでは、今後の取材方針がまったく変わってくる。

「危ないところでした。その後輩の方に感謝ですね」

「違うだろう？　あんたは俺に感謝すべきだ」久我は抗議するような口調で言った。「俺が後輩に頼んでおいたから、すぐ情報が入ってきたんだよ。……野見山さんだっけ？　あの人とコンビを組んでいても、こうはならなかったはずだ」

たしかに、と綾香は思う。久我と一緒に行動すると、いろいろな情報が手に入るようだ。これは彼を採用した大きなメリットだと言える。

ただその一方で、久我のやり方は少しずるいような気もした。どこかに落とし穴があるのではないか、という不安がある。

――とにかく、久我さんの行動には注意しないと。

地図帳で三軒茶屋のページを開きながら、綾香はそう考えていた。

2

久我はかなり急いで車を運転していた。スピード違反はなかったが、綾香から見ると少し怖いと感じるような急発進、急ブレーキが何度もあった。

「あの、久我さん、もう少し穏やかに……」

「もたもたしてたら他社に負けちまうだろうが」久我は鼻息が荒い。「俺のボーナスがかかってるんだぞ」

三軒茶屋駅に近づいたところで国道246号を逸れ、車は住宅街に入っていった。しばらく徐行するうち、茶色いマンションのそばに警察車両が停まっているのが見えた。幸い、ほかのマスコミはまだ到着していないようだ。

「よし、チャンスだ」

コインパーキングに車を停めると、久我はショルダーバッグとカメラを持って外に出た。綾香もリュックを背負って助手席から降りる。

ふたりは四階建ての茶色いマンションに向かった。制服警官や私服捜査員が路上で話をしている。これからの捜査について相談しているのかもしれない。

久我はカメラを担いで、そのマンションを撮影し始めた。まず遠景から。そのあと近づいて、エントランスなどにレンズを向ける。ちょうどエレベーターホールから、マンションの住人らしい初老の男性が出てきた。彼はまず久我の構えたビデオカメラに驚き、制服警官たちを見てまた驚いていた。

「あの、何かあったんですか？」

綾香に向かって、その男性は話しかけてきた。いかつい顔の久我や警察官たちに比べたら、綾香に問いかけたくなるのが人情というものだろう。綾香の顔は、癒し系と言われているのだ。

「マンションの住人の方でしょうか」綾香は男性に尋ねた。「こちらに白浜唯さんという女性が住んでいたと思うんですが、ご存じですか？」

「白浜さん？」

「派遣社員で、食品メーカーに勤めていた方です」

「いや、知りません。私、最近ここに越してきたものですから」

「ちょっとそこの人！」制服警官が目ざとく見つけて、こちらにやってきた。「捜査の邪魔だから離れて。エントランスは私有地ですよ」

くそ、とつぶやいたが、久我は警官と口論するような真似はしなかった。現在の自分の立場を、よくわきまえているようだ。

住人に取材できないとなると、別の方法を考えなくてはならない。どうしようかと綾香が思案していると、

「キャップ、近くで聞き込みをしよう」

ビデオカメラを止めて、久我がそう提案した。

「聞き込みですか？　当てもなく歩き回っても仕方ないと思いますけど……」

「いや、当てはある」

久我はマンションの壁に貼ってあったパネルに近づき、記載された内容をメモした。《入居者募集中》という文字の下に、不動産会社の情報が書かれている。

彼は携帯電話で、その会社に連絡をとったようだ。

「国道沿いだ。行こう」

早速、久我は歩きだした。綾香は慌てて彼のあとを追いかけた。

先ほどの国道２４６号に戻り、しばらく行くと目的の不動産会社が目に入った。ガラス戸を開けて、久我は中に入っていく。

「いらっしゃいませ」カウンターの中にいた若い女性が、声をかけてきた。

「警察のほうから来ました」

久我がそう言ったので、綾香は思わず顔をしかめてしまった。一昔前、消火器のセールスマンが「消防署のほうから来ました」などと言っていたらしいが、それと変わらない欺瞞だ。

カウンターの女性は驚いた様子で「少々お待ちください」と頭を下げ、上司を呼んだ。

やってきたのは緑色のジャンパーを着た中年男性だった。五十代だろうか、髪に白いものが交じっている。彼はこの会社の営業課長だそうだ。

「お待たせしました。警察の方ですか」

「警察のほうから来ました」久我はそう繰り返したあと、鋭い視線を相手に向けた。「この先のマンションについて、話を聞かせてほしいんですが」

久我は先ほどメモしたマンションの名を伝えた。

「そこに白浜唯という女性が住んでいますよね。彼女が事件に巻き込まれました」

「事件というと……」

「昨日、白浜さんの遺体が発見されたんです」

「え……。まさか、あのマンションで？」

「いや、遺体が発見されたのは別の場所です。先ほど身元がわかったので、白浜さんの自宅を調べているところなんです」

そんな話をしているところに、別の女性社員がメモを持ってきた。営業課長はその紙をちらりと見てから顔を上げた。

「今ちょうど警察から電話が入ったようです。たぶんこの件ですよね？」

それを聞いて、久我は舌打ちをした。

「遅い。あいつら、今ごろ電話をかけてきたのか」彼は女性社員のほうを向いた。「あとでかけ直すよう言ってもらえますか」

有無を言わさぬ口調だ。女性社員は慌てて電話のほうへ戻っていった。

たいした演技力だな、と綾香は思った。もはや一般市民でしかないというのに、久我はあたかも捜査員だというような顔をしている。元刑事というのは誰でもこれぐらい神経が太いのだろうか。それとも、これは久我だけの特徴なのか。

「白浜さんのことですが……」久我は質問を始めた。「あのマンションは賃貸ですよね？　いつから入居していましたか」

営業課長はパソコンを操作して、画面に表示された内容を教えてくれた。

「六年前の八月からです。何度か契約を更新していますが、今まで特に問題が起こったことはありません」

「保証人はどうなっています？」

「ええと……お母さんですね。白浜春江《はるえ》さんという方です」

「住所を教えてください。ただちに事情聴取しなくてはいけません」

「あ、はい。代々木上原駅の近くです。渋谷区上原一丁目の……」

相手が口にした住所を、久我はメモ帳に記入した。

「ご協力に感謝します」

そう言うと久我はカウンターから離れ、ガラス戸の外に出た。

半ばあきれながら、綾香は彼に話しかけた。

「久我さん、ああいうやり方はどうかと思いますけど」

「何かあったら、すべて俺の責任だと説明する。あんたの名前は出さないから安心しろ」

「とはいえ、私はリーダーですから……」

「じゃあ、一緒に地獄の一丁目まで行くか？　話し相手がいれば、地獄でも退屈しなくて済むからな」

「お断りです。おひとりでどうぞ」

綾香は突き放すように言って、久我を睨んだ。

三軒茶屋から上原まで、車で二十数分というところだった。

車は住宅街に入っていく。辺りには民家や賃貸マンション、昔ながらの木造アパートなどが並んでいた。やがてふたりは、生け垣のある小さな民家を見つけることができた。

表札には《白浜》と書いてある。ここに間違いない。

辺りを見回したが、警察やマスコミの車両はまだ来ていないようだ。

「先んずれば人を制す、ってな」久我は口元を緩めた。「カメラを回すぞ」

彼は車を降りると、ビデオカメラで白浜春江の家を撮影した。周辺の民家やマンションも一通り撮ったようだ。

綾香がチャイムのボタンを押すと、はい、と女性の声で応答があった。

「白浜春江さんのお宅でしょうか」綾香は穏やかな調子で言った。「唯さんのことで、少しお話を……」

「今行きます」

こちらが名乗らないうちに、相手は通話を切ってしまった。まるで誰かの訪問を待っていたかのような対応だ。

そうか、と綾香は思った。被害者の身元がわかったので、警察が母親に連絡を入れていたのだろう。捜査員がこれから訪ねる予定になっていたのではないだろうか。

玄関のドアが開いて、五十代後半と見える女性が現れた。髪を栗色に染め、モスグリーンのカーディガンを着ている。その表情には切羽詰まったような気配があった。

「どうぞ中へ……」

と言いかけたが、彼女は怪訝そうな表情になった。それを見て綾香もはっとした。振り返ると、久我がビデオカメラを回しているのが目に入った。

「久我さん、カメラを止めてください」

黙ったまま、久我はカメラを肩から下ろした。それを確認したあと、綾香は女性のほうに向き直った。

「私たちはクライムチャンネルという放送局の者です」綾香は名刺を差し出した。「失礼ですが、唯さんのお母様でしょうか」

「そうです」綾香の名刺を見たあと、女性は顔を上げた。「白浜春江といいます。あの……私、警察の方を待っていたんですけど」

「春江さん、唯さんのことはお聞きになりましたか？」

「聞きました。あの子が死んだって」

そう言ってしまってから、春江は自分の発した言葉に驚いているようだった。警察から知らせを受けたばかりの彼女は、まだ現実を受け入れることができず、戸惑っているのかもしれない。

「お母様のお気持ち、お察しします」相手の反応をうかがいながら、綾香は続けた。「私たちは今、唯さんの事件を調べています。こんなときに申し訳ありませんが、少しお話を聞かせていただけないでしょうか」

「いえ、でも……」

「クライムチャンネルでは、犯罪被害者の方に寄り添った番組を作っています。事件を掘り下げて報道することで、春江さんのお気持ちを多くの人たちに届けることができます。唯さんの無念を晴らすためにも、どうか情報をいただければと……」

「困ります」春江は首を左右に振った。「急にテレビがどうとか言われても、私、どうしていいのか……」

「もちろん、取材した結果をすべて放送するわけではありません。春江さんのご意向をうかがってから、お気持ちを反映させる形で編集させていただきます」

「やめてください」強い調子で春江は言った。「帰ってもらえませんか」

どうしようかと綾香が考えているところへ、国産の乗用車が二台やってきた。ガラス越しに車内の装備が見えた。覆面パトカーだ。

降りてきたスーツ姿の男たちは刑事だろう。彼らは綾香を押しのけるようにして、春江のそばに近づいた。先頭のひとりが警察手帳を呈示した。

「警視庁の捜査一課です。白浜春江さんですね？　娘さんのことでお話をうかがいます。中に入ってよろしいですか？」

「はい、どうぞお上がりください」

こちらをちらりと見てから、春江は刑事たちを招き入れた。

綾香と久我はその場に取り残されてしまった。ふたりは顔を見合わせ、それぞれ小さなため息をつく。

「久我さんにひとつ注文があります」綾香はあらたまった調子で言った。「相手の許可を得ずに、人の顔を撮影しないでください。あれは駄目ですよ」

ふん、と久我は鼻を鳴らした。

「だったら俺も注文させてもらう。早乙女キャップ、チャンスがあれば迷わず突進することだ。せっかく話を聞くチャンスだったのに、あんたは尻込みしていたよな？」

「そんなこと……」

言いかけて、綾香は黙り込んでしまった。数秒考えてから、こう続けた。

「たしかに、私は迷っていたかもしれません。このまま話が聞けるかどうか、自信がなかったんです」

「不思議で仕方がないよ。あんたはこの半年、野見山さんと組んでずっと殺人事件の取材をしていたんだよな。インタビューなんて何十回、何百回とやっていたはずだ。それなのに、なぜ急に自信がなくなった？　俺がいたせいか？」

　そうですよ、と綾香は言った。責任を転嫁したい気分になっていた。

「よく考えたら、久我さんのせいです。今までは、事件が発生してしばらくたってから取材することが多かったんです。それなのに今回は、警察より早く被害者の遺族を訪ねてしまった……。春江さんが事実を受け入れる前に、いきなり押しかけてきてしまったわけです。そんな状態じゃ、インタビューなんてできるわけがありません」

「そこをなんとかするのがプロの記者じゃないのか？」

「それは……」

　綾香は言葉に詰まった。久我の言うことはおそらく正しい。だが現実問題として、状況を理解していない遺族からコメントを引き出すのは至難の業だ。いくらあなたに寄り添いますと言っても、感情的になっている遺族は、容易に答えてはくれないだろう。

　何より、綾香自身の中に迷いがあった。事実を受け入れられずにいる遺族を前に、自分は仕事をしなくてはならない。会社のために、いや、もっと言えば自分の給料のために、人の不幸を取材しなければならないのだ。それでいいのだろうか、という思いが生じてしまう。

　こんなことを考えるのは、新聞記者になりたてのころ以来だった。今さら何を恐れているのだろう、と綾香は自分でも不思議に感じている。警察より早い段階での取材が、これほど気をつかうものだとは思ってもみなかった。

「しっかりしてもらわなくちゃ困るんだよ」久我は眉間に皺を寄せて言った。「俺ひとりで取材するのは無理だ。リーダーのあんたが頑張ってくれなくちゃ先に進めない」

「そうですよね」綾香はうなずいた。「よく考えてみます。すぐには答えが出ないかもしれませんけど」

「なんだよ、頼りないな。頑張ってくれよ」

不機嫌そうな顔で言ったあと、久我はあらためてカメラを肩に担いだ。

3

この調子だと、何もネタがつかめないまま一日が終わってしまいそうだ。あまり気が進まなかったが、久我のコネクションに頼るのもひとつの手だと、綾香は考えた。

「久我さん、昔の知り合いから情報を引き出せませんか？」

綾香がそう尋ねると、久我は車の運転席で不思議そうな顔をした。

「できるけど、いいのか？　俺の知り合いを使っても」

「取材に貢献すれば久我さんのボーナスが増えるんですよね？　だったら、人助けになるかと思って」

「ああ、なるほどな。そうやって自分を納得させたわけか」

「別に私、そんなつもりじゃ……」

と綾香が言いかけるのを、久我は左手で制した。

「いいじゃないか。俺は一円でも多くボーナスがほしい。あんたは面白い番組を作って、社内でみんなに認められたい。取材を頑張るということで、方向性は一致している」

久我は車を停めると、どこかへ連絡をとった。電話の相手は刑事だろうか、それともアングラの人間、あるいは情報屋か。

今は久我がどこまでできるか、力を見極めたいという気持ちがあった。その一方で、便利な彼の人脈に頼りすぎてはいけない、という思いもある。楽な取材を重ねてしまったら、記者として自分の存在が揺らいでしまうような気がするのだ。綾香の心中は複雑だった。

「キャップ、鑑取りを始めよう」電話を切って、久我は言った。「白浜唯の友人、知人に順次当たっていく」

「そんなに大勢見つかったんですか？」

「まさか。ほんのふたりだけだよ。だがそれで充分だ。ふたりいれば、そこからどんどん知り合いをたどっていけるからな。最終的には何十人にも膨れ上がるだろう」

久我からメモ帳を見せてもらい、綾香は地図帳を開いて、聞き込み先の場所を調べた。まずは高円寺だ。

車は北に向かって走りだした。

最初に訪ねた相手は、白浜唯と同じ食品メーカーで働いている、三十歳の女性だった。二十九歳だった白浜とは歳が近く、同じ派遣会社に登録していたこともあって、仲がよかったそうだ。

今日はちょうど仕事が休みだというので、自宅で話を聞いた。

「私たちはドキュメンタリー番組の取材をしています」名刺を渡しながら綾香は言った。「白浜唯さんのことを聞かせていただけませんか」

「さっき警察の人が来て、いろいろ訊かれたんです。知っていることは話しましたけど、まだ白浜さんが死んじゃったことが信じられなくて……」

相手の表情が暗くなった。過去のことをあれこれ思い出しているのだろう。

撮影の許可を得て、綾香は隣にいる久我に合図を出した。彼はカメラを構え、撮影をスタートする。

「白浜唯さんは廃屋の中で見つかりました。警察の人からお聞きになったでしょうか？　書棚のそばに座り込むような恰好で亡くなっていたんです」

「そうらしいですね」彼女は自分の部屋の書棚に目をやった。「白浜さんが武蔵村山市に行ったことがあるか、刑事さんに質問されました。本人からそういう話は一度も聞いたことがなかったんですけど、どうなんでしょう……」

「白浜さんが何かに悩んでいるとか、誰かにつきまとわれているとか、そういうことはなかったでしょうか」

綾香が尋ねると、相手は声を低めてこう答えた。

「刑事さんにも話したんですけど、飲み会のとき白浜さんが変なことを言っていたんです。私は昔、誰かにひどいことをしてしまったって」

「ひどいこと？」

綾香は首をかしげる。撮影を続けながら、久我も怪訝そうな顔をした。

「誰かに怪我をさせたとか、どうとか。すみません、詳しいことはわからないんですけど……。でも私、飲み会で二回ぐらい、その話を聞いたんですよ」

綾香はほかにも質問を重ねた。白浜に借金はなかったようだし、誰かと頻繁に連絡をとっている様子もなかったそうだ。交際している男性もいなかったらしい。

ほかに白浜のことを知っている人を何人か教えてもらい、礼を述べて綾香たちは辞去した。

次に会った女性は、大学時代の同級生だという人だった。学習塾に勤めていて、仕事の合間に話を聞かせてくれた。

久我が構えたカメラをちらりと見てから、その女性は言った。

「このあと刑事さんとも会う予定なんですけど、唯ちゃんが亡くなったと聞いてびっくりしました。あ、ニュースも見ましたよ。テレビの画面に唯ちゃんの顔が映されていたけど、全然実感が湧かないんです」

今から一時間ほど前、テレビでの報道が始まっていた。自分の知り合いが事件の被害者としてニュースに出たのだ。彼女の驚きは相当なものだったに違いない。

「本当に、なんで唯ちゃんが……」彼女はゆっくりと首を振った。「いい子だったんですよ。写真が好きで、よく見せてくれたし」

「白浜さんが武蔵村山市の誰かと関わっていた、ということはなかったでしょうか」

「ないと思うんですよね。ハイキングが好きというわけじゃなかったし、あのへんに親戚がいるって話も聞かなかったし」

「昔、誰かにひどいことをしてしまった、と白浜さんが言っていたらしいんですが……」

「あ、はい。私も聞きました」

あちこちで話していたとなると、白浜本人がかなり気にしていたということになる。綾香は続けて尋ねた。

「どんな話でした？」

「事故かトラブルか、とにかく何かが起こって、人を怪我させてしまったみたいですよ。相手はたしか……タキモトだかタケモトだか、そんな名前だったと思います。私の職場に似た名前の人がいたので、覚えていたんですけど」

決めつけてしまうのは早計だが、これは何かの手がかりではないか、という気がした。かつて白浜はそのタキモトかタケモトという人に怪我をさせ、それがこの事件につながっているのではないだろうか。

ここでも白浜の友人を何人か教えてもらうことができた。忙しいときにすみませんでした、と彼女に頭を下げ、綾香と久我は車に戻った。

タキモトまたはタケモトという人物について、綾香たちは聞き込みを続けた。だがそのあと会った白浜の友人、知人たちはみな、そういう名前の人物は知らないという。

細い糸はここで切れてしまうのだろうか。

――いや、話を聞く相手はまだこんなにいるんだ。

綾香はメモ帳に並んだ名前を見ながら、自分にそう言い聞かせた。久我の言ったとおり、聞き込み先で別の知人を紹介してもらうことで、関係者リストはもう三十名ほどになっている。この人たちに話を聞いていけば、誰かひとりぐらいはタキモト、タケモトという人物を知っているのではないか。

メモ帳を見ていると、携帯電話が鳴りだした。ポケットから携帯を取り出し、綾香は通話ボタンを押す。

「クライムチャンネル・早乙女です」

「ああ、お世話になります。法科学研究センターの堀米《ほりごめ》です」

のんびりした調子の声を聞いて、綾香は思い出した。昨日の夕方、綾香たちは武蔵村山市の山林で、注射針のような金属部品を発見した。銀座に戻る途中、池袋の法科学研究センターに寄って、その正体を調べてくれるよう依頼していたのだ。

「堀米さん、何かわかったんですか？」

「ええ。こちらに来ていただければ直接、結果をお話しします。もし忙しいようであればメールしますけど……」

車は今、北区の十条駅付近を走っている。綾香は腕時計に目をやった。まもなく午後五時になるところだ。

「これから向かいます。三十分以内に到着できると思います」

「そうですか。ではお待ちしています」

通話は切れた。携帯電話をポケットにしまって、綾香は運転席のほうを向く。

「例の金属部品のことがわかったそうです。池袋に向かいましょう」

「了解。何か手がかりがつかめるといいんだが……」

ルームミラーで後方を確認してから、久我はウインカーを右に出した。


法科学研究センターは民間の会社で、警察とは関係のない組織だ。だが警察の科学捜査研究所に近いぐらいの技術を持ち、一般市民の依頼を受けてさまざまな分析をしてくれる。たとえば画像分析、音響分析、指紋やDNAの鑑定まで引き受けているそうだ。

東陽新聞にいたころ、綾香はこのセンターによく出入りしていた。ほかの新聞社やテレビ局の記者たちも頻繁に利用していたようだ。

「ああ、来ましたね、早乙女さん」

研究員の堀米が、笑顔でこちらにやってきた。彼は小太りで、いつも白衣を身に着けている。ポケットにはルーペやミニライトを入れ、どういうわけか首から聴診器をぶら下げていた。

会議室に案内され、綾香と久我は椅子に腰掛けた。テーブルの上にはすでにパソコンやさまざまな資料が用意されている。

堀米は手を伸ばしてビニール袋をつまみ上げた。中には針のように細い金属部品が入っている。昨日、調査を依頼したものだ。

「これなんですが、『GTY工法』という技術で使われる、工具の部品だとわかりました」

「医療機器の部品ではなかったんですか」と綾香。

「建築・建設会社や工務店で使われるものらしいですね。ここに写真があります」

彼が差し出した資料を綾香は受け取った。横から久我が覗き込む。

そこには金属製の工具が写っていた。円筒形の装置の先に注射器のようなものが付いている。その先端に細い注射針に似た部分があり、これが綾香たちの拾ったものだとわかった。ノズルと呼ばれている部品だそうだ。

「この工具のメーカーはわかりますか？」

「調べてありますよ」堀米は笑顔を見せて、A4サイズの紙をテーブルに置いた。「印刷しておきました」

その紙には建設機械メーカーの社名と住所、電話番号などが記されている。

「助かります。早速、当たってみますね」

「では、この部品はお返しします」

堀米がビニール袋を差し出した。綾香が受け取ろうとすると、久我がそれを制した。

「キャップ、俺が預かっておこう。そのほうが安全だ」

「わかりました。お願いします」

綾香がうなずくと、久我はビニール袋を受け取り、ショルダーバッグにしまい込んだ。資料をリュックサックに入れると、綾香は椅子から腰を上げた。久我もそれにならう。ふたりを出入り口まで送っていきながら、堀米は言った。

「久我さん、こっちのほうはどうです？」

彼は空中で竹刀《しない》を振るような仕草をした。ああ、と言って久我は表情を緩めた。

「最近そんな余裕がなくてね。いずれまた、行きたいと思ってるんだが」

「機会があれば、ぜひ一緒に」

「そうだな。そのときはよろしく頼むよ」

じゃあ、と右手を挙げて挨拶し、久我は廊下に出た。

ふたりはエレベーターホールに向かう。隣を歩きながら、綾香は久我の顔を見た。

「堀米さんとは親しいんですか？」

「ああ、前に何度か分析を頼んだことがあってね」

「刑事だったのに、わざわざ民間の研究機関へ？」

「そういうこともあるんだよ。あんたには関係ない話だ」

久我はぶっきらぼうな調子で言う。先ほどのことをふと思い出して、綾香は尋ねた。

「剣道と何か関係があるんですか？」

「え？」

綾香は竹刀を振るような仕草をしてみせた。

「さっき、堀米さんがこんなふうに……」

「それは剣道じゃない。釣りだ」

あ、と綾香は思った。なるほど、あれは釣り竿を振るジェスチャーだったのか。たしかに、小太りの堀米が剣道をするのは変だという気がしていた。

しかしそうなると、今度は別の違和感が生じてくる。

「久我さんが釣りをするなんて、なんだか似合わないですね」

「大きなお世話だ」そう言ったあと、久我は真顔になった。「釣りはいいぞ。ぼーっとしているうちに、嫌なことをみんな忘れてしまうからな。別に魚が釣れなくてもいい」

「時間がもったいないような気がしますけど」

「あんたにはわからないかもしれないが、男にはそういうときがあるんだよ」

久我はそれきり黙り込んでしまった。そのあと車を運転している間も、道を確認する以外はほとんど何も喋らなかった。

新宿にある建設機械メーカーに到着したときには、もう午後七時を過ぎていた。

普通なら業務が終了している時刻だが、綾香が電話をかけたところ、担当者は残業で社内にいるという。短時間なら話を聞かせてもらえることになっていた。

応接室に案内され、綾香と久我は派手な柄のソファに腰掛けた。応対してくれるのは販売部の係長だ。

「お忙しいところ申し訳ありません」

綾香が頭を下げると、いえいえ、と係長は首を横に振った。

「とんでもない。しっかり協力させていただきますよ。じつは私ね、ケーブルテレビでクライムチャンネルを見てるんです」

「本当ですか？　どうもありがとうございます」

「五月に放送された番組、『廃棄された男』でしたっけ、あれはよかったですねえ」

係長はとても愛想のいい人物だった。日焼けしているのは建設機械メーカーに勤めているからだろうか。いや、違うだろうな、と綾香は思った。建設機械を販売するのに、わざわざ工事現場を回っているわけではないだろう。もしかしたら久我と同じように、釣りか何かの趣味があるのかもしれない。

「電話で聞きましたが、工具の部品を調べていらっしゃるんですよね？」

「これなんですが……」

久我がショルダーバッグから、先ほどのビニール袋を取り出した。係長はすぐ正体に気づいたようだ。

「GTY工法で使う樹脂注入器のノズルですね。これだけが落ちていたんですか？　脱落してしまったのかな」

「簡単に外れてしまうものなんでしょうか」と綾香。

「状況によっては、そういうこともあり得ます」

「この工具はどういうふうに使うものなんですか？」

「建物の外壁剝落防止工事というのがありまして、経年劣化でタイルが剝がれ落ちるのを防ぐために実施します。細長い穴を開けてピンを差し込み、樹脂で固めるんです。この注射針のようなものは、樹脂を入れる注入器の先に取り付ける部品ですよ。建設業や建築業、工務店なんかで使われています」

「識別番号のようなものは付いていないんでしょうか。それを元にして流通経路がわかる、というようなことは……」

「いや、番号はないですね。販売数が多いので、どこでどう購入されたか調べるのは難しいと思います」

だ。

「そうですか」

綾香は渋い表情で考え込んだ。手がかりになればと思ったのだが、期待が大きすぎたようだ。

「これが、何かの事件に関わっているんですか？」

クライムチャンネルを見ているという係長は、興味津々という表情で尋ねてくる。

「いえ、まだ何とも言えない状況なんです」

綾香は首を振ってそう答えた。事件に関係あるかどうかは、本当にまだわかっていない。

もしかしたら、あの空き地にやってきた工事関係者が落としていっただけかもしれないのだ。

そういえば、死体遺棄が行われたと思われる日、廃屋の近くでシルバーのワンボックスカーが目撃されている。その車が工事関係者のものだった可能性がある。

と、そこまで考えて、綾香はひとり首をかしげた。あんな場所に、工事関係者がなぜやってきたのだろう。波岡が所有するあの廃屋を見に来たのだろうか。しかしそうだとしても、普通に市街地から廃屋へ行くのなら別のルートになるだろう。林の中にある空き地へ行けば、遠回りになってしまうはずなのだ。

おかしい、と綾香は思った。その工事関係者は、道に迷ってしまったのだろうか。だとしても、あの空き地に樹脂注入器の金属部品が落ちていたのは妙だ。

工事関係者はあの空き地で工事の道具を出したのだろうか。あるいは、たまたま車の中から落ちてしまっただけなのか。いや、そうだったとしても、ただ停車していて外に落ちることはないはずだ。

――その工事関係者は、あの場所で何をしていたんだろう？

綾香はビニール袋を見つめて、じっと考え込んだ。

樹脂注入器のカタログを一部もらって、綾香たちは建設機械メーカーの事務所を出た。

久我はビデオカメラのストラップを肩に掛け、携帯電話を取り出す。

「小森に電話する」

「え？」

「彼はデータ分析が得意のようだ。特技を活かして、我々の役に立ってもらおう」

久我は事務所に電話をかけた。小森に代わってもらい、こんな交渉を始めた。

「小森、君はデータを調べるのが得意だよな。その腕を見込んで頼みがある。東京都西部に限定していいから、建築・建設会社や工務店を洗ってくれ。シルバーのワンボックスカーを使っていて、なおかつ、GTY工法というものの樹脂注入器を持っている会社を見つけるんだ。……いや、大変なのはわかるが、君はそういう仕事のために給料をもらってるんだろう？」

　しばらく話していたが、やがて久我は顔をしかめた。彼は自分の携帯電話を綾香のほうに差し出してきた。

「ごちゃごちゃ文句を言っている。早乙女さんに代わってくれ、だそうだ」

　携帯を受け取り、綾香は耳に当てた。

「はい、お電話代わりました」

「早乙女さん、何なんですか、あの人」小森はいらいらした調子で言った。「昨日入ったばかりなのに、なんで僕のこと呼び捨てなんですか」

「ああ……ごめんなさい。久我さんはそういう人なんですよ」

「とにかく、あんな偉そうな言い方をされたんじゃ、やる気になりません。絶対にやりたくないです」

「小森さん、私からもお願いします」

　綾香は懇願する口調で言った。あまり女性であることを前面に出したくはないのだが、これも交渉術のひとつだ。

「これは小森さんにしか頼めないことなんです。あとでお礼をしますから」

「じゃあ、その……」小森は小声で言った。「早乙女さん、今度お茶でも……」

「いいですよ！　ケースで買ってプレゼントします！」

「いや、そういうことじゃ……」小森はため息をついたようだ。「わかりました。その樹脂注入器とやらの資料があれば、メールで送ってください。なければこちらで調べますけど」

「あります。あとで送っておきます」そう言ったあと、綾香は口調をあらためた。「小森さん、ありがとうございます。あなたなら引き受けてくれると信じてましたよ」

「また、調子のいいことを……」

電話は切れた。携帯を久我に返しながら綾香は言った。

「久我さん、あのですね、小森さんは一応あなたの先輩なんですから、敬意を持って接していただけませんか」

「どうして？」久我は不思議そうな顔をした。「あんな小僧がなぜ先輩なんだ」

「意外ですね。久我さんは元警察官だから、上下関係には厳しいと思っていたのに」

「俺は社員じゃないと言っただろう。委託契約を結んでいるが、基本的には外部の人間だ。あの小僧と同じ土俵に立っているわけじゃない」

「いや、だから『小僧』とか言わないでくださいよ」綾香は咳払いをした。「人にものを頼むにはそれなりの態度が必要でしょう？」

「ああ、わかったわかった」久我は眉を大きく動かした。「キャップの命令だというのなら、今後は態度をあらためる。小森様とでも呼べばいいか？」

「馬鹿にしてるのかって言われますよ。小森さん、いえ、小森くん、でいいんじゃないですか？」

「じゃあ、そういうことにしておこう」久我はうなずいた。

綾香たちは銀座のクライムチャンネルに戻ることにした。腕時計を見るともう八時になろうとしている。関係者のリストをまとめたり、資料を揃えたり、やるべきことはまだまだ多い。今夜は遅くまでかかりそうだ。

「コンビニでお弁当でも買いませんか」シートベルトを締めて、綾香は言った。「何か美味《おい》しいものを食べて栄養をつけましょう。私が奢りますから、ね」

「そういう話は大歓迎だぞ」

嬉しそうに笑って、久我は車のエンジンをかけた。

4

薄闇の中で腕時計を確認すると、午後八時を回ったところだった。そろそろあの人物が外に出てくるはずだ。

椎名は営業車の運転席で、こつこつとハンドルを叩いていた。いつでも車から降りられるよう、シートベルトは外している。

ここは下井草の路上だ。道の向こう、二十メートルほど離れた場所に写真店があり、ガラス窓越しに明るい店内が見えている。この時刻、客がやってくることはほとんどなく、カウンターの前はがらんとした状態だった。

八時十三分、写真店からショートカットの女性が出てきた。身長は百五十センチほどで、学生のようにも見える。四十分ほど前から椎名はここで待っていたが、ようやく彼女が現れたのだ。

昨日は同僚の店員が現れたため、計画は失敗に終わった。今日はどうなるだろうかと考えながら、椎名はその女性を観察した。

彼女は信号が青に変わるのを待って、道を渡ってくる。注視していたが、今日、同僚は現れないようだ。よし、と椎名はうなずいた。これで計画が実行できる。

なるべく音を立てないようにして、椎名は運転席から外に出た。昨日と同様、携帯電話をいじっているようなふりをした。

ショートカットの女性は椎名のそばを通り、駅のほうへ向かった。椎名は素早く辺りを見回した。

道路沿いには雑居ビル、駐車場、シャッターの下りた商店などが並んでいる。ごく静かで通行人は少ない。

この場所は、彼女と接触するにはちょうどいい環境だ。ここから先、駅に近づいてしまうと飲食店が増えるから、椎名にとっては都合が悪くなる。

前方に彼女の小さな背中があった。ショートカットにした髪が、街灯の下で黒く艶やかに見える。

椎名は小走りになって彼女に近づいた。

「長沢《ながさわ》さん、お久しぶりです」そう声をかけた。

はっとした様子で、彼女はこちらを振り返った。街灯の下で目を凝らしている。椎名は彼女の前に立った。背の低い彼女は、椎名の顔を見上げる。

「ええと……」

そう言ったまま彼女は——長沢瑠璃《るり》は黙り込んでしまった。こちらの顔を見て記憶をたどっているようだ。だが、わかるはずはなかった。椎名という名前は知っているだろうが、彼女が椎名と会うのはこれが初めてなのだ。

椎名は長沢の顔を見下ろしながら、ゆっくりとした口調で言った。

「最近亡くなった白浜唯さんのことで、少し話を聞かせていただけますか？」

長沢の表情が変わった。椎名の一言で、彼女は大きく動揺したのだ。自分にとって不利なことを、この男は知っている。そう気づいたに違いない。

彼女は踵を返そうとした。だが椎名は、長沢を逃がしはしなかった。

「どこへ行くんです？　話は済んでいませんよ」

「あなた、誰ですか」長沢は強ばった顔をこちらに向けた。

「箱崎《はこざき》といいます」椎名は偽名を使った。顔は知られていないのだから本名は隠したほうがいい。「あの車の中で、少しお話ししませんか」

椎名は十メートルほどうしろにある、シルバーのワンボックスカーを指差した。それを見て、長沢はぎくりとした表情になった。

「私をどこへ連れていくんです？」

「いえ、どこにも」椎名は首を振ってみせた。「あの車の中で話がしたいだけです」

「そんなこと……信じられません」

「じゃあカフェにでも行きましょうか。私はそれでもかまいませんが、見知らぬ人たちにあなたの罪を知られてもいいんですか？」

椎名の言葉は、長沢にかなりのダメージを与えたようだ。彼女は唇を震わせていた。

「おかしな真似をしたら、大声を出しますから……」

かすれた声で彼女は言った。椎名は口元を緩めてうなずく。

「けっこうですよ。ただ、それはあなた自身のために、よくないような気がしますね」

椎名は彼女をワンボックスカーのほうへ案内した。助手席のドアを開け、顎をしゃくる。

長沢はもう一度椎名の顔を見たあと、ぎこちない動作で車に乗り込んだ。


午後十時過ぎ、椎名は三鷹にある糸山工務店に戻ってきた。営業車を駐車場に停め、会社の建物を見るとまだ明かりが点いている。

ここまで戻ってくる途中、もう事務所には誰も残っていないかもしれない、と椎名は思っていた。閉まっているのなら、わざわざ鍵を開けて中に入る必要もない。車だけ置いて自宅に帰るつもりでいた。

だがまだ事務所が開いているというのなら、見積書を何枚か作成したかった。今日中に作ってしまえば、明日の朝ばたばたしなくても済むのだ。椎名はバッグを持って会社の建物に向かった。

社長室の明かりは消えている。今日、糸山社長はもう仕事を終わらせたのだろう。

事務所に入っていくと、残っていた社員が同時にこちらを見た。赤崎と若松のふたりだ。

「お疲れさまっす」若白髪の若松が頭を下げた。

椎名は自分の席のほうへ進んでいく。まだいたのか、と思いながら、主任の赤崎に声をかけた。

「戻りました」

「おう、お帰り」

赤崎は椅子を回転させて椎名のほうを向いた。

どんな仕事をしていたのかと机を見れば、何のことはない、彼はまた雑誌を読んでいた。休憩だと本人は主張するかもしれないが、そうは思えなかった。残業代ほしさに、こんな時刻まで残っているのではないだろうか。

「毎日遅くまで大変だな」

狐のような顔に笑みを浮かべて、赤崎は言った。あなたも同じでしょう、と答えたかったが、椎名はその言葉を呑み込んだ。

バッグを置いて椅子に腰掛ける。ここで椎名ははっとした。机の引き出しがわずかに開いていたのだ。

そっと隣の様子をうかがった。赤崎は雑誌に載ったキャンプ場の写真を見つめている。彼にそういう趣味があるのかどうか、椎名にはわからない。

誰かこの引き出しを開けていませんでしたか、と訊いてみたくなった。だが開けたのは赤崎だという可能性もある。

——やはり、この人が犯人なのか？

自分の隣にいる男は殺人犯かもしれない。そう考えると、全身に寒気が走るような気がした。少し出来の悪い会社員を装う一方で、赤崎は猟奇的な趣味にのめり込んでいるのではないか。彼の自宅には、血の付いた凶器が隠してあるのではないだろうか。

椎名は何も気づいていない素振りで引き出しを開け、筆記用具とメモ用紙を取り出した。

「なあ椎名、おまえいつまで会社にいる？」

急に話しかけられ、椎名はメモ用紙から顔を上げた。隣を見ると、赤崎がこちらを向いていた。

椎名は腕時計に目をやった。

「十一時前には帰ろうと思いますけど」

「そうじゃないよ」赤崎は真顔で言った。「いつまでこんな会社にしがみついてるのかって話だ」

「会社を辞めるかどうか、ということですか？」

ああ、とうなずいて、赤崎は机に頬杖をついた。

「うちの会社、かなり業績が落ち込んでるだろう？　営業の努力でなんとかしろって言われるけど、もうそういう段階じゃないと思うんだ。若、おまえもそう思うよな？」

「そうですね。自分の将来を考えたら、不安になりますよね」

若松は渋い表情で答える。それを見ながら、赤崎はこう続けた。

「正直な話、この会社はいつまで持つかわからないぞ」

「でも急につぶれるということはないでしょう」

椎名が言うと、赤崎は怪訝そうな表情になった。

「おまえ不満はないの？　同じ仕事をしたって、よその会社ならもっと給料がもらえるんだぜ」

「転職の条件を調べているんですか？」

驚いたという顔をして、椎名は尋ねた。赤崎は若松のほうに目をやったあと、こちらに向き直った。

「ほかの社員も、けっこう本気で転職を考えてるみたいなんだ。そういう中で、椎名はどうするのかと思ってさ」

「俺は中途入社ですから……」

「社長の世話になったから裏切るわけにはいかないって？　そんなこと言ってる間に、手遅れになったらどうするんだ」

「なるでしょうか、手遅れに」

「おまえは知らないだろうけど、うちの社長、昔はけっこうひどかったらしいんだよ。営業車をぶつけた社員には、修理費を払わせてたんだってさ。ほかにも、工事でミスした奴には給料を自主返納させたとか、見積もりを間違えた営業マンを客の前で土下座させたとか、とんでもない話がたくさんある」

椎名は何も答えず、パソコンの画面を見つめた。赤崎は椅子に背をもたせかけた。

「まあ、あの社長も歳をとってきたから、最近はそういうこともないけどさ」

「なら、大丈夫じゃないですか？」

そう椎名が言うと、赤崎は大袈裟に顔をしかめた。

「俺は親切心で言ってやってるんだけどねえ」

「ありがとうございます」椎名はうなずいた。「覚えておきますよ」

赤崎はしばらく椎名の横顔を眺めていたが、そのうち雑誌を閉じて帰り支度を始めた。

思っていたより、見積書の作成に時間がかかってしまった。

仕事が片づいたのは午後十一時十分過ぎのことだった。そのころには赤崎も若松も帰ってしまって、事務所は椎名ひとりになっていた。エアコンを止め、窓やドアに施錠してから会社を出た。

住宅街の中の道を歩き、一分半ほどで自宅のあるアパートに到着する。疲れているときは、この近さが本当にありがたい。

部屋に入り、窓から外の様子を確認した。今日も誰かにつけられていることはなかったようだ。見張られているかもしれない、というのは自分の思い過ごしなのだろうか？

いや、そんなはずはない、と思った。

武蔵村山市の廃屋には椎名のボールペンが落ちていた。誰かが机の中から盗み出し、故意にあの場所へ置いたのだ。あれは椎名を嵌めるための細工に間違いない。

デスクトップパソコンに電源を入れ、椅子に腰掛ける。

一時間ほど前にメールが届いていたようだ。タイトルから、それが非常に重要なものだということがわかった。息を詰めて、そのメールを読んだ。

内容を理解すると、椎名はネット上の地図を開き、ある場所について調べ始めた。そこへはどうやって行けばいいのか、周辺に何があるかをチェックしていく。それが済むと、付近の地図を印刷した。

椎名は一眼レフカメラと予備のバッテリー、予備のデータ記録メディアを用意した。それから、これも忘れてはいけない。革手袋とビニール袋だ。少し考えたあと、ナイフとロープも持っていくことにした。

――相手は殺人犯だ。これぐらいの準備は必要だろう。

自分の身は自分で守らなくてはならない。警察など頼ることはできないのだ。椎名の頭の中に、また不快な記憶が甦ってきた。強盗傷害犯ではないかと疑われ、不当な扱いを受けたあの日のことだ。今回もあのときと同様、警察が出て来れば間違いなく事態は悪化するだろう、と思った。

椎名はペンを取り、手帳を開いて明日、十一月十三日の欄にこう書き込んだ。

《16時半　二回目》

明日も仕事があるから、なんとか時間を調整しなければならない。午後四時半までの作業工程を、頭に思い浮かべてみた。

それまでに、ある調査を片づける必要もあった。効率よく仕事を進めないとミスが出るかもしれない。そうだ、途中でガソリンも補給しなければならないだろう。

死体美術館のサイトを閲覧しながら、椎名は明日の作業について考えを巡らしていた。

第三章　写真店

1

耳元で鳴りだしたアラーム音で、綾香は目を覚ました。

嫌な夢を見ていたのだが、細部までは思い出せない。覚えているのは、取材がうまくいかなくて途方に暮れていたことだけだ。綾香はときどきそういう夢を見る。東陽新聞にいたころもそうだったし、今もそうだ。締切のある仕事だから、どうしても焦りが出るのだろう。

今回の取材はどうなるだろうか、と綾香は考えた。

コンビを組んでいる久我は、ある意味優秀な部下だ。元刑事という立場を利用し、多少グレーゾーンに入りそうな方法を用いながらも、いろいろな情報を入手してくる。取材を成功させるためには、彼の力を今以上に活用すべきなのかもしれなかった。だが、どこかでしっぺ返しがくるのではないかという不安もあった。元刑事の情報網に頼りすぎることには、どうしても抵抗があるのだ。

ただ、昨日そのことを相談したとき、露木部長は何も気にしていないようだった。

「利用できるものは何でも利用しろ」露木にはそう言われた。「いい番組が作れないのなら、早乙女はなぜこの会社にいるのか、という話になる。おまえは新聞社でできなかったことを、クライムチャンネルでやりたかったんじゃないのか？　だったら、情報を集める部分では久我を使えばいい。おまえはそこから先、番組をどう組み立てていくかを考えるんだ。それが早乙女の仕事だ」

たしかに露木の言うとおりだと思う。この会社で、綾香は自由に取材することを許されている。取材の結果、多くの視聴者が感銘を受け、事件について考えるようになってくれれば、記者冥利に尽きるというものだ。そのために、省力化できるところは他人に任せろ、ということなのだろう。

——とにかく、問題のない範囲で久我さんの力を借りよう。

そう自分に言い聞かせて、綾香は外出の準備を始めた。

今日は十一月十三日だ。武蔵村山事件の取材を開始してから三日目の朝だった。

綾香は久我と合流し、会社のワゴン車で出発した。今日も久我は安っぽいスーツ姿だ。ビデオカメラを構えるのならスタッフジャンパーのほうがいいのでは、と勧めているのだが、本人はこれでいいと言う。

「眠そうだな、キャップ」ハンドルを操作しながら久我は言った。「夜は、ちゃんと休んでいるのか？」

「久我さんにそんなことを言われるなんて」綾香は苦笑いを浮かべた。「あなたにも、人を思いやる気持ちがあるんですね」

「それはそうだ。今あんたが倒れてしまったら困る」

「ボーナスが出なくなるから？」

「そのとおり」久我はうなずいた。「ところで、死体美術館の管理人から返事は来たのか？」

綾香は首を振ってみせた。

「それが、まったくないんです。ノーマンは警戒しているんでしょうか」

「まあ、仕方ないか」久我は渋い表情になった。「奴も正体を知られたくはないんだろう。ノーマンに直接会って情報を取る、という作戦は無理だな」

午前八時過ぎに、社有車は東大和署に到着した。今日も一階にはマスコミの人間が十数名集まっている。わずかな情報でもつかめないかと、みな副署長や捜査員にまとわりついているのだ。

十時から定例の記者発表があったが、捜査に大きな進展はないようだった。いや、もしかしたら進展はあっても、マスコミへの発表を控えているのかもしれない。

「久我さんのほうに、何か重要な情報は入っていないんですか？」

彼のコネを当てにして、綾香は尋ねてみた。だが、さすがの久我も難しい顔をしている。

「特捜本部に知り合いがいるといったって、本当に重要な情報ってのは聞き出せない。そのへんは俺の後輩たちも徹底しているよ」

「そうなんですか？　久我さんなら、どんなことでもわかりそうな気がしたんですけど」

「普通そうはいかない。こちらから何か交換条件でも出せるのなら、話は別だが」

久我の言うことが事実なら、警察からの情報収集について、咎《とが》められるようなことはないのかもしれない。だとしたら、彼のコネを使っても問題なさそうだ。

少し気が楽になってきた。

綾香と久我は昨日と同じように取材を始めた。被害者・白浜唯の知人に当たっていくのだ。人から人へと紹介してもらったから、リストにはまだ多くの名前が残っている。

いずれ大きな当たりが出るのではないかと期待して、ふたりは取材を続けた。だが、なかなか有益な情報は出てこなかった。根気よく調べることが大事だとは思うが、こう空振りばかりでは迷いも生じてくる。このまま関係者に当たっているだけでいいのだろうか。

久我も考え込んでいるようだった。

十一時を回ったころ、久我はスーパーの駐車場に車を停めた。ここで少し休憩しよう、と彼は提案した。

綾香がトイレから戻ってきたとき、久我は車の外に立って電話をかけていた。相手は誰だろう、と思いながら綾香は近づいていく。

通話を終えて、久我はこちらを向いた。突然、彼は思いがけないことを言った。

「しばらく別行動にしよう。二時間ぐらいだ」

「え……。どうしてこのタイミングで？」

綾香の問いには答えず、久我は続けた。

「車はあんたに任せるから、好きなところで取材してほしい。午後一時に立川駅まで迎えに来てくれ。運転はできるよな？」

彼はポケットから車のキーを取り出し、綾香のほうに差し出した。

「いや、でも、急にそんなことを言われても困りますよ」

「何だったら、どこかへ車を停めて休んでいたらどうだ。あんた、今朝は眠そうだったしな」

「勝手なことを言わないでください。リーダーは私ですよ」

「わかってるよ。あんたのことはとても尊敬している」

そんなことを言って、久我はバス通りのほうへ向かってしまった。

ひとり残された綾香は、遠ざかっていく彼の背中を見ていた。無理にでも連れ戻すべきかと考えたが、腕力では久我にかなうはずもない。

これではリーダーの威厳も何もない。綾香は腹を立てたが、そこで思い直した。

もしかしたら久我は、綾香に迷惑をかけないよう配慮したのではないか。元警察官として、少し強引な方法で情報を得ようということかもしれない。だからひとりで行動したほうがいいと判断したのではないだろうか。

午後一時には合流すると言ったのだから、このまま勝手に突っ走るということではないだろう。そんなことをすれば、ボーナスをもらう約束が危うくなると、本人もよく理解しているはずだ。ならばこのまま二時間、自由に行動させてもいいのではないか。

――いや、やっぱりそういうわけにはいかない。

万一、彼が非常識な方法で情報を集めるのなら、自分はそれを止めなければならないだろう。もし止められなかったら、その情報を使うわけにはいかない。犯罪ドキュメンタリーを作る人間が、不正なやり方を黙認したというのでは立つ瀬がない。

綾香は車のドアをロックすると、久我のあとを追って歩きだした。

久我はバスと電車を乗り継いで、立川駅へ移動した。

午前十一時二十分、彼は駅の近くにあるカフェに入り、窓際の席に腰を下ろした。中に入るべきかどうかと綾香は迷ったが、あまり広くない店だから見つかってしまう可能性が高い。道路の反対側の歩道に立ち、自販機の陰からカフェの窓を観察した。

まもなく十一時半になるというころ、駅のほうからスーツ姿の中年男性がやってきた。その姿を見て、綾香は自分の目を疑った。

警視庁捜査一課の管理官・柴貞義だ。東大和警察署で捜査の指揮を執っているはずの彼が、なぜここにいるのだろう。まさかあのカフェで久我と会うということなのか。

綾香が戸惑っている間に、柴はカフェに入っていった。窓際のテーブルに行き、久我と向き合って座るのが見えた。やはりそうだ。久我と内密の話をするため、柴はこの店を訪れたのだ。

しばらく見ていると、久我はポケットからビニール袋を取り出した。あれは樹脂注入器の金属部品だ。

——私に内緒で警察に渡すということ？

これは、綾香に対する裏切りではないのか。

綾香は車が途切れるのを待って道を渡り、カフェに向かった。ドアを開け、窓際の席へと進んでいく。店内はがらんとしていて、ほかに客はいない。

何か話し込んでいた久我と柴が、同時に顔を上げた。ふたりとも大きく表情を変えることはなかったが、さすがに驚いているようだった。

「久我さん、これはどういうことですか」綾香は相手を睨みつけた。

テーブルの上には、ビニール袋に入った金属部品が置いてある。Ａ４サイズの紙には、建設機械メーカーから聞き出した情報が記載されている。

これで状況が明らかになった。

「うちが手に入れた情報を、柴さんに流そうとしていたんですよね？　なぜそんなことをするんですか」

「キャップ、声が大きいぞ」久我は店の奥に目をやってから、ささやくような調子で言った。「あんたも新聞記者だったんなら知っているだろう。これは俺と警察との取引だ。……ですよね、柴さん？」

急にそう訊かれて、柴管理官は渋い表情になった。おそらく公にされたくない事柄なのだろう。黙ったまま、彼は腕組みをしている。

「要するにだな」久我は続けた。「俺が手に入れた情報を警察に伝える。その代わり、ほかの記者には公表していない情報を、警察から教えてもらう。うちはその情報を吟味して、使えるものはスクープとして使う、ということだ」

たしかに新聞記者時代、これに似たことはあった。綾香がある情報を手に入れたのだが、記事にするのは少し待てと上司に言われたのだ。上司はその情報を警察に伝える代わりに、別の捜査情報をもらってきた。結果的に捜査情報のほうが重要だと判断され、記事になった。綾香としては釈然としなかったが、それもやり方のひとつだということを学ばされた。

「いつまでも、この部品のことを黙っているわけにはいかないだろう」久我は宥《なだ》めるような調子で言った。「うちで調べられることは、もう調べた。あとは警察に捜査してもらったほうがいい。だから柴さんに連絡した」

「うちで調べたことまで、すべて柴管理官に伝えているんですか？」

「そうだよ。黙っていたら事件の捜査が遅れてしまうじゃないか。キャップ、あんたはこの事件が解決しなくてもいいのか？　それは本末転倒ってものだろう」

「それは……」

綾香は言葉に詰まった。

ウエイトレスがコーヒーをふたつ運んできた。久我は金属部品の袋やメモを手で隠す。

綾香は話を中断して、あいていた椅子に腰掛けた。注文を訊かれて、少し迷ったあと同じくコーヒーを頼んだ。

ウエイトレスが立ち去ったところで、綾香は久我に向かって言った。

「捜査が大事だということはわかります。ですが、私たちはメディアの人間ですよ。警察とべったりの関係になるわけにはいきません」

「べったりの関係にはならないさ」久我は椅子の背に体を預けた。「ボーナスがかかっているんだから、俺だって損得勘定はしている」

「久我さんの判断で勝手に動かれては困る、ということです」

「俺が勝手に情報を取ってきたほうが、迷惑がかからないと思ったんだ。あんたにも、会社にもね」

綾香は久我の目をじっと見つめた。だが彼は悪びれる様子もないし、後悔している気配もない。これが自分のやり方なのだと、自信を持っているようだった。

「何度でも言いますが、リーダーは私です。それを忘れないでください」

「忘れたことなんて一度もないよ、キャップ」

そう答えたあと、久我は金属部品の入ったビニール袋と情報が記された紙を、柴のほうに差し出した。それから、部品を入手した経緯などについて手短に説明した。

「わかった。これは預っておく」

ビニール袋とその紙を、柴はスーツの内ポケットにしまい込む。

綾香は柴のほうに体を向けた。

「それで管理官、今の情報の代わりに何を教えていただけるんですか？」

柴は無表情な顔で綾香を見たあと、一枚のメモをテーブルの上に置いた。

「俺は、あんたたちに何も話していない。いいな？」

念を押してから、彼は千円札を残して席を立った。こちらを振り返ることなく、柴はカフェから出ていってしまった。

綾香はメモに目を落とす。そこにはボールペンでこう書かれていた。

《四年前　木場　運河　階段》

顔を上げて、綾香は久我に話しかけた。

「何かの事件があったんでしょうか。四年前に、木場の運河で」

「だろうな。警察は今、それを調べているんだろう」

綾香はリュックの中から地図帳を取り出した。江東区木場が掲載されているページを開いて、テーブルに置く。

「たしかに木場には運河がたくさんありますね。江戸時代には木材が集められていた町ですから」

「このどこかで事件が起こったわけか」久我は記憶をたどる表情になった。「木場辺りで殺しがあったという話は覚えていないな」

ウエイトレスが再びやってきて、綾香が頼んだコーヒーを出してくれた。一口飲んでから、綾香は地図を調べ続けた。

「木場というと、管轄は深川警察署ですよね。誰か久我さんの後輩は……」

おや、という顔で久我は綾香を見つめる。

「ずいぶん積極的だな。もう、警察に頼るしか方法はないってことか？」

「頼るわけじゃありません。取材をするんです」

「ふん。まあいい、すぐ移動しよう。車のキーを返してくれ」

綾香は即座に首を振った。

「車はさっきのスーパーに置いたままですよ。あそこまで戻らないと」

「なんだよ。車はあんたに預けたはずじゃないか」

「いや……だって、車に乗っていたんじゃ久我さんを尾行できなかったから……」

綾香は抗議するような口調で言った。わかったわかった、と久我はうなずく。

「とにかくスーパーに戻ろう」久我は腕時計を見た。「時間が惜しいな。タクシーを使うぞ。費用は会社持ちでいいよな？」

「車に戻るのにタクシーを使うんですか？　それもおかしな話ですけど」

「経理部に何か言われたら、早乙女さんの責任で対処してくれ。あんたはキャップなんだからな」

「仕方ないですね。時は金なり、ですから」

久我は椅子から立ち上がり、柴が置いていった千円札をポケットにしまい込んだ。それから、三人分のコーヒーが記載された伝票を綾香に押しつけた。

「経費で落としてくれ」

「えっ？」綾香はまばたきをした。「柴さんが出してくれた千円は？」

「あれは、俺に対して柴さんが払った情報料だよ」

「いや、コーヒー代でしょ？」

「うるさいな。千円ぐらいでごちゃごちゃ言うなよ、みっともない」

みっともないのはどっちだろう、と思いながら綾香は伝票を手に取った。

2

午後一時十分、ふたりは江東区にある深川警察署に到着した。

目の前には木場公園の木々が見える。夏の間は青々としていただろうが、十一月も半ばの今、風に吹かれてどの木も寒々しい状態だ。

「後輩の南原祐介《なんばらゆうすけ》って奴が深川署にいる。昔いろいろ面倒を見てやったから、協力してくれるはずだ」

深川署から少し離れた場所に車を停めて、久我はそう説明した。

そのまま車内で待っていると、警察署の玄関からジャンパー姿の若い男性が出てきた。背が高く、天然パーマなのか髪の毛があちこち撥ねている。歳は二十代後半だろう。

車に近づき、ガラス越しに中を確認してから、その男性は辺りを見回した。上司や同僚がいないとわかるとドアを開け、後部座席に乗り込んできた。

「久しぶりだな、南原。元気そうじゃないか」

運転席の久我は、うしろを向いて話しかけた。南原は困ったような顔をしている。綾香が会釈をすると、南原も軽く頭を下げた。

「久我さん、なんでこんな近くまで来たんです？」南原は言った。「どこかに呼び出してくれればよかったのに……」

「電話したら、しばらく署内にいるって言ってただろ？　おまえが出かけなくてもいいように、気をつかってやったんだよ」

「誰かに見られたら困るじゃないですか」

「別に困ることはないだろう。旧交を温めていたと言えばいい」

「そんな話、通用するわけないでしょう。とにかく、押しかけてくるのはやめてくださいよ」

「協力してくれれば悪いようにはしない。恥ずかしい失敗のことも黙っててやる」

「それ以上言わないでください」南原は不機嫌そうな顔になった。「知りたいのは昔の事件ですよね？」

「四年前、木場の運河の階段で何か起こっただろう。その件だ」

「さっき確認しておきました。窃盗、強盗、傷害事件……いろいろありますが、運河が絡むとなると、これしかないですね。四年前の九月、滝本啓子《たきもとけいこ》、二十四歳が運河のそばの階段から転落して、一時意識不明になりました」

「溺れたのか？」

「水に落ちてはいません。階段の下の、コンクリート敷きの部分に倒れていたんです。自分で足を滑らせたと言っていたため、事件性はないと判断されたんですが……」

「じつは犯人が現れた、という話か？」

いいえ、と南原は首を横に振った。

「一カ月後、滝本啓子は木場にある自宅マンションの七階から飛び降りてしまったんです。目撃者もいて、自殺と断定されました。そうなると、運河の階段から落ちた件は本当に事故だったんだろうか、ということになりましてね。念のため運河の件について、あらためて目撃証言を探しました。でも、本人が足を滑らせたと言っていたわけですし、これといって新しい情報は得られませんでした」

久我は黙り込んだ。短く刈った自分の髪を撫でながら、じっと考えを巡らしているようだ。やがて彼は、再び口を開いた。

「当時、捜査員が当たった友人や知人の名前はわかるか？」

南原は驚いた様子で、大きく首を振った。

「俺にも守秘義務がありますから、一般の方に話すわけにはいきません」

「今さら公務員ぶってんじゃねえよ」

「いやいや、俺、公務員ですから」

久我は助手席のほうを向いて、綾香に言った。

「あんたのメモ帳に、関係者の名前が書いてあったろう。あれをこいつに見せてやってくれ」

うなずいて、綾香はジャンパーのポケットからメモ帳を取り出した。ページをめくり、後部座席のほうに差し出す。

「その中に、四年前の事件の関係者がいるかどうか教えろ」

元先輩の強引な物言いに、南原は不快感を抱いているようだ。だが、そんなことは気にしないという様子で、久我は相手を睨んでいる。

渋い表情で、南原はメモ帳に書かれた名前を指差した。白浜唯と白浜春江の二名だ。

「そのふたりは親子だな。滝本啓子とはどういう関係だった？」

久我にそう訊かれ、南原はしぶしぶ教えてくれた。

「白浜唯は、自殺した滝本啓子の知り合いでした。社会人になってから、何かの社会人サークルで一緒だったそうです。しかし階段からの転落事故も、自殺の原因も、心当たりはないということでした」

「その白浜唯が三日前に死んだ。知ってるか」

黙ったまま南原はうなずいた。すでに柴管理官が手を回し、深川署にいろいろ訊いていただろうから、南原の耳に入っていてもおかしくはない。

「滝本啓子の遺族はどこにいる？」

「それは俺にもちょっと……」

「おや、それは知っている顔だなあ。隠さずに教えてくれよ」

南原はしばらく眉根を寄せていたが、あきらめた様子でこう言った。

「滝本啓子の母親・仁美《ひとみ》は、啓子が自殺する十五年前に交通事故で死亡しています。父親は滝本弘二《こうじ》。自宅でデータ入力などの仕事をしていて、荻窪に住居兼仕事場があるらしいです」

「らしいです、じゃねえだろう。詳しい住所と電話番号を教えろ」

久我に迫られ、南原はメモ帳を開いて情報を読み上げた。久我はそれを書き留めた。

「あの、久我さん。俺が話したってことは誰にも言わないでくださいよ」

「今後のおまえの態度次第だな。この件で何かわかったら、俺に連絡しろ」

それを聞いて南原も、さすがにかちんときたようだ。

「久我さんにはいろいろ世話になりましたけどね、俺たちは今、別の組織にいるんです。いつまでも言うことを聞いちゃいられませんよ」

ドアを開けて、南原は車から降りていった。

やれやれ、という様子で、久我はそのうしろ姿を目で追っている。やがて久我は腕組みをして、ふん、と鼻を鳴らした。

「ちょっと、やりすぎたんじゃないですか？」と綾香。

「一晩寝れば忘れるだろうさ。……それよりキャップ、四年前の話が気になるな。白浜唯の知り合いだった滝本啓子が、怪我をしたあと自殺している。何かいわくがありそうだ」

「柴管理官が調べているとなれば、間違いないでしょうね」

「滝本啓子の父親に会ってみよう」

久我はエンジンをかけ、すぐに車をスタートさせた。


荻窪の滝本宅に到着したのは、午後二時過ぎのことだった。車の助手席に座ったまま、綾香は二階建ての古い民家を見上げた。玄関の脇に作業場でもあるのか、シャッターが下りている。

啓子の父・弘二はどんな人物だろう、と綾香は考えた。白浜唯の母親を訪ねたときは感情的に振る舞われてしまい、取り付く島もなかった。あのとき感じた後悔が、今でも自分の胸に残っている。

「どうした？」運転席から久我が尋ねてきた。「具合でも悪いのか」

「昨日の、白浜春江さんのことを思い出してしまって」

「なんだ今さら。マスコミの人間なら、あんなことはいくらでも経験してるはずだろう」

「いつもと少し違っていたんです。春江さんはまだ、娘さんの死を受け入れられない状態だったと思うんですよ。そこへ私が取材に行ってしまったから、春江さんはあんなに怒ったわけで……」

「あんたは馬鹿か」久我は綾香の鼻先に、自分の指を突きつけた。「もともとあんたの仕事は、人の心に土足で踏み込んでいくようなことなんだ。それは新聞社にいたころから、わかっていただろう?」

「それはそうですけど……」

「あんたたちマスコミの仕事ってのは本当に欺瞞だらけだ。取材対象の秘密を暴いて、それを世間にさらす。読者や視聴者の好奇心が優先されるんだから、個人を犠牲にしてもいいってことなんだろうな」

「久我さん、それは言いすぎです」綾香は眉をひそめた。「私たちは個人を犠牲にしようなんて思っていません。ある個人に起こった不幸は、別の人にも降りかかる可能性があります。他人事ではないということです」

「それを多くの人間に知らせるために、報道するというのか?」

「私はそう考えています」

「だったら迷わず実行しろ」久我はドアを開けて車の外に出た。「つまらないことで、いちいち立ち止まらないでくれ」

言い方は乱暴だが、久我なりに綾香を励ましてくれているのだろう。車を降りると、綾香は深呼吸をした。それから久我のほうを向いて頭を下げた。

「すみませんでした。私がしっかりしなくちゃいけないのに」

「ああ、そのとおりだ。あんたがしっかり働いてくれないと、俺のボーナスに響くんだよ」

久我は大股で歩きだす。彼はいつものように、カメラを回して辺りの住宅などを撮影した。

滝本の家に近づいて、綾香はチャイムを鳴らした。じきに男性の応答が聞こえてきたので、インターホンに向かって話しかけた。

「こんにちは。先ほどお電話を差し上げた、クライムチャンネルの早乙女です」

「お待ちください」

十秒ほど待つと、玄関のドアが開いた。綾香は表情を引き締め、ゆっくりと頭を下げる。

滝本弘二は五十代半ばと見える男性だった。四角い顔に無精ひげを生やし、ジーンズにトレーナーというラフな恰好だ。趣味でスポーツでもやっているのか、腕や脚にはかなり筋肉がついている。

「中へどうぞ」弘二は綾香たちを促した。

靴を脱ぎ、綾香たちは廊下の奥へ進んでいった。カメラを止めて、久我もあとからついてくる。

綾香たちは居間に案内された。まだ十一月の中旬だが、部屋の中央にはこたつが出してある。テレビが見られる位置に、座椅子がひとつ置かれていた。その周辺の床にはテレビのリモコンや新聞、コンビニのレジ袋などが散らかっている。ここはひとり暮らしの住まいなのだろう。

弘二は大きなペットボトルを持ってきて、コップにウーロン茶を注いだ。どうぞ、と言って綾香と久我の前に差し出す。そのあと自分は早速、ウーロン茶を一口飲んだ。

「あらためまして、早乙女です」綾香は中腰になって名刺を手渡した。「急にお邪魔してしまってすみません」

「いや、かまいませんよ」弘二は何度か咳をしてから、こう続けた。「さっき警察の人が来てね、いろいろ訊かれたばかりなんです。ちょうど啓子のことを思い出していたところだったから、この際テレビ局の取材も受けようかな、と思って」

「もう事情聴取があったんですね」綾香は姿勢を正して弘二に尋ねた。「滝本さん、これからのインタビューを撮影させていただいてもいいでしょうか。支障がある部分は、言っていただければ編集でカットしますので」

「いいですよ。でも、おたくらが追いかけているのは別の事件でしょう？　役に立つかどうかわからないけどね」

ありがとうございます、と言って綾香は隣の久我に合図をした。久我はビデオカメラで撮影を始めた。

「どうして今になって娘のことを聞きに来たのか、不思議だったんだけどね」弘二は自分のコップにウーロン茶を注ぎ足した。「でも、刑事さんの話を聞いて理由がわかりましたよ。武蔵村山市でしたっけ？　空き家で女の人が亡くなっていたらしいですね。その人の事件と関係があるんじゃないかということで、警察はうちに来たんです」

そこまで知っているなら話は早い。綾香は本題に入った。

「廃屋で亡くなっていたのは白浜唯という女性です。その事件を調べているうち、滝本啓子さんの名前が出てきました」

「うん、警察の人もそう言ってたね」弘二は無精ひげの生えた顎を、右手で撫でた。「うちの啓子は、その白浜さんと知り合いだったらしいですよ。刑事さんに白浜さんのことをあれこれ訊かれましたけど、私が娘の友達なんか知ってるわけないでしょうって答えました」

「情報によると、ふたりは社会人サークルで知り合ったらしいですね」

「ああ、そうらしいね。何のサークルかはわからないけど、そこで仲のいい知り合いが出来たんでしょうかね。いや、違うかな……」

そうつぶやいた弘二の顔は少し寂しげだった。

「啓子さんがどなたかと交際なさっていた可能性はありますか？」

「いや、聞いてないねえ。大学を卒業したあと啓子は家を出たんです。半年に一度帰ってくるかどうかという感じだったから、あまり話を聞くチャンスもなくてね」

記憶をたどる表情になって弘二は言った。四年という月日は、娘を亡くした父親にとってどう感じられるものなのだろう。いらいらするような長い時間だったのか、それともあっという間に過ぎてしまうものだったのか。

「四年前のことについて聞かせていただけませんか」綾香は姿勢を正して言った。「その年の九月、啓子さんは木場の運河のそばにある階段から転落したんですよね」

「そうです。啓子は木場の賃貸マンションに住んでいたんだけど、そこから歩いて五分ぐらいの場所でした。夜十時ぐらいだったかな。啓子が川べりのコンクリートの上に倒れているのを、通りかかった会社員が見つけてくれたそうです。意識がなかったから、すぐに救急車を呼んでくれてね。啓子は免許証を持っていたからじきに身元がわかって、私のところに電話がかかってきました。私は大慌てで病院に駆けつけました」

「意識はいつ戻ったんですか？」

「病院で治療を受けて、その夜のうちには話せるようになっていました。何があったんだと訊いたら、散歩をしていて足を滑らせたって言うんですよ。妙だなとは思ったんだけど、本人がそう言うのなら、そうなんだろうと」

「ところが、その一カ月後に啓子さんは……」

ええ、と弘二はうなずいた。

「マンションから飛び降りてしまいました」

当時のことを思い出したのか、弘二は眉間に皺を寄せている。

「つらいことだと思いますが」前置きをしてから綾香は尋ねた。「亡くなったときの状況を、詳しく教えていただけないでしょうか」

「そう気をつかってくれなくてもいいですよ。もう四年も前のことだから、自分の中でとっくに整理はついてます。……啓子は防災用品の販売会社に勤めていたんだけど、休み明けの月曜日に体調が悪いといって休んだそうです。その日の夜、自分の住むマンションから飛び降りてしまって……。啓子が住んでいたのは四階だったんですが、一番上、七階の共用通路まで上ったらしいんです」

「遺書はあったんでしょうか」

「ありました。あの子の書いた字に間違いないですよ。もう生きていくことはできないとか、そんなことが書いてありました。あとで調べたんだけど借金もなかったし、会社の人間関係も特に問題ないようでした。まったく、どうして自殺なんか……」

自殺の理由について、彼には思い当たる節がないようだ。

「早乙女さん、ご存じですかね。啓子は自殺する十五年前、九歳のときに母親を交通事故で亡くしたんです。私は男手ひとつであの子を育ててきました。親の私が言うのも何ですけど、本当に素直でね。人と喧嘩なんかしたこともない、優しい子だったんですよ。それなのに……」

そこまで話して、彼も感情が高ぶったようだった。綾香たちの前で、弘二は涙ぐんでいた。

「ただの自殺じゃないと思うんですよ」彼は続けた。「一カ月前に転落事故があったんだから、何か関係があるんじゃないか、よく調べてほしいと警察には言ったんです。でも結局、何もわからなかった」

「階段からの転落事故のとき、特に目撃証言はなかったそうですが……」

「そうなんですが、私は疑問に思ってます。警察は本当にちゃんと調べてくれたんでしょうか。自殺に見えるんだから自殺でいいじゃないかと、簡単に片づけてしまったんじゃないですかね。当時の対応を見ていると、警察の言うことはとても信用できませんよ」

弘二を慰めるため、綾香は言葉をかけようとした。だがそれより早く、久我が口を開いていた。

「私も警察のやり方については、いろいろな点で疑問を感じています」カメラを回したまま、久我は言った。「そういうこともあって、私は刑事を辞めたんです」

　いきなりそんな話を聞かされ、綾香は思わず久我を見つめてしまった。驚いたのは弘二も同じだったらしい。

「あなたは警察官だったんですか？」

　そうです、と久我は答えた。

「今の警察官は熱意も何も持っていませんよ。いかに手抜きをするか考えている奴ばかりです。滝本さん、あいつらに鉄槌を下してやりませんか？　たぶん白浜唯さんの事件は啓子さんのことと関係があります。今起こっている事件が解決すれば、四年前の警察の不手際も、公にできるはずです」

　久我の言葉を、弘二は自分の中で反芻《はんすう》しているようだ。

「私はね、別に警察を恨んでいるわけじゃないんですよ」弘二は言った。「ただ、不手際とかミスとか、何か問題があったのならはっきりさせてほしいんです。それが啓子のためにもなるし、その白浜さんという人のためにもなるでしょうから」

「あらためてうかがいますが、白浜唯という人のことを、啓子さんから聞いたことはないんですね？」

　久我にそう確認され、弘二はうなずいた。

「はい、聞いたことはありません」

少し考えたあと、久我は別の質問をした。

「失礼ですが、今月九日から十日にかけての夜、あなたはどこにいましたか？」

「え？　それはどういう……」

「念のためです」と久我。

「ええと、九日の夜ですか」弘二は壁に貼られたカレンダーに目をやった。「その日は近所の居酒屋で飲んでいました。店長と親しくて、週に一度は行くんですよ」

その居酒屋の場所を教わって、綾香はメモ帳に記入した。それからこう言った。

「何か思い出したことがあれば連絡をいただけませんか。名刺に電話番号が書いてありますので」

「早乙女さんのほうでも、何かわかったら教えてください」弘二は深く頭を下げた。「今、私が啓子のためにできることといったら、真実を調べることぐらいです。どうかよろしくお願いします」

居住まいを正して、綾香は礼を返した。

教えてもらった居酒屋を訪ねたところ、弘二の言ったとおりだとわかった。

「たしかにその日、滝本さんはうちの店で飲んでましたよ。ほら、これ。九日にボトルキープしてくれましたから、よく覚えています」

前掛けで手を拭いたあと、居酒屋の主人はウイスキーの瓶を差し出した。ラベルには角張った文字で《滝本》とあり、その横に日付が書かれている。

「何時ごろまで飲んでいましたか」

綾香が訊くと、主人は苦笑いして、

「滝本さんは常連で、閉店時間が過ぎても粘るんですよ。あのときは急に人恋しくなったのか、寂しい寂しいと繰り返してね。仕方ないから閉店後、私も酒につきあいました。滝本さんが店を出たのは、たしか午前二時半ぐらいだったはずです」

武蔵村山事件の被害者・白浜唯の死亡推定時刻は、十一月十日の午前零時から二時の間だ。二時半までこの店で酒を飲んでいたのなら、滝本弘二のアリバイは成立ということになる。

綾香は居酒屋の中を見回した。カウンター席が六つに、テーブル席が三つ。壁には和洋中、さまざまなメニューが貼り出されている。よく手入れはされているが、かなり古い店だと思われた。

「このお店は何年ぐらい前から営業しているんですか」綾香は尋ねた。

「もう二十五年ぐらいになりますね。開店した当初から、滝本さんはずっと通ってくれているんですよ」

「滝本さんの奥さんは交通事故で亡くなったそうですが、ご存じですか？」

「ああ……あれは気の毒な事故でした。滝本さんが車を運転しているとき、自転車で子供が飛び出してきたらしいんですよ。それをよけようとしてハンドルを切ったら、塀に突っ込んでしまってね。助手席に乗っていた奥さんは体を強く打って、亡くなってしまったんです」

それを聞いて、綾香は何とも言えない気分になった。結論から言うと、弘二はよその子供を助けるために妻を失ってしまったわけだ。子供が助かったのはよかったが、あとで弘二はどれだけ自分を責めたことだろう。

「そのとき娘の啓子さんは？」

「啓子ちゃんは塾に行ってて、車に乗っていなかったんですよ。それで助かったんですが、もし一緒に乗っていたら大怪我をしていたかもしれません。……事故があってから滝本さんは運転が怖くなったそうでね。車を買い替えることもなかったし、運転免許の更新もやめてしまったそうです」

そんな過去があったとは知らなかった。

綾香がじっと考え込んでいると、店の主人はしんみりした調子で続けた。

「奥さんの件だけでもつらいのに、四年前には啓子ちゃんまであんなことになりましたからね」

「この店に、啓子さんが来たことはあるんですか？」

「小さいころは、ときどき滝本さんと一緒に来ていましたよ。お父さんが飲んでる横で、啓子ちゃんは焼き鳥とかお茶漬けを食べていてね。なつかしいな」

「啓子さんについて、滝本さんが何か話していたことはなかったでしょうか」

「そうねえ……。亡くなったあとはひどく落ち込んでいましたね。そのままだと滝本さんまで変なことを考えそうだったから、私、一生懸命励ましたんですよ。そのせいかどうか、最近はだいぶ落ち着いてきたようだけど」

得られた情報はそれぐらいだった。ありがとうございました、と頭を下げて、綾香たちは居酒屋を出た。

隣を歩く久我は、珍しく神妙な顔をしている。

「どうかしたんですか？」

綾香が尋ねると、久我はちらりとこちらを見た。話そうか話すまいかと迷っているような表情だ。やがて彼は口を開いた。

「俺にも娘がいるから、滝本さんの気持ちはよくわかる」

「ああ、なるほど……。えっ！」思わず、綾香は大きな声を出してしまった。「久我さん、結婚していたんですか？　しかも娘さんが？」

「そういう反応になると思ったよ」

以前、久我は独身だと話していた。だとすると、娘が生まれたあとに離婚したのだろうか。男手ひとつで娘を育ててきたのなら、かなり苦労したに違いない。

「娘さんはいくつなんです?」

「小学生だ。八歳……いや、もう九歳かな。まあ、あんたには関係ないことだ」

「もしかして警察を辞めたのは、娘さんのためだった、とか?」

「それは……」言いかけて、久我はすぐに首を振った。「あんたには関係ないと言っただろう?」

不機嫌そうな顔をして、彼は社有車のほうへ歩きだした。

3

営業車を走らせながら、椎名は腕時計に目をやった。

まもなく午後三時になるところだ。いつものように朝から外回りの仕事をしていたが、途中で椎名は時間を調整し、下井草に向かっていた。

目的地に到着し、路肩に車を停める。

道路の向こうに写真店が見えた。カウンターにはあの店員がいる。背が低く、髪をショートカットにした地味な感じの女性、長沢瑠璃だ。店内に客の姿はなく、同僚の店員も奥の部屋にいるのか、視界には入らない。

椎名は助手席に置いたショルダーバッグから、ノートパソコンを取り出した。電源を入れ、ニュースサイトやネットの掲示板を確認する。武蔵村山市で女性の遺体が発見された事件を、椎名は探してみた。

その話題はいくらでも出てきた。一般市民が推測を書き込んでいる掲示板が、複数見つかった。

いわく、あの女性が全裸だったのは、犯人との間に性的な関係があったからではないか。男女関係のもつれから犯人に殺害されたのだろう。犯人がわざわざあんな場所に死体遺棄したのは、被害者の女性をよほど嫌っていたからではないか。もしかしたら女性側の浮気が原因かもしれない――。

ひどい話だ、と椎名は思う。ネット上の書き込みを見るたび、不愉快な気分になってくる。だが、そうだとわかっていても検索をしないわけにはいかない。今、一般市民が何を考えているか、どう感じているかということを知っておかなければならないからだ。

ネットでの情報収集が終わると、椎名はパソコンの電源を切った。再び腕時計を見ると、午後三時五分になっていた。

もう、そろそろいいだろう。

ポケットから携帯を取り出して、椎名はある番号に架電した。それから、二十メートル先にある写真店に目をやった。

店内にいた女性が、慌てた様子で周囲を確認するのが見えた。彼女は自分の携帯電話を耳に当てた。

「もしもし、箱崎です」椎名は落ち着いた口調で言った。「長沢さん、これからちょっとつきあってもらえませんか。もう休憩の時間ですよね？」

「あの……どうして携帯の番号を知ってるんですか」

「あなたのことは調べていますからね。いつものシフトなら、三時からは休憩でしょう。私は外にいますから、出てきてください」

写真店の中で、長沢瑠璃は窓に歩み寄った。道路の反対側に停まっている、銀色のワンボックスカーに気づいたようだ。

ここから表情までは見えないが、おそらく彼女は青ざめているに違いない。

「私にどうしろと言うんですか？」長沢の声は少し震えていた。

「昨日の話の続きを聞かせてほしいんです」

「でも、あまり長い時間は……」

彼女は抵抗の意思を示した。仕事中なのだから私的な用事で外に出ることは難しい、と説明したいのだろう。

「わかっていますよ」椎名は言った。「わずかな時間でかまいません。とにかく、私はあなたの話が聞きたいんです」

椎名は昨日の夜、長沢を車に乗せて三十分ほど話をした。この車から降りるとき、彼女はぐったりした様子だった。緊張のせいで強い疲労を感じたのかもしれない。

その疲れが癒えないうちに、椎名はまた会いにやってきた。短時間でもいい。実際に会ってプレッシャーをかけ、彼女への影響力を強めていくつもりだった。そうしなければいけない理由が、自分にはある。

三分ほどのち、長沢は店から出てきた。道路を渡ってこちらへやってくる。椎名は窓を開けて、彼女が近づいてくるのを待った。

「乗ってください」

運転席から椎名が言うと、長沢は一瞬ためらう様子だった。だが、すぐに助手席のほうへ回り込み、ドアを開けてワンボックスカーに乗り込んできた。

上出来だ、と椎名は思った。

――俺には聞く権利がある。そして、彼女には説明する義務がある。

これから椎名は、長沢からさまざまな情報を引き出すつもりだ。彼女が知っていることをすべて告白させ、自分に協力させる必要があった。

4

午後三時十五分、綾香と久我は渋谷区上原にやってきた。

生け垣のある民家の前で、ふたりは車から降りた。昨日訪問したときのことが頭をよぎり、門の前で綾香はしばらくためらった。

今日この家の住人は、素直に取材に応じてくれるだろうか。それとも前回と同じように、強く拒絶するのか。

駄目なら駄目で仕方がない、と綾香は思った。自分はマスメディアの人間だ。取材という行為に疑問を感じるようでは、この仕事を続ける資格はないのだろう。事件を報道することで、一個人の身に起こった悲劇を社会に訴えかけていく。新聞記者時代のように、報道することを第一義として行動するしかない。たとえ自分の中で、割り切れない思いがあったとしてもだ。

綾香は深呼吸をしてからチャイムを鳴らした。すぐに応答があった。

「はい、どちらさま？」

「昨日お邪魔しました、クライムチャンネルの早乙女と申します。唯さんのことで、少しお話を聞かせていただきたいんですが……」

通話は切れてしまった。やはり駄目か、とあきらめかけたとき、玄関のドアが開いて白浜春江が姿を見せた。昨日彼女はモスグリーンのカーディガン姿だったが、今日は紺色のセーターを着ている。あまり寝ていないのだろう、疲れた顔をしていた。栗色に染めた髪も少し乱れている。

「唯のこと、何か知っているんですか？」

春江の表情に、敵意はうかがえなかった。綾香は相手の心中を想像した。

おそらく、今彼女の中にあるのは警戒心だ。昨日から今日にかけて、多くの取材者がこの家を訪れたに違いない。いい加減うんざりしたというのが正直なところだろう。だがそれだけではないはずだ、と綾香は思った。

応対したくないという気持ちがある一方で、春江はマスコミにわずかな期待を抱いているのではないか。

「春江さん、私たちが調べたことをお伝えしたいと思います」綾香は言った。「警察は詳しいことを教えてくれませんよね？　でも私たちなら何かに縛られることなく、唯さんについてお話しできます」

「本当に？」

春江は半信半疑という表情でこちらを見た。綾香は深くうなずいてみせる。

「私たちが調べたことと、春江さんがご存じのことをすり合わせてみませんか。そうするうち、何かに気がつくかもしれません」

「だけど、あなたたちは番組を作りたいだけなんでしょう？」

「もちろんそうです。テレビ局の人間ですから」

「だったら、やっぱり……」

「ただ、自分たちにとって、都合のいい番組にしたいとは思っていません」綾香は相手の目を見ながら、ゆっくりと続けた。「私たちが作っている『重犯罪取材ファイル』は、ニュースとは違います。遺族の方々にも焦点を当てて、事件のことを考える番組です。だから春江さんと一緒に、唯さんのことを話したいと思っています」

しばらく迷う様子だったが、やがて春江は踵を返した。

「上がってください」

ありがとうございます、と言って綾香は春江のあとに続いた。黙ったまま、久我もついてきた。

普段はきれいに片づいているのだろうが、居間の中は雑然としていた。テーブルの上には名簿や住所録、アルバムなどがある。あちこちに連絡をしていたのか、電話の子機と携帯も置かれていた。

「もう、何がなんだかわからなくて」ため息をつきながら春江は言った。「まさか娘のお葬式をすることになるなんて、思ってもみませんでした」

彼女は力なく笑ったあと、目頭を押さえた。神経が高ぶって、感情のコントロールができなくなっているようだ。

「お気持ち、お察しします」綾香は深く頭を下げた。「こんなときに申し訳ありませんが、唯さんについて教えていただけますか？」

「まず、あなた方のほうから話してください」と春江。

わかりました、と答えてから、綾香は春江に尋ねた。

「唯さんは以前、社会人サークルに通っていましたよね？」

「……ええ」

「そのサークルで滝本啓子という女性と知り合った、と聞きました。その滝本さんが、四年前に階段から転落して大怪我をしたんです」

取材で集めてきた情報を、綾香は説明していった。

これらを外部に漏らしてしまうことにはリスクがある。もし他社に知られたら、クライムチャンネルは特ダネを逃してしまうかもしれないからだ。だが今、綾香たちは白浜春江から新しい情報を引き出そうとしている。そのためにはこちらの手の内を見せる必要があると、綾香は判断したのだった。

滝本啓子が四年前、怪我をしたこと。その一カ月後に飛び降り自殺したことを、綾香は手短に話した。

春江は黙ってそれを聞いていたが、途中から落ち着かない態度を見せ始めた。指先でしきりにセーターの袖をいじっている。何かで気を紛らわせなければいられない、というような雰囲気があった。

「私たちが入手した情報はこういったところです。今度は春江さんのお話を聞かせていただけますか？」

綾香はできるだけ穏やかな調子で尋ねた。どうしようかと、春江は思案しているようだ。

それまで様子を見ていた久我が、こんなことを言った。

「白浜さん、私はカメラマンですが、ここではカメラを回しません。だから、今のうちにあなたが知っていること、思っていることを話してもらえませんか」一呼吸おいてから、久我は付け加えた。「こうしている間にも、犯人はどこかへ逃げてしまうかもしれません」

「……犯人が？」

「ええ。そうなっては唯さんが浮かばれません。警察も私たちも、犯人を捕らえたいという気持ちは同じです。信じてもらえませんか」

袖をいじっていた春江の指先が、動きを止めた。彼女は咳払いをしたあと立ち上がり、棚からノートを持ってきた。

「さっき見つけて、まだ警察の方にも見せていないんですが、唯の日記帳です」彼女はページをめくった。「ここに『ナナミ』という女の人が出てきます。唯はその人と仲がよかったようです。ふたりは四年前、趣味の写真サークルで知り合ったということでした」

これまで「社会人サークル」とされていたのは、写真のサークルだったのだ。

「そこで、滝本啓子さんとも出会ったんですね」

「はい。滝本さんの名前も、この日記に書いてありました。サークルのあと、三人でお茶を飲みに行くことが多かったようです」

「ナナミさんの苗字《みようじ》はわかりませんか？」

「調べてみたんですが、ナナミさんとしか……」春江は日記に目を落とした。「そのナナミさんには少しわがままなところがあって、滝本さんとの間にトラブルが起こっていたらしいんです。当時滝本さんは誰かと交際していたんですが、ナナミさんはその男性が好きになってしまったとかで……」

これは初めて知ることだった。啓子の父・滝本弘二も把握していなかったはずだ。

「最初、ナナミさんは滝本さんと仲良くしていたそうです。でもそのうち態度を変えて、男性と別れるよう迫ったらしいんですよ。なかなか滝本さんが承知しないので、ある夜、木場の運河に彼女を呼び出して話をした、と書いてあります」

「そのとき、滝本さんを階段から転落させてしまったんでしょうか」

ええ、と春江はうなずいた。

「怪我をさせるつもりはなかったのかもしれませんが、揉み合いになって、ナナミさんが滝本さんを押してしまったようです。滝本さんはよろけて転がり落ちてしまった。その一カ月後、滝本さんは自殺しました。それまでのいきさつを知っていた唯は、とても後悔している、と日記に書いています。……ここです」

春江が指差した部分を、綾香は読んでみた。

《私はナナミに頼まれてついていっただけ。でも私たちが脅したせいで、啓子は自殺した。そのことがずっと忘れられない。今でも夢の中に啓子が出てきて、私は汗びっしょりで目を覚ますことがある。ナナミはどうしてあんなことをしたんだろう。私はずっと一緒にいたの

に、どうしてナナミを止められなかったんだろう》

少し右肩が下がる癖のある字で、そう書かれていた。

「この写真サークルのこと、何かわかりませんか」

「ネットで検索してみたんですけど、サークルは三年前になくなってしまったみたいです」

「ほかに、誰かの名前が書かれていなかったでしょうか」

「写真サークルの知り合いではないかもしれませんが、当時、唯が親しくしていた長沢瑠璃さんという人がいたようです」

その名前は聞いたことがない。綾香はメモ帳に人間関係を記入した。

◆滝本啓子（四年前に自殺）……四年前、運河で負傷
　→《脅迫？》
◆ナナミ……………………滝本の交際相手に接近
　—《写真サークルの友人》
◆白浜唯（十一月十日に殺害）……武蔵村山市の廃屋で発見
　—《友人？》
◇長沢瑠璃

白浜唯はナナミという女性につきあう形で、滝本啓子を脅すことになったらしい。白浜が主導したわけではないが、結果的に滝本は負傷し、その後自殺してしまった。ナナミと白浜の脅迫が、滝本を追い詰めてしまったのではないか。

「長沢瑠璃さんについて、何かわかっていることはありますか」綾香は訊いてみた。

「ええと……まだ全部チェックはできていないんですが、長沢さんのことが書かれているのは、たしかこの辺りからです」

春江からノートを受け取って、綾香は文章に目を走らせた。長沢の名前を探してページをめくっていく。

「あ、ちょっと待った」横で見ていた久我が、あるページを指差した。

見ると、そこには《ミシマ写真店……長》という走り書きがある。

「長沢と書きかけて、途中で邪魔が入ったのかもしれない」久我は言った。「電話がかかってきたとか、キッチンタイマーが鳴ったとかな」

「ああ、なるほど」

綾香はリュックサックからタブレットPCを取り出し、「ミシマ写真店」を検索してみた。杉並区下井草にある写真店だとわかったので、すぐに電話をかけた。

「はい、ミシマ写真店です」女性の声が聞こえた。

「そちらに長沢瑠璃さんはいらっしゃいますか」

「長沢は今、休憩中なんですが……」

「そうですか。ありがとうございました」

これで、本人が勤めていることの裏がとれた。綾香は電話を切り、長沢瑠璃は休憩に出ているらしい、と久我に伝えた。

「よし、このあと行ってみよう」

久我は辞去する準備を始めたようだ。

ほかに何か知っていることはないかと、綾香は春江に尋ねてみた。すると、ここでまたひとつ情報が出た。

「刑事さんたちが話を聞きに来たのは昨日でしたけど、その二日前、十日の午後七時ごろ、男の人が訪ねてきたんです。探偵社の人間だと言って、名刺をくれました」

彼女が差し出した名刺には《箱崎隆司《りゅうじ》》と印刷されていた。勤務先は都内にあるらしい。

「唯の幼なじみが今度結婚するので、身上調査をしていると言っていました。でも話をするうち、箱崎さんは唯のことを質問してきたんですよ。嫌な感じがしたので帰ってもらいました。そのあと気になって唯の携帯に電話をかけてみたんですが、通じなくて……。そのときにはもう、あの子は亡くなっていたんですよね」

娘の死に顔を思い出したのだろうか。春江はハンカチで涙を拭った。

白浜唯が死亡したのは、十日の午前零時から二時だとされている。その日の午後七時に、箱崎は訪ねてきたわけだ。

「どんな男でした？　年齢は？」と綾香。

「三十代でしょうか。痩せていて、身長は百七十センチぐらいだったと思います。色のついた眼鏡をかけて、帽子をかぶっていました。そのほかに特徴らしい特徴はなかったんですけど……」

——箱崎という男は、事件に関係しているのでは？

綾香は久我のほうを向いた。彼も同じことを考えているようで、綾香に向かって深くうなずいた。

「その名刺、ちょっと見せてもらえますか」

久我は携帯を取り出し、名刺を見ながら電話をかけた。だが、相手は出ないようだ。

日記帳を借りて、綾香たちは白浜宅を出た。

「あの名刺、偽物だぞ」歩きだしながら久我は言った。「簡易型の名刺作成機で作ったものだろう。そもそも携帯の番号しか書かれていないというのがおかしい」

「個人でやっている探偵社、ということはないですか？」

「それならそれで、留守番電話に切り替わらないのは変だ。あれで商売をしているとは思えない」

「どういうつもりでしょう」綾香はつぶやいた。「その箱崎という男が犯人だとしたら、事件が発覚する前に、母親から何か聞き出そうとしたのか……」

「どうも、しっくりこないな」

腑に落ちない、という顔をして久我は言った。

5

上原から下井草までは車で三十分ほどだ。

午後四時過ぎ、綾香たちはミシマ写真店に到着した。路肩に車を停め、ふたりはガラス戸を押して店内に入った。売り場の中を見回したが、ほかの客はいない。

いらっしゃいませ、と声をかけてきたのは中年の女性だった。先ほど電話に出てくれた店員だろう。綾香は軽く会釈をして、カウンターに近づいていった。

「私、早乙女と申しますが、長沢瑠璃さんはいらっしゃいますか」

した。


「すみません。今日はもう帰ってしまったんですけど」

「え？　さっきは休憩中だと聞いたんですが」

「気分が悪いということで、早退してしまいました」

予想外の話だった。こうなれば駄目でもともとだと思い、彼女の上司から話を聞くことに
「責任者の方を呼んでいただけないでしょうか」

「あの……」店員は怪訝そうな顔をした。「どういったご用件でしょうか」

「私たちはテレビ局の者です。ご本人がいらっしゃらないということなので、上司の方にお話をうかがいたいんですが」

少々お待ちください、と言って店員は奥のドアを開けた。そこに事務所があるのだろう。

ややあって五十歳前後と思える男性がやってきた。痩せ型で、左右の頰がこけている。どこか具合が悪いのではないかと思ってしまうような人物だ。

「お待たせしました。この店を経営している三島友哉《みしまともや》です。長沢のことで、何かお訊きになりたいとか」

三島はそう言ったが、綾香のうしろに控えている久我のことが気になるようだ。無理はないだろう。久我は険しい表情でビデオカメラを担いでいるのだ。顎には古傷もある。

「クライムチャンネルの早乙女と申します」

綾香は名刺を差し出した。しばらく客はやってきそうになかったので、このまま本題に入ることにした。

「ある事件を追いかけているうち、長沢瑠璃さんのお名前が出てきたんです。それで、長沢さんが何かご存じではないかと思ってうかがいました」

「え……。長沢が疑われているんですか？」

目を大きく見開いて、三島は尋ねてきた。この反応は少し引っかかる。

「何か気になることがあるんでしょうか」

「いや、そういうわけじゃないんですが……」三島は言葉を濁した。

「念のためうかがいますが、三島さんは滝本啓子という人を知っていますか？」

「滝本……。誰ですか？」

「じゃあ、白浜唯とかナナミとかいう名前に心当たりは？」

「まったく知りません」

綾香は少し考えたあと、いくつかの情報を相手にぶつけてみることにした。

「今から四年前、滝本啓子さんという人が……」と概略を説明してみた。

話を聞いて、三島は戸惑っている様子だった。四年前のことに関しては何も知らないようだ。そのほか白浜唯のこと、ナナミという女性のことも、ぴんとこないという顔をしていた。

「ここに箱崎という男が来たことはないですか。探偵社の人間だと名乗っていた可能性があるんですが」

久我が尋ねたが、三島は首を左右に振った。

「記憶にないですね。そういうお客様はいらっしゃっていないと思います」

「もし今後訪ねてくることがあれば連絡をください」

三島は曖昧な感じでうなずいている。そこまで協力しなければいけないものかどうか、考えているのかもしれない。

――この様子だと、情報を引き出すのは難しいかな。

迷ったが、思い切って綾香は訊いてみた。

「私たちは長沢瑠璃さんに取材したいと思っています。よかったら連絡先を教えていただけないでしょうか」

「いや、それはちょっと……」

三島は渋い顔をした。従業員の個人情報に関することだから、こうなるだろうとは思っていた。

明日もう一度ここへ来て、長沢本人に声をかけるしかないだろう。綾香がそう考えていると、三島は予想外のことを口にした。

「じつは、長沢瑠璃は私の姪なんです。あの子はその、少し体が弱くて……」

「あ、そうだったんですか」相手が親族であれば、もっと突っ込んだ話ができる。「じゃあ三島さんは、普段から長沢さんのことをよくご覧になっていたんですよね？　もう少し質問させてください。最近、長沢さんに何か変わった様子はなかったでしょうか」

「……そう言われると、少し気になることがありました」三島は眉をひそめながら答えた。「このところ、仕事中によく考えごとをしていたみたいなんです」

「もしかして仕事が終わったあと、誰かと会っていたとか？」

綾香が言うと、横からまた久我が口を挟んできた。

「今日、長沢さんは急に早退してしまったんですよね？　何か予兆のようなものはありませんでしたか」

「予兆、ですか」三島は、奥で商品を整理していた中年女性に声をかけた。「斎藤《さいとう》さん、今日、瑠璃は朝から調子が悪そうだったかな？」

斎藤と呼ばれた女性は、中腰になったままこちらを向いた。

「いえ、午後の休憩をとるまでは、具合が悪いとは言ってませんでしたけど」

「それだ！」久我が大きな声を出した。「午後の休憩中、長沢さんはどこかへ行きませんでしたか？」

「ああ、十分ぐらい外へ出かけたあと、戻ってきたら青い顔をしていました。大丈夫ですって最初は言ってたんだけど、そのうち気分が悪くなったと言うものだから、社長に報告しまして……」

斎藤の話を受けて、三島はうなずいた。

「それで、今日はもう帰ったほうがいい、と私が促したんです」

休憩中に何かあったのではないか、と久我は考えているのだろう。携帯で誰かと通話したのか、あるいは誰かと会って話をしていたのではないか。おそらくそれは、長沢にとって相当プレッシャーのかかる内容だったはずだ。

「心配ですね。長沢さんに連絡をとってみませんか？」

綾香がそう勧めると、三島も不安になってきたようだ。彼は携帯を出して電話をかけたが、じきに表情を曇らせた。

「駄目です。携帯の電源が入っていないみたいです」三島は別の場所に連絡しようとしたが、やはり通じないらしかった。「アパートの電話も留守電です。こんなこと、今まで一度もなかったのに」

「まずいな。長沢さんの身に何かあったのかもしれない」

久我の言葉を聞いて、三島の顔色が変わった。

「高校一年のとき、あの子の両親は——私の姉夫婦ですが、ふたりとも事故で亡くなってしまったんですよ。それで今まで、私が面倒を見ていたんです。もしあの子に何かあったら……私は姉に顔向けできません」

三島は落ち着かない様子で、綾香たちを見た。

「長沢さんの家はどこですか？」と久我。

「上石神井《かみしゃくじい》です」

「どうでしょう三島さん、一緒に行ってみませんか。外に車を停めてあります。ここからなら、十五分もあれば着きますよ」

「いや、しかしあなた方にご迷惑では……」

煮え切らない態度の三島を見て、久我は強い調子で言った。

「何もなければそれでいいじゃありませんか。しかし、もし何かが起こっていたら、あなたはずっと後悔することになりますよ」

「……わかりました」三島はぎこちない様子でうなずいた。「乗せていってもらえますか」

「すぐ出ましょう」そう言ったあと、久我は奥にいる女性に声をかけた。「斎藤さん、あとのことを頼みます」

「え……あ、はい。わかりました」

「よし、行くぞキャップ」

久我は先に立って店から出ていく。三島と綾香は、慌てて彼のあとを追った。

いつになく久我の運転は荒かった。途中で事故を起こさないかと、綾香はひやひやしながら彼の様子を見ていた。

移動中、三島は何度か電話をかけていたが、やはりつながらないという。彼の表情にも焦りの色が濃くなってきた。

午後四時半。綾香たち三人は長沢瑠璃のアパートに到着した。長沢の部屋は二階の端だという。階段を駆け上り、三島がチャイムを鳴らした。何度か繰り返してみたが、中からの応答はない。

「瑠璃。俺だ、叔父さんだ。返事をしてくれ」

三島はドアを叩きながら呼びかけた。しかし、誰かが出てくる気配はない。

「中で倒れている可能性がある。三島さん、携帯を鳴らしてみてください」

うなずいて三島はもう一度電話を取り出し、リダイヤルのボタンを押した。綾香たちは口を閉ざして、両耳に神経を集中させる。

かすかだが、家の中からメロディーが聞こえてきた。

「あれは瑠璃の携帯です」

助けを求めるような顔で、三島は言った。

「三島さん、スペアの鍵はありませんか」と綾香。

「大家さんがこの近くに住んでいます。私は保証人になっているから、会ったことがあるんです。たぶん鍵を貸してもらえると思います」

綾香と三島がその家まで走り、大家の女性に事情を説明した。買い物に行こうとしていた大家は、急遽予定を変更して、綾香たちとともにアパートまで来てくれた。

マスターキーを使って、大家は玄関のドアを開錠した。

靴を脱ぐのももどかしく、すぐさま三島が飛び込んでいく。久我と綾香も、少し遅れて中に入った。

「瑠璃、おい、どうした？」

寝室から三島の声が聞こえてきた。綾香たちが覗き込むと、ベッドに若い女性が横たわっていた。長沢瑠璃だろう。彼女は普段着のままで、布団はかけていなかった。

三島が懸命に体を揺すったが、長沢は目を開こうとしない。

「しっかりしろ瑠璃。目を覚ませ」

「待ってください、三島さん」綾香は彼のそばに駆け寄った。「もし脳出血だったら、揺すってはまずいですよ」

綾香はベッドに覆いかぶさるようにして、長沢の呼吸と脈拍を確認した。

「脈はあります。呼吸も問題なさそうです」

「キャップ、これを……」

うしろから久我の声が聞こえた。振り返ると、彼は白い紙袋を手にして立っていた。

「睡眠導入剤を飲んだらしい」

「えっ？」

驚いて、綾香はその紙袋を見つめた。そのあと三島のほうを振り返った。

「長沢さんは、普段から薬を使っていたんですか？」

「あの子はその……前から神経のクリニックに……」

言いにくそうな顔をして、三島は綾香たちに打ち明けた。

三島は長沢の話をしたとき、「少し体が弱くて」と説明していた。じつは体ではなく、心のほうが弱かったらしい。

「薬の包装シートがあるんだが、とんでもない量だ」久我が言った。「自殺を図ったんじゃないのか？」

「迷っている暇はありません。救急車を呼びますよ」

綾香はポケットから携帯電話を取り出した。唇を震わせながら、三島はこくりとうなずいた。

電話をかけ終わると、綾香は救急車の誘導のため共用通路に出た。そこに、不安げな顔で大家が立っていた。

「中はどうなっているんです？　大丈夫なんですか」

事件でも起こったのではないかと心配していたらしい。隠しても仕方がないと思い、綾香は事情を話した。

「誤って、睡眠導入剤を飲みすぎたようです。今救急車を呼んでいます」

「救急車が来るんですか」大家の女性はまばたきをした。「騒ぎになってしまうわねえ。困ったわ」

迷惑だと言うのではなく、本当に動揺し、困惑しているようだった。救急車を呼ぶ経験など、そうそうあるものではない。

七分ほどで救急車が到着した。白いヘルメットをかぶり、薄いブルーの上衣を着た男性ふたりが車外に出てくる。ドライバーは車内で待機しているようだ。綾香は救急隊員ふたりを部屋に招き入れた。

「久我さん、救急車が来ました」

綾香が部屋の奥に向かって呼びかけると、「こっちです」という久我の声が聞こえた。

警察官時代の経験から、彼はこういうことに慣れているようだ。隊員たちに状況を説明したあと、三島を指差した。

「この人が傷病者の叔父さんです。……三島さん、救急車に乗って病院へ行ってもらえますか？　我々は自分の車で行きます」

「あ……はい」

「それから、ここに長沢さんの財布と鍵があります。たぶん部屋の鍵でしょうから、持って行ったほうがいいですよ。もし見つかるようなら健康保険証も持参してください」

「戸締まりや火の元の確認は、私と大家さんでやっておきます」と綾香。

「お願いします」三島はそう答えて、保険証を探し始めた。

長沢が救急車に収容されたあと、五分ほどで搬送先の病院が決まったようだ。練馬区内の総合病院だという。救急隊から病院の名前と場所を教えてもらって、綾香はメモ帳に書き込んだ。

バックドアから三島が救急車に乗り込んでいく。車はサイレンを鳴らして、住宅街を走りだした。

最後に綾香は、大家の女性に声をかけた。

「ドアの鍵をかけておいてもらえますか。私たちは病院に行きますので」

「あの……あとで連絡をくださいね」

「三島さんに伝えておきます」

すでに久我は社有車のそばにいる。綾香は大家に一礼してから、彼のところへ急いだ。


病院に到着すると、綾香たちは救急科に向かった。処置室の廊下にベンチがいくつか置いてあり、そこに三島がひとりで腰掛けていた。

綾香たちの姿を見ると、ほっとした様子で彼は立ち上がった。

「長沢さんの具合はどうです？」綾香は尋ねる。

「今処置をしてもらっていますが、意識がはっきりしないみたいで……」三島の表情は暗かった。「瑠璃にもしものことがあったら、私は……本当にどうしたらいいのか」

「気持ちを強く持ってください」ベンチに座るよう勧めてから、綾香は続けた。「長沢さんは神経のクリニックに通っていたんですね？」

「そうなんです。もともと心の弱い子だったんですが、四年前に友達が――滝本啓子さんが亡くなってからは、ひどく自分を責めているようでした。眠れなくなって、医者に行って……。それで薬を処方してもらっていたようです」

本来、他人に話すようなことではないと考えていたに違いない。しかし救急車で運ばれるという事態になった今、三島は黙っていられなくなったようだった。綾香たちに助けられたという気持ちも大きいのだろう。

「やはり滝本啓子さんのことはご存じだったんですね」

綾香が尋ねると、三島は申し訳ないという顔をして頭を下げた。

「すみませんでした。私は瑠璃に口止めされていまして……」

「瑠璃さんと滝本さんはどこで知り合ったんでしょうか」

「前の仕事の関係で、瑠璃は白浜唯という人と親しくなったんです。その白浜さんを通じて、滝本啓子さんや酒井菜々美《さかいななみ》さんと会うようになったようです」

その人だ、と綾香は思った。白浜唯が日記に書いていた「ナナミ」というのは、酒井菜々美という人物のことだったのだろう。

「四年前の事件をご存じですか？」

「はい。瑠璃から聞きました。酒井さんは、滝本啓子さんを階段から落として怪我をさせたんですよね。そのことを黙っているよう、酒井さんは滝本さんを脅したとか。転落事故の現場には白浜唯さんと瑠璃もいました。……瑠璃は酒井さんの身勝手なところを嫌っていたようですが、気が弱くてなかなか関係を絶てずにいたんだと思います。積極的に手伝ったわけではないけれど、転落の現場には立ち会っていたので、瑠璃は自分を責めたんでしょう」

白浜唯も、日記に後悔の言葉を書いていた。

いい歳をして女性同士のいじめとは馬鹿馬鹿しい——。そう切り捨ててしまうことは簡単だろう。だが女性同士の関係というのは、いわば閉じた世界の中にあって、ときに驚くような結果を招いてしまうことがある。

綾香はどちらかというと男っぽい性格だと言われている。だがこれまで友達の行動を見てきたから、女性の中に潜む危うい気持ちは理解しているつもりだった。他人の恋人を奪い取ろうとした酒井菜々美に共感できるわけではないが、彼女の考え方は想像がつく。そして酒井に従い、愛想よく振る舞いながらも自己嫌悪に陥っていたであろう白浜唯、長沢瑠璃の心中も想像できる。

酒井はおそらく扱いやすい者とだけつきあっていたのだろう。そして白浜、長沢とともに滝本啓子に危害を加えた。そのことについて、彼女たちはずっと沈黙を守っていたのだ。

「酒井菜々美さんがどこにいるか、わかりませんかね？」

久我が尋ねたが、三島は首を左右に振るばかりだった。

「こればかりは瑠璃に訊いてみないと……」

そう答えて、三島は処置室のドアに目をやった。

6

営業車の中で椎名は煙草を吸っている。

三本目を吸い終わって、灰皿に煙草を押し込んだ。ここ何日か吸い殻を捨てていないから、灰皿がいっぱいになりかけていることに気がついた。

椎名が煙草を吸うようになったのは大学に入ったころだ。銘柄はいくつか変えたが、一日に最低一箱という量はずっと変わっていない。飲みに行ったり、仕事中の待ち時間が長かったりすると二箱吸ってしまうこともある。体に悪いからやめたほうがいい、という忠告はいろいろなところで聞かされた。だがそう言われても喫煙をやめるつもりはなく、椎名は誰に対しても反論を繰り返してきた。あまり敵は作りたくないが、煙草については譲歩したことがなかった。

だがそんな中、一度だけ何も言えなくなってしまったことがあった。糸山社長に誘われて、ふたりだけで居酒屋に行ったときのことだ。雑談をするうち、椎名は煙草に火を点けた。椎名が煙を吐き出すのを見て、社長は戸惑うような顔をしながらこう言った。

「椎名はけっこう煙草を吸うのか」

ええ、と椎名は答えた。

「くれぐれも、火の扱いには気をつけてな」

何かをあきらめたような表情で糸山は言った。普段なら「大丈夫ですから」とか「心配しないでくださいよ」とか言うのだが、そのときの椎名は黙り込んでしまった。

糸山の以前の事務所が、火事で全焼してしまったと聞いていたからだ。出火原因は煙草と関係あるかどうか不明らしいが、糸山にとってはどんな小さな火も、過去の不幸を思い出させるきっかけになるのだろう。

黙ったまま、椎名は深くうなずいてみせた。糸山は何か言いたそうだったが、じきに話題を変えてしまった。あのとき以来、椎名は糸山の前ではできるだけ煙草を吸わないようにしている。

椎名は腕時計に目をやった。あと五分で午後四時半になるところだ。太陽は西の地平線付近にあった。暗くなるにはまだ余裕があるが、それほど長い時間ではないだろう。

肌寒さが感じられるようになってきた十一月の夕暮れ。椎名は会社の車に乗って、青梅市に来ていた。今日は朝から仕事が詰まっていたが、早め早めに片づけて、約束の時刻に間に合うようこの場所にやってきたのだ。

まもなく四時半になるというとき、携帯電話が鳴りだした。椎名は携帯を取り出し、液晶画面を見つめた。そこに表示されていたのは赤崎の名だ。またあの人か。舌打ちをしてから、椎名は通話ボタンを押した。

「はい、椎名です」

「ああ、俺、赤崎だけど……。今ちょっといいか？」

「短時間でしたら」

「おまえの客の藤吉さんに、見積もりを出し直したよな。それを見せてほしいんだよ。いや、俺じゃなくて大貫課長がそう言ってるんだ。課長は糸山社長に言われたみたいだよ」

社長でも課長でも赤崎でもかまわない。いちいち訊かなくても、データの保存場所など推測できそうなものだが、と椎名は思った。

「いつものサーバーの『作業中』フォルダーを開いてもらって……」

椎名はデータの在処《ありか》を説明した。途中でその言葉を遮って、赤崎は言った。

「そこはもう調べたんだけど、見つからないんだよ。おまえ、どこか別の場所に保存してないか？」

首をかしげて椎名は記憶をたどった。そういえば、と気がついた。

「もしかしたら『作業中』ではなくて『訂正版』フォルダーかもしれません」

確認してもらって、そのフォルダーに保存されていることがわかった。しっかりしてくれよ、と赤崎に言われ、椎名は詫びた。

「勘違いしていました。すみません」

「頼むぞ。いろいろ調べるのも大変なんだからさ」

赤崎は電話を切った。

しばらく椎名は自分の携帯電話を見つめていた。赤崎はいつも他人のデータを調べているのだろうか。なぜ仕事中、何度も電話をかけてくるのかということも気になった。今回は大貫課長の指示だったようだが――。そう考えているうち、椎名ははっとした。

――まさか、大貫課長と赤崎がグルだということは……。

確証はない。だが、ふたりが通じていることを否定する根拠もない。大貫が部下を陥れることに何かメリットがあるだろうか、と椎名は考え始めた。

そのとき、手の中の電話がまた鳴った。赤崎かと思って液晶画面を見たが、今度は違っていた。ひとつ呼吸をしたあと、椎名は通話ボタンを押して携帯を耳に当てた。

「もしもし……」

名乗らずにそう言ってみた。

「椎名さんか？」

ボイスチェンジャーを通した、まるでふざけているような声が聞こえた。だが、冗談でこんなことをする人間はいない。

「ああ。もう着いているよ」

「車を降りて東の方向に進め。電話はこのまま切るな」

「会社から電話があるかもしれないんだが……」

「仕事の電話とこの電話と、どっちが大事なんだ？」

椎名は数秒黙り込んだ。舌打ちしたい気分だったが、それはやめておいた。咳払いをしたあと椎名は再び口を開いた。

「わかった。このままにする」

運転席のドアを開け、椎名は車の外に出た。ショルダーバッグを掛けて、営業車に施錠する。ポケットから革手袋を出して両手に嵌めた。

携帯電話を耳に当てたまま、椎名は土が剝き出しになった道を歩きだした。

それほど傾斜はなく、比較的歩きやすい道だった。

椎名は電話の向こうの人物と話しながら、足を進めていく。

「ひとつ教えてほしいんだが」椎名はあらたまった口調で言った。「この前、武蔵村山の廃屋にボールペンが落ちていた。あれは、あなたが置いていったんだな？」

「そうだ」相手は事も無げに答えた。「気がついてもらえてよかった」

「なぜあんなことをした？　あなたは俺を嵌めようとしているのか」

「それは椎名さんの態度次第だよ」

「どういうことだ？」

「指示に従わなければあんたは破滅だ。そのことを忘れるな」

相手は詳しく説明しようとはしない。椎名はそれ以上質問するのをあきらめた。

辺りは少しずつ暗くなってくる。このまま歩き続けて大丈夫だろうか、と思い始めたころ、林の向こうに開けた場所が見えた。

歩きだしてから十五分ほどたっている。今、椎名の目の前には一軒の古い家があった。二階建ての民家で、おそらく築四、五十年はたっているだろう。前庭にはごみが散らかっているし、玄関脇の窓ガラスは割れている。誰かが住んでいる気配はまったくない。

「家がある」電話に向かって椎名は言った。「あそこだな？」

「椎名さん、準備はいいか？」

相手はそう問いかけてきた。椎名は緊張を隠しながら答える。

「ああ、もちろんだ」

椎名は急ぎ足で建物に近づいていった。

次第に暗くなってくる空を背景に、その家は黒々としたシルエットになって見える。何か禍々《まがまが》しい気配が感じられた。ここがまともな場所でないことは、霊感など持たない椎名にもよくわかる。

冷たい風が吹いて、髪を乱していった。

辺りを見回したあと、椎名は一眼レフカメラを構え、朽ち果てた民家に入っていった。

第四章　遺棄犯

1

十一月十四日、午前五時三十五分。綾香は、突然鳴りだした電話で起こされた。すぐ携帯に手を伸ばしたが、寝ぼけていて枕元に落としてしまった。もう一度携帯を手にして、液晶画面を見つめる。電話をかけてきたのは久我だった。

「はい、早乙女です」

「キャップ、寝ていたか？」

「もう起きようとしていたところです」

布団の上に体を起こしながら、綾香はそう答えた。なぜだか寝ていたことを明かしたくなくて、中途半端な嘘をついてしまった。

「じゃあ、ちょうどいい。JR高円寺駅で待ち合わせよう」

「今日は何です？　やけに早くから動くんですね」

「さっき柴さんから電話があった。昨日の夜、青梅市で女性の遺体が見つかったというんだ。また全裸で、膝を抱えた恰好で座っていたそうだ」

「本当ですか？」綾香は思わず大きな声を出してしまった。「だとすると、この事件は連続殺人ってことに……」

「模倣犯という可能性もないわけではない。しかし手口がそっくり同じだし、廃屋の居間に遺体が置かれていたことも共通している。同一犯の仕業だと考えてよさそうだ」

「ええと、青梅でしたっけ……」綾香は地図帳を開いて、おおまかな場所を確認した。「車で行くと、けっこうかかりそうですね」

「だから早く動く必要がある」

「記者発表は？」

「昨日は行われていないそうだ。たぶん今日の十時からだろう」

驚いて綾香は携帯を握り直した。

「他社は知らないってことですよね。すごいじゃないですか！　柴管理官は大事な情報を、記者発表の前に教えてくれたわけですね」

綾香は昨日のカフェでの出来事を思い出していた。久我は武蔵村山市の空き地で見つけた注射針のような金属部品について、柴に情報を流していた。綾香はそのことを咎めたが、久我は警察と取引をするという考えのようだった。

ゆうべ発生した事件のことを、ほかの会社より先に教えてくれたのなら、柴管理官は取引を重視していたことになる。そうだとすれば、久我があのカフェで柴と接触したことは、充分意味があったというわけだ。

だが、久我は不機嫌そうな声で言った。

「あんたはお人好しだな」

「え……。どうしてです？」

「昨日の夜にはわかっていたのに、柴さんが電話してきたのはさっきだぞ。遅すぎるだろう。……すぐに切られてしまったから、抗議しようと思って電話をかけたんだ。しかしもう俺からの電話には出ない。とんでもない人だよ」

「久我さん、もしかして怒ってます？」

「ふん、怒ってなんかいない。だが不愉快だ。柴さんに一言いわなくちゃ気が済まない」

久我は電話を切った。

綾香は電車で高円寺駅まで移動し、そこで久我の運転する社有車に拾ってもらった。東大和署に到着したのは、午前七時半過ぎのことだ。

　この時刻、まだマスコミの取材者はそれほど多くない。久我は署の一階に入り、立ち話をしていた柴を見つけて近づいていった。

「ひどいじゃないですか、柴さん。情報が遅すぎます」

　柴は部下との話を中断して、こちらを向いた。

「昨日の今日で電話してやったんだ。感謝してもらいたいところだがな」

「冗談はやめてください」久我は柴の目の前に立った。「このあとの記者発表で、他社も青梅の事件を知るんでしょう？　だったら俺たちクライムチャンネルに、たいしたメリットはないじゃないですか」

「久我、少し落ち着け」柴は宥める調子で言った。「俺にも立場というものがあるんだ。一社だけを優遇していると知られたらまずい。それはわかるだろう？」

「事情はわかりますが、だからといって納得できる話じゃありません。俺はあなたに大事な情報を流したんだ。木場の事件を教わったぐらいじゃ足りませんよ」

　柴は眉をひそめて久我を見つめた。久我は目を逸らそうとしない。ふたりの睨み合いは五秒ほど続き、柴が先に動いた。

　彼はスーツのポケットからメモ用紙を取り出した。

「事件現場を教えてやるから、一足先に取材に行けばいい。建物の所有者の連絡先も書いてある。被害者の身元はまだわかっていない」

久我はその紙を受け取り、住所を確認した。

「俺たちはこの家に入りますよ。いいんですね？」

「法に触れるようなことはするな」

「もちろん所有者から許可をとります」

「だったら、止める理由はない」

それだけ言うと柴は部下のほうに向き直り、話の続きを始めた。

久我は綾香の肩を叩いて、小声で言った。

「青梅市に行くぞ」

「わかりました」

うなずいて綾香は踵を返した。署の玄関に向かって足を速める。

署から出る前に振り返ると、柴管理官がこちらを見ているのがわかった。柴はどこかの記者に何か質問されたようだったが、まともに取り合うことなく立ち去った。


四十分ほどかけて、綾香たちは青梅市の事件現場に移動した。

武蔵村山市の現場と同様、山林の中を曲がりくねりながら道が続いている。沿道に民家は見えず、対向車も走っていない。野菜の無人販売所がぽつりと建っていたが、無人という名のとおりで中には誰もいないようだ。

途中から道幅が狭くなってきた。この道でいいのだろうかと様子をうかがいながら進んでいくと、やがて前方に古い民家が現れた。柴の言うことは本当だったようで、辺りに他社の車はないし、取材者の姿も見えない。

久我は車を停め、綾香を促して外に出た。

まだ弱い朝の光が斜めに射している。その光のすがすがしさに比べると、民家はかなり埃っぽく、あちこち汚れて見えた。前庭には何十年も前から溜まっているようなごみがある。壁には苔が生え、割れた窓ガラスには蜘蛛《くも》の巣があった。

ここへ来るまで、車の中から綾香は家の持ち主に電話をかけていた。自分たちが取材の人間であることを伝え、中を撮影させてほしいと頼んだ。普通なら怪しんだり拒んだりするところかもしれないが、持ち主はまったく警戒心がないようだった。その家は四十年以上前から放置されている。今さら売れるものでもなく、取り壊すにも金がかかって厄介だ。だからそのままにしてあるのだという。今回その建物で死体遺棄事件があったことを、持ち主はすでに知っていた。世の中のためになるなら自由に撮影してもらってかまわない、とその人は話してくれた。

久我はビデオカメラを構えて、朽ちかけた建物をしばらく撮影した。それが済むと、綾香のほうを向いて言った。

「よし、入ってみるか」

念のため、ふたりとも手袋を嵌めた。

綾香がドアを開けると、軋んだ嫌な音がした。足下に注意しながら、ふたりは屋内に進入していく。

間取りはこの前の家とかなり違っていた。この家は和風の造りで、畳の部屋が多いようだ。土足で畳の上に立つのは申し訳ないという気もするが、かなり汚れているからそうせざるを得ない。

廊下を歩いて居間を見つけた。久我は一度つまずいたようだが、大きく体勢を崩すことはなかった。そのままゆっくりと、足を滑らせるようにして進んでいく。

居間は八畳ほどで、真ん中に円形の卓袱台《ちゃぶだい》がある。古い簞笥がふたつ、壁際に置かれていた。武蔵村山のとき、遺体は書棚にもたれかかる恰好だったという。今回の遺体はこの簞笥に寄りかかっていたのだろうか。

室内をチェックしてみたが、血痕は見当たらなかった。

「まだ被害者の身元はわかっていないようですが」綾香は言った。「最初の被害者である白浜唯さんとは、関係があったんでしょうか」

「どうだろう。まだ何とも言えないな」

久我は部屋を移動しながら、中の様子を細かく撮影していった。その間、綾香は地図帳を開いて周辺の状況を再確認した。

「この場所も、駅から歩ける距離なんですね。徒歩三十分ぐらいだそうです」

「しかし血痕が見つからないってことは、今回も犯人は遺体を運んできたんだ。車を使っているはずだ」

屋内を調べ終わると、ふたりは外に出た。先ほどより陽光が暖かくなったような気がする。

久我は建物の周囲をぐるりと回って撮影したあと、正面に戻った。カメラを止め、車に向かっていく。

「キャップ、少し辺りを走ってみないか」

「車の跡を探すんですね？」

ドアを開けながら、そうだ、と久我はうなずいた。

「この前と同じように、犯人は少し離れた場所に車を停めたのかもしれない。林の中なら目撃されにくいからな。その場所がわかれば、何か手がかりが見つかる可能性がある」

「また金属部品が落ちているとか？」

「そううまくいくかどうかはわからないが、とにかくタイヤの跡を探してみよう」

先ほど来たルートには戻らず、久我は林道の奥へと車を走らせた。雑木林の中に、秋の日がうっすらと射している。はらはらと枯葉が舞い落ちてくる。仕事でなければ、のんびり散策したくなるような場所だ。

地形に左右される道だから右へ、左へとカーブが多くなっている。久我も綾香も、車の周囲に目を走らせていた。不審なものがないか、空き地はないかとチェックしていく。

「久我さん、あそこ！」

綾香が声を出すと、久我はスピードを緩めた。前方左手に脇道への分岐が見える。

久我は左へハンドルを切った。ごつごつした未舗装の道を、車はゆっくり進んでいく。ときどき道の状態が悪くなって、木々の葉がボディーを擦った。砂利が撥ね飛ばされて、車体の底にぶつかる音がする。

「この仕事が一段落したら、洗車しなくちゃいけないな」と久我。

「私も手伝いますよ」

綾香がそう言うと、久我は笑った。

「手伝います、じゃない。あんたがやるんだよ」

「え……。私ひとりで？」

「俺は正社員じゃないからな」

そんな話をしているうち、行く手に草地が見えてきた。武蔵村山の空き地に比べると小さめだが、車を一台停めるには充分な広さだ。

久我は道の真ん中でブレーキを踏み、エンジンを切った。ほかの車はまったく通りかからないから、このままでも問題はないだろう。

ふたりは外に出て、その空き地まで歩いていった。

「こういうところが、いい画になるわけだな」

ひとりつぶやきながら、久我はカメラを回し始めた。

「これ、タイヤの跡でしょうか」

空き地にしゃがみ込んで、綾香は言った。久我がそばにやってきて、同じように腰を屈める。

「よく見つけたな。ここは、さっきの家からどれぐらい離れているだろう」

「歩いたら、十分か十五分というところでしょうか」

「犯人は今回も、離れた場所に車を停めて遺体を担いでいったわけだ。慎重な奴だよな」

空き地の中を一通り調べてみたが、ここでは遺留品を見つけることはできなかった。前回、樹脂注入器の金属部品を発見できたのは、おそらく偶然のことだったのだろう。

　再び車に乗り込み、ふたりは細い林道を進んでいく。分岐が多く、途中で道がわからなくなってきた。右だろう、いや左だ、などと言っているうち、ようやく舗装された道路に出ることができた。沿道にあるガードレールと曲がったカーブミラーには見覚えがある。先ほど事件現場に向かうときに通った場所だ。

　しばらく走り続けていると、野菜の無人販売所が見えてきた。

「人がいますよ」

　綾香は前方を指差した。道端に軽トラックが停めてあり、初老の男性が販売所に入っていくところだ。

　車から降りて、綾香たちは無人販売所に近づいていった。

「こんにちは」

　と声をかけると、男性はこちらを向いてうなずいた。

「はい、どうも」

　長靴を履き、灰色のジャンパーを着た男性だ。頭には帽子をかぶっていた。

「私たち、クライムチャンネルというテレビ局の者なんですが」綾香は言った。「この先に古い家がありますよね。もう長いこと空き家になっているみたいですけど……」

「事件の取材かい？」

おや、と綾香は思った。彼はもう死体遺棄事件のことを知っているのだろうか。

「ご存じなんですか？」

「昨日の夜、警察がうちに来たんだよ。あそこで人殺しがあったとかでさ、俺も驚いちゃってねえ。怪しい奴を見なかったかって訊かれたけど、いや、見てないですねえって答えたんだ」

「その家の近くで、銀色の車を見かけませんでしたか」

「お、なんでそのことを知ってるの？」男性は不思議そうな顔をした。「そうなんだよ、昨日の午後五時過ぎぐらいだったかなあ、銀色の車が走っていったんだ。向こうから来て、町のほうにね」

「ワンボックスカーでしたか？」

「うん、そうだったね」

綾香と久我は顔を見合わせた。武蔵村山事件で目撃されたものと同じ車が、この現場にも来ていたのではないか。それは犯人の車ではないだろうか。

ほかに、あの廃屋について何か知らないかと訊いてみたが、あいにく男性は首をかしげるばかりだった。

有車に戻った。

「それより、よかったら野菜どう？　安くしておくから」

「ああ、そうですね」

情報をもらったのだから無下には断れない。チンゲンサイと白菜を買って、綾香たちは社

「久我さん、これ、よかったら……」

そう言って綾香が袋を差し出すと、久我は嬉しそうな顔をした。

「悪いな。ありがたく頂戴するよ、キャップ」

袋を後部座席に置いてから、久我は携帯を取り出し、どこかに電話をかけた。

「もしもし、小森くんか？　久我だ」

以前注意した甲斐があったようで、小森を呼び捨てにするのはやめたらしい。綾香が聞き耳を立てているそばで、久我はこう続けた。

「第二の事件が起こったんだが、聞いているか。……ああ、そのとおりだ。今俺と早乙女さんは青梅の事件現場付近にいる。またシルバーのワンボックスカーが目撃されていたんだ。それで訊きたいんだが、前に頼んだ件はどうなっている？　東京都西部の建築・建設会社で、GTY工法の樹脂注入器を使っているところを調べてくれ、と言っておいただろう」

ここで久我は言葉を切って、相手の話に耳を傾けた。ややあって、彼は露骨に不機嫌そう

な声を出した。

「まだそんな状態なのか？　大勢でやらなきゃ時間がかかるだろう。アルバイトでも何でも使って、至急調べてくれなくちゃ困る。……いや、そうかもしれないが、あんたも子供じゃないんだ、臨機応変に判断してくれよ」

しばらくやりとりしていたが、そのうち久我は携帯をこちらに差し出した。

「小森くんだ。早乙女さんに代わってくれと言っている」

「またですか？」

渋い顔をして、綾香は携帯を受け取った。耳に当てると、思ったとおり小森はクレームをつけてきた。

「早乙女さん、あの人おかしいですよ。なんで僕がアルバイトの手配をしなくちゃいけないんですか。そういう段取りは久我さんのほうでやるのが筋でしょう。僕は久我さんの部下じゃないんですから」

「すみません、小森さん。私からよく言っておきますから、ここは我慢してもらえませんか」

「命令系統が違うだろう、っていう話をしてるんですよ、僕は」

「たしかに、そのとおりですね。あとで露木部長に話を通しておきますから、今はその件を進めてもらえませんか。どうしても情報が必要なんです。お願いします」

「わかりましたよ。早乙女さんのためですからね。絶対、あの人のためじゃないですからね」

「何か困ったことがあったら連絡してください。よろしくお願いします」

通話を終えて携帯を返してから、綾香は久我の顔を見た。言うべきことは言っておかなければならない。

「前にも注意しましたけど、人にものを頼むときには、もう少し気をつかってください。小森さんはあなたの部下じゃないんですから」

「あいつはサポート役だろう？　立場的には、外で取材している人間のほうが強いんじゃないのか」

「それを決めるのは久我さんじゃありません」

ふん、と久我は鼻を鳴らした。

困ったものだ、と綾香は思った。久我は、警察官だったころの態度がなかなか抜けないようだ。一般市民となった今、高圧的な態度は反感を買うばかりだというのに、それが理解できないらしい。

「久我さん、いいですか……」

話を続けようとしたとき、綾香の携帯が鳴りだした。表示されている番号は、登録されていないものだ。誰からだろう。

「はい、早乙女です」

電話の向こうから男性の声が聞こえてきた。

「ミシマ写真店の三島ですが……」

綾香は相手の顔を思い出した。痩せていて、左右の頬がこけている人物だ。昨日、姪である長沢瑠璃の入院騒ぎがあったばかりだった。

「長沢さんの様子はどうです？」綾香は尋ねた。

「おかげさまで目を覚ましました。意識ははっきりしていて、話もできます」

「よかった……」

これは本心から出た言葉だった。取材がどうこうというより、意識不明だった長沢が無事だったことを喜びたい。

「じつはあのあと、病院に刑事さんが来たんですよ。何も聞けずに帰っていきましたけど」

「今日、警察は？」

「まだ来ていません。私のほうからも連絡はしていません。昨日、早乙女さんたちにはお世話になりましたから、最初にご連絡しようと思いまして」

まったく予想外の話だった。綾香は思わず携帯を握り締めた。

「私たちの取材を受けていただけるんですか？」

「ええ。瑠璃にも、早乙女さんたちに助けてもらったことを話しました。あの子も感謝していて、もし取材のご希望があれば応えたいと……」

「ありがとうございます！　すぐにうかがいます」

電話を切ると、綾香は久我のほうを向いて今の話を伝えた。

「やっぱり人助けはするものだな。今から行くだろう？」

「もちろんです」綾香は強くうなずいた。

ふたりは車に乗り込み、練馬区にある総合病院に向かった。

2

昼前に、綾香たちは病院に到着することができた。

教わっていた病室はふたり部屋だったが、廊下側のベッドに患者の姿は見えない。今、その部屋を使っているのは長沢瑠璃だけらしい。

窓際のベッドへ近づいていくと、カーテンの向こうから三島が顔を出した。

「連絡をくださって、ありがとうございました」綾香は丁寧に頭を下げる。

「どうぞ近くへ」

三島に招かれて、綾香と久我はカーテンの内側に入った。ベッドの上にいた長沢瑠璃が、居住まいを正してこちらを向く。まだ顔色がいいとは言えないが、状態は落ち着いているようだった。

「瑠璃、こちらは早乙女さん。昨日おまえを助けてくれた人だよ」

三島がそう紹介してくれた。綾香は会釈をし、できるだけ穏やかな調子で長沢に話しかけた。

「クライムチャンネルの早乙女です。具合はいかがですか」

「あの……昨日は本当にありがとうございました」

長沢は小さな声で言った。普段からそうなのか、それとも気持ちが弱っているせいなのだろうか。

「無事だとわかって安心しました。あのときは私も慌ててしまって」

微笑しながら綾香は言った。長沢の様子を観察して、これなら取材をしても大丈夫だろうと考えた。

「長沢さん、私たちはドキュメンタリー番組を作っています。白浜唯さんの事件を調べているうちに、あなたのことを知りました。犯人を捕らえるため、お訊きしたいことがあります。協力していただけませんか」

綾香の言葉を聞いて、長沢はためらう表情になった。あまり時間をかけるわけにはいかないが、それでも綾香は可能な限り、待とうと思った。入院している人を相手に、無理強いはできないからだ。

だが、横にいた久我が急に口を開いた。

「滝本さんは自殺し、白浜さんは殺害されました。もしかしたら酒井菜々美さんも事件に巻き込まれるかもしれない。いや、すでに巻き込まれているかもしれません」

ぎくりとして綾香は久我の横顔を見た。昨夜青梅市で見つかった遺体は酒井菜々美ではないか、と久我は考えているのだろう。

「あなたの周りで何が起こっていたのか、私たちにすべて話してくれませんか。そうでないと、この事件の犯人は見つかりません。今後、あなた自身が犯人に狙われるおそれもあります。そうなったら、あなたも後悔するでしょう？」

三島は、久我の顔と長沢の顔を交互に見ている。この先どうなってしまうのかと、不安に感じているようだ。それは綾香も同じことだった。久我があまりに強引なことをするようなら、止めに入らなければならないだろう。

だが幸い、綾香が行動を起こす前に、長沢が話しだした。

「一昨日、十二日から箱崎という人につきまとわれていたんです」

その名前を綾香は知っている。第一の被害者・白浜唯の母を訪ねてきた人物だ。探偵社の者だと説明し、名刺を置いていったということだった。

「その人は四年前、滝本啓子さんが自殺したことについて、私にいろいろ尋ねてきました。私は白浜唯さんの紹介で酒井菜々美さんと知り合ったんですが……」

「聞いています。当時、滝本さんが交際していた男性に、酒井菜々美さんが好意を抱いた。そこからトラブルが起こったんですよね？」

はい、と長沢はうなずいた。

「酒井さんは白浜さんと私を連れて、滝本さんを木場の運河のそばに呼び出しました。そして階段から転落させてしまったんです。私は怖くなって、もう呼び出されても酒井さんとはつきあわないようにしようと決めました。……その後、白浜さんから聞いたんですが、酒井さんはさらにひどいことをしたそうです」

「怪我をした滝本さんに会いに行ったんですね？」

「ええ。酒井さんと白浜さんは、意識を取り戻した滝本さんの見舞いに行ったそうです。そしてまた彼女を脅しました。自分で足を滑らせて落ちたと警察に話すよう、強要したんです。

言うことを聞かなければネットに個人情報を書いて、ひどい噂を流してやるって……。酒井さんは本当に執念深くて、負けず嫌いで、プライドの高い人でした。あのままつきあっていたら、私も何をされていたかわかりません」

「そのことを箱崎さんに話しましたか？」

「話しました。箱崎という人に話しました。滝本さんが自殺したことに私も関係あるんじゃないかと疑っていました。そうじゃない、私は転落事故の現場にはいたけれど、そのあとはもう関わらないようにしたんだ、と説明しました。……ですが箱崎さんは、おまえは責任から逃れることはできないと言いました。おまえも共犯者だと言われて、私は反論できなくて……それであんなに薬を飲んでしまったんです」

長沢は目を伏せ、唇を震わせた。

「本当に関係ないのなら、そう説明することもできたのでは？」

久我が言うと、慌てた様子で三島が口を挟んだ。

「そういう言い方はやめてください。この子を責めないでください」

「責めているわけじゃありません」久我は三島のほうに目を向けた。「自分に非がないのなら、なぜ毅然と突っぱねなかったのかということです」

「いや、だからそれができない精神状態だったんですよ。だって相手は男性ですよ」

「相手の言いなりになっては駄目なんです。戦うべきときは全力で戦わなくてはいけない。そうでないと、人生をめちゃくちゃにされてしまうんだ」

いつものニヒルな感じではなく、久我の口調は感情的なものだった。綾香は慌てて、彼を制した。

「どうしたんです？　久我さん、落ち着いてください」

久我は口を引き結んで、渋い表情になった。綾香の顔を見たあと、こう言った。

「抵抗せずにひどい目に遭った人を、俺は何人も知っているんですよ」

長沢は驚いたという表情で久我の顔を見た。それから目を伏せ、床の一点を見つめて黙り込んでしまった。

一階のロビーの隅に、携帯電話の使える場所があった。

「柴さんに電話する」

そう言って久我は携帯を取り出した。相手が出ると、彼は話しだした。

「第二の被害者の身元はまだわかっていませんよね？　あれは酒井菜々美という女性かもしれません。白浜唯の友達で、同じ写真サークルに通っていました。探ってみてください。……そうです、今回もひとつ貸しですよ。忘れないようにお願いします」

電話を切った久我に、綾香は話しかけた。

「これも取引の材料ですか？」

「そうだ。もしかしたら柴さんたちはもう気づいていたかもしれない。しかし、俺がこうして情報を伝えたということに意味がある。柴さんは俺を無視できなくなるんだ」

どれぐらい効果があるのかわからないが、警察とのパイプが維持されるのなら今後の取材に役立つ可能性がある。ここは久我の行動を評価すべきだろう。

綾香の携帯電話から着信音が聞こえてきた。相手は小森だ。

「久我さんとは話したくないので、早乙女さんに電話しました」小森は咳払いをした。「東京都西部の建築会社や建設会社、工務店のウェブサイトをチェックして、会社の紹介ページにシルバーの営業車が写っていないか調べてみました。同時進行で、ひとつずつ会社に電話もかけて確認しました」

「大変な量だったでしょう？」

「早乙女さんのためなら何だってやりますよ。いや、それは冗談ですけど。アルバイトを使ってもいいから調べろって久我さんに言われたし……」

「それで、何かわかりましたか？」

「シルバーの車を使っている会社は、四社に絞り込めました」

小森の声が遠ざかって、代わりに野見山の声が聞こえてきた。

「あとで住所をメールするけど、小平と東村山の会社には私が行くよ。早乙女ちゃんたちは調布と三鷹に行ってほしい。そこで外壁工事の樹脂注入器が使われていたら要注意だね。従業員の中に殺人犯がいるかもしれない」

犯人は会社の車で事件現場に出かけたのではないか。そのあと廃屋に遺体を運び込んだのではないか、ということだ。

「すみません。急に、野見山さんにまで手伝ってもらって……」

「何を言ってんの。私たちはチームなんだからさ」

ありがとうございます、と言って綾香は電話を切った。久我のほうを振り返って、こう伝える。

「西東京地区で、シルバーの車を使っている建築・建設会社がわかりました。調布と三鷹に行きます」

「なんだ。あいつも、やればできるじゃないか」

にやりとしながら久我は言った。これを小森が聞いたらまた怒るだろうな、と綾香はため息をついた。

途中大きな渋滞につかまることもなく、車は南西へと走った。調布市にある建設会社に到着したのは、五十分ほどあとのことだ。あらかじめ車内から電話で連絡しておいたから、先方は時間をとって綾香たちの質問に答えてくれた。

　この会社で使っている営業車を見せてもらうと、小森の情報どおりどれもシルバーだった。ボディーの部分には社名が入っている。

「御社で、この工具を使っていませんか」

　綾香は資料ファイルを取り出し、外壁剝落防止工事に使用する樹脂注入器の写真を指し示した。相手はそれが何なのかわからない様子だ。ＧＴＹ工法という工事に使うものだと綾香が説明すると、ああなるほど、と相手は言った。

「特殊な工法ですよね。あいにくうちの会社では採用していません」

「個人的に、社員のどなたかがこの工具を持っているという可能性はないですか」

「それはあり得ないですね。社として、その工法は引き受けていないので」

　どうやらここは外れのようだ。礼を述べて綾香たちは車に戻る。久我はシートベルトを締めたあと、すぐさまエンジンをかけた。

「次は三鷹市にある糸山工務店です」と綾香。

「そこも外れだとすれば、野見山さんたちに期待するしかないってわけか」

　低い声で唸ってから、久我は車をスタートさせた。

　午後二時十分、綾香たちは三鷹市の糸山工務店を訪問した。

　事務所の入り口で社員に声をかけ、しばらく待つ。三分ほどすると、社員と同じジャンパーを着た男性がやってきた。頭頂部が禿げ上がり、背中が少し曲がっていて七十代ぐらいに見える。

「お待たせしました。社長の糸山宗夫です」丁寧に頭を下げながら、彼は言った。

「クライムチャンネルの早乙女と申します」名刺を差し出して、綾香も会釈をした。「お忙しいところ、すみません。じつは今、建築・建設業でシルバーの営業車を使っていらっしゃる会社を訪ねていまして……」

「ああ、うちもそうですね」

　糸山は先に立って、建物の外にある駐車場へ綾香たちを案内した。そこには銀色の車が複数台停めてある。

「車は全部で九台ありますが、全部シルバーです。今は何人か仕事に出ているので、残っているのは四台かな」

「いえ、五台ですね」

　綾香がそう言うと、糸山は自分の禿げた頭を撫でた。

「ああ、すみません。目が悪いものですから」

ここで綾香はバッグから資料ファイルを取り出した。開いたページには、外壁剝落防止工事で使う樹脂注入器がプリントされている。

「御社ではこの工具を使っていますか？　ＧＴＹ工法という特殊な技術で使用するものなんですが」

糸山は老眼鏡を取り出して、プリントされた紙を見つめた。じきに彼はうなずく。

「ええ、使っていますね。全員、車に積んでいるはずです」

久我の横顔をちらりと見たあと、綾香はさらに尋ねた。

「立ち入ったことをうかがいますが、こういうスケジュールで走った車はあるでしょうか。十一月十日の午後四時前に武蔵村山市、十一月十三日の午後五時過ぎに青梅市……」

綾香はメモ用紙を差し出した。この二回、事件現場付近で銀色のワンボックスカーが目撃されているのだ。

内容を確認したあと、糸山は首をかしげた。

「もしかして、うちの者が何かの疑いをかけられているんでしょうか」

彼は怪訝そうな顔をしている。綾香は曖昧な調子で首を振ってみせた。

「いえ、まだ決まったわけではないんですが」

「調べれば疑いが深まるかもしれません」横から久我が口を出してきた。「もし御社の従業員がこの二カ所へ行っていたとなると、詳細な調査が必要です。今我々が調べているのは、ある殺人事件なんです」

「殺人事件？」糸山は大きく目を見開いた。「いや……急にそんなことを言われても、どうしたらいいのか」

「従業員の活動記録を調べてもらえばいいんです。何もなければ疑いが晴れるわけだし、いいじゃないですか」

「しかし、もし社員がこの二カ所に行っていたとしたら……」

「その場合は、逮捕されるべき人物が逮捕されることになります。事件は解決ですよ」

あまりに突然の話で、糸山は混乱しているようだった。会社の車を見たり、建物を振り返ったりして何か考え込んでいる。だが、そのうち彼は気持ちを固めたらしい。

「あなた方は警察じゃないんだから、私は拒絶することもできますよね」糸山は緊張した表情で言った。「でもここで断ったら、たぶん私は後悔するでしょう。……わかりました。社員の活動記録を調べてみます。少し待ってもらえますか」

「いくらでも待ちます」久我はうなずいて、自分が運転してきた車を指差した。「あそこで待っていますから、結果が出たら教えてください」

久我はビデオカメラを担いで、糸山工務店の外観を念入りに撮影し始めた。

彼がそうする理由はよくわかる。もしこの会社に殺人犯が勤めているとしたら、今撮影している映像は非常に価値の高いものとなるのだ。あとで番組を編集するとき、大いに役立ってくれるに違いない。

一方、綾香は先ほど案内された駐車場に行って、営業車をガラス越しに覗き込んだ。営業車といっても、後部には工事のための木材や壁に貼るクロス、大きな家電機器が入りそうな資材収納ケース、各種の道具、台車などが積まれている。本格的なリフォームは下請けに出すとしても、簡単な工事なら社員が自分で対応するのだろう。

十五分ほどのち、社屋のドアが開いて糸山社長が出てきた。

「お待たせしました」糸山は老眼鏡の位置を直してから言った。「十一月十日、武蔵村山市で仕事をした社員はいません。ですが……その日、福生《ふっさ》市に行った者はいます」

綾香は地図帳を開いた。福生市と武蔵村山市は近い位置にある。仕事の途中で武蔵村山市に立ち寄ることは可能だろう。

「十三日はどうです？　その人は青梅市方面に出かけていませんか」

久我が尋ねると、糸山は首を横に振った。

「その日、彼は青梅のほうには行っていません」

「では、どこへ？」

「日報によると……埼玉県の川越市に行っていたはずです」

「確認はできているんですか？」久我は追及の手を緩めなかった。「早めに仕事を終わらせたとか、約束を遅い時刻に変えたとか、あるいは行ったふりをして行かなかったとか、そういう可能性はありませんか？」

「それは……」糸山は口ごもったあと、こう続けた。「うちの会社は、社員の報告を信じていますので」

「何という方ですか？」

少しためらったあと、糸山は言った。

「椎名達郎という社員です。今は仕事で外回りに出ています」

「その椎名さんは最近、樹脂注入器のノズルをなくしませんでしたか？」

「どうでしょうか。あの工具は特別な工事のときだけ使うものなので……」

歯切れの悪い返事に、久我は苛立ちを感じているのだろう。少し強い口調で言った。

「椎名さんに連絡をとっていただけませんか」

「いや、しかし彼が何かやったと決まったわけじゃありませんよね？」

糸山は精一杯、毅然とした態度をとろうとしているようだ。そのうち何かに気づいたという表情で、彼は久我をじっと見つめた。

「そうだ。……今思い出しましたが、何日か前、武蔵村山市で事件が起こっていますよね。それが椎名の仕業だというんですか？　確たる証拠もないのに、社員を疑うようなことはできませんよ」

「何も問題がなければ、その方の疑いは晴れることになります。でもグレーのまま先延ばしにすれば、リスクが残ります。ほかの従業員の安全を守るのは、社長である糸山さんの役目じゃないんですか？」

この言葉は糸山の心に刺さったようだ。彼は久我の顔から視線を外して黙り込んだ。しばらく考えたあと、糸山の気持ちも決まったらしい。

「連絡をとってみます」

そう言って彼は携帯電話を取り出した。そこには従業員の電話番号が登録されているのだろう。

糸山はある番号に電話をかけたが、じきに眉をひそめた。低い声で唸って、綾香たちのほうを向く。

「駄目です。出ません」

「留守番電話の機能はないんですか？」

「それもオフにしているようです」

このことだけで疑いが深まるというわけではない。もしかしたら椎名という従業員は、仕事で手が離せないだけなのかもしれない。だが、そんな単純な話ではないという可能性もある。

「最近、椎名さんに何か変わったところはありませんでしたか」

「特には……。いや、待ってください」糸山は記憶をたどる表情になった。「このところ、夜遅くまでひとりで会社に残ることが増えていました。そういえば事務所で、ほかの社員の机を見ていたこともありました。たまたまそこにいたのかと思ったんですが、もしかして他人の机を調べていたのでは……」

「椎名さんのご自宅はどこですか？」

綾香が訊くと、意外なことに糸山は道路の先を指差した。

「ここから歩いて一分半ほどの場所です」

「え？　そんなに近いんですか」

「借り上げ社宅を用意しているんです。椎名は一年ほど前からそこに入居しています。……ああ、彼は中途採用の社員で、去年入社したんですよ」

糸山の話によると椎名は今三十歳、元は別の建築会社に勤めていたが、転職してきたのだという。真面目な性格だが、同僚たちとは少し距離をとっているらしい。

椎名の自宅に案内してもらえないか、と久我は糸山に頼んだ。このころにはもう糸山はかなり不安になっていたようで、渋ることなく了承してくれた。

糸山は綾香たちを案内して、会社の敷地を出た。先ほど聞いたとおり、二分かからずに三人は木造アパートに到着した。

椎名の部屋は二階だという。階段を上がり、ドアの前で糸山は綾香たちの顔を見た。それから彼は緊張した表情でチャイムを鳴らした。三人で耳を澄ましたが、中からの応答はない。糸山はドアをノックし始めた。

そばで様子を見ているうち、綾香は嫌な予感にとらわれた。昨日の長沢瑠璃のことを思い出したのだ。この時刻、普通の会社員なら自宅にいるはずはないだろう。だが、もしかしたら椎名は中で倒れているのではないか。そんな気がして落ち着かなくなった。

「椎名。俺だ、糸山だ」

言いながら糸山はドアノブに手をかけ、はっとした表情になった。ノブが回る。ドアに鍵はかかっていなかったのだ。

「いるのか？　椎名……」

糸山がドアを大きく開けた。横から綾香と久我も、中を覗き込む。靴とサンダルが一足ずつあったが、まるで蹴散らされたかのような恰好で不自然にひっくり返っていた。入ってすぐの部屋は台所だ。床の上にグラスが落ち、ビールらしきものがこぼれているのが見えた。つまみにしていたのだろうか、辺りにはピーナツも散らばり、皿が割れている。

「おい椎名、どうかしたのか？」

呼びかけながら、糸山は靴を脱いで部屋に上がった。綾香と久我も一声かけて入っていく。

グラスや皿が落ちているのはなぜだろう。綾香は注意深くテーブルの周囲を確認した。もし故意にやったのでなければ、ひどく慌てていてグラスや皿を落としてしまったのかもしれない。予想外のことが起きて、急に出ていったのではないだろうか。そうだとすれば、玄関のドアが施錠されていなかったことも納得できる。

糸山は右手の部屋を確認したあと、こちらに戻ってきた。

「寝室にはいません」

そのあと彼は、正面奥の居間に入っていった。綾香たちもあとに続く。

窓際に置かれていたパソコンデスクに、糸山はそっと近づいていった。パソコンは起動していない。彼はデスクのそばの壁に目をやり、何かを見つけたようだった。

「何だ、これはいったい……」

「どうしました？」

綾香は糸山の横に並んで壁を見つめた。そこには五十枚ほどの写真が貼ってあった。粗い画像が多かったが、どれにも共通しているのは被写体の禍々しさだ。天井からぶら下がっている体、ぶよぶよに膨らんで水面に出ている腹部、黒く焼け焦げた炭のような四肢。

――まさか、遺体の写真？

そうだ。間違いなかった。貼ってある写真の何枚かを、綾香はネット上の死体美術館で見たことがある。それらの写真がこのパソコンにダウンロードされ、プリンターで印刷されていたのだ。

外国人の写真が多い中に、日本人らしい被写体が交じっていた。女性が地面に倒れている。白いブラウスに青いストライプ模様のスカート。強い衝撃を受けたのか、彼女の腕はねじ曲がってしまっていた。

「久我さん、これ……どう解釈すればいいと思います？」

綾香は振り返って問いかけた。久我は大股でこちらにやってきて、壁の写真を順番に見ていった。鑑定家が古い美術品の価値を見定めるように、彼は時間をかけて写真をチェックした。それから、こちらを向いた。

「椎名という男はあのサイトの会員だったんだろう」久我は低い声で唸った。「こういう写真に並々ならぬ興味を持っていたわけだ」

綾香は手袋を嵌めた手で、パソコンの電源を入れた。パスワードの管理は案外お粗末で、キーボードの下のメモ用紙に書かれていた。

ウェブサイトの閲覧履歴を調べてみると、すぐに死体美術館が見つかった。

「こういう写真を見るだけでは済まなかったのかも……」綾香はつぶやいた。「もしかしたら、椎名さんの欲求はだんだんエスカレートしていったんじゃないでしょうか」

「そういえば……」

思い出した、という表情で糸山は言いかけたが、途中で言葉を切ってしまった。

「糸山さん、何が手がかりになるかわかりません。話してください」

綾香が強く促すと、彼はためらいながら口を開いた。

「その……椎名は昔、カメラマン志望だったと話していました」

「本当ですか？」

「嫌な想像ですが、自分でもこんな写真を撮りたいと思っていたのかもしれません」

室内にカメラがないかと、綾香たちは探してみた。だが部屋のどこからも出てこなかった。

糸山によると、椎名は立派な一眼レフカメラを持っていたらしい。今ここにないということは、仕事のときもカメラを持ち歩いているということだろう。いつどこで気に入った被写体を見かけるかわからないのでカメラを持っていく、というのは綾香にも理解できる。仕事の途中であっても撮影は一瞬のことだから、先輩や同僚に知られたとしても、大目に見てもらえていたのではないか。

だがそれは、被写体がごく普通のものだった場合だ。もし椎名の撮影対象がとんでもないものだったとしたら、話は違ってくる。

――彼は遺体を撮影するために、殺人事件を起こしていたのでは……。

そうだとしたら、今まで見えていた事件の構図がまったく変わってくる。犯人は死体遺棄する場所を探すために、郊外へ出かけていたわけではないのかもしれない。独特の雰囲気のある廃屋で、自分好みの写真を撮影するために、わざわざ車で遺体を運んでいたのではないだろうか。

綾香がパソコンを調べている間、久我は寝室からメモ用紙を見つけてきた。

「キャップ、このメモは行動計画じゃないか？」

「見せてください」

綾香は久我のそばに駆け寄った。メモ用紙にペンでこんな文字が書き付けられていた。

《11月10日　午後三時　武蔵村山市××》
《11月13日　午後四時半　青梅市××》

記された細かい住所は、武蔵村山事件と青梅事件の発生場所のすぐ近くだ。

「事件のあった廃屋の住所ではないようだが……」

久我が首をかしげている横で、綾香は言った。

「これ、タイヤの跡があった空き地じゃないでしょうか。だから廃屋から少し離れているんですよ」

紙の裏側を見ると、もうひとつ別のメモが残されていた。

《11月14日　午後四時半　あきる野市××》

十四日といえば今日のことだ。綾香はジャンパーの袖をめくって腕時計を見た。午後二時五十分だった。椎名はこのあと、第三の事件を起こそうとしているのではないか。

「午後四時半まで、あと一時間四十分しかありません」

「まだ間に合う」久我はメモ用紙をポケットにしまったあと、糸山のほうを向いた。「今日、椎名さんはあきる野市で仕事をしていますか？」

糸山は手元の資料に目を落とした。

「いえ、予定では八王子市に行っているはずですが……」

「八王子はあきる野の隣だ。仕事を調整すれば、四時半にこの場所へ行けるだろう」

午後四時半に、その場所で第三の事件が起こる可能性がある。椎名は誰かの遺体を運んで、そこに現れるのではないだろうか。

「我々はこの場所に向かいます」久我は言った。「糸山さん、もし途中で椎名さんから連絡があったら、教えてください」

綾香はメモ用紙に携帯番号を書き付けて差し出した。

戸惑うような面持ちで、糸山はそれを受け取る。

「あいつが事件に関わっていたなんて……」彼は眉をひそめていたが、じきに首を横に振った。「椎名が何か大変なことをしているのなら、どうかあいつを止めてやってください。お願いします」

糸山はぎこちない動きで頭を下げた。従業員が犯人だったとしたら、この会社にも悪い噂が立つだろう。警察の捜査も、相当念入りに行われるはずだ。

「どういう結果になったとしても、あとで必ずご連絡します」

綾香はそう言い残して、車のほうへ走りだした。

3

椎名は、ここへ来て何本目かの煙草に火を点けた。

午後四時二十五分。場所はあきる野市の山林の中だ。会社の車は今、道端の空き地に停めてある。運転席からフロントガラス越しに、椎名は辺りの様子を観察していた。

頭上にある木々の枝が、ざわざわと音を立てる。乾燥した茶色い葉が、フロントガラスの上に落ちてきた。風に吹かれて、その葉は右から左へと滑っていき、やがて車体の下に落ちた。

短くなった煙草を、椎名は灰皿に押しつけた。袖をまくって腕時計を確認する。現在の時刻、午後四時二十七分。もう一本吸おうかどうしようかと迷ったが、あと三分で四時半だ。吸わずにこのまま待つことにした。

電話がかかってきたのは、約束の時刻を二分ほど過ぎたころだった。

「椎名です」

「準備はできているな、椎名さん」

ボイスチェンジャーを通した奇妙な声が聞こえてきた。

「もう車は停めてある。いつでも外に出られる」椎名は答えた。

「じゃあ行こうか。今までと同じように電話で道を伝えるから、このまま切るな」

椎名は車から降りた。呼吸をすると、水分を含んだ土のにおいが感じられた。ドアを閉め、いつものように施錠する。

「その道を東のほうに行け。空き地から見て右手側だ。間違えるなよ」

わかった、と答えて椎名は歩きだした。

土の露出した林道には枯葉が積もっている。椎名が足を運ぶたび、さくさくと音がする。

「昨日もそうだったし、武蔵村山のときもそうだったが……」椎名は電話に向かって言った。「あんたの誘導した道は遠回りだったんじゃないか？　あとで地図を見直してそう感じた。車を停めた場所から廃屋まで、別の道を通ればもっと早くたどり着けるはずだ。それなのに、あんたの道案内のせいで俺は十五分も歩かされた」

椎名は相手の反応を待った。しばらくして、またボイスチェンジャーの声が聞こえてきた。

「少し散歩を楽しませてやろうと思ってね。それと同時に、あんたと会話を楽しみたいという気持ちもある」

「こっちには、そんな心の余裕はないんだが」

「いいから歩け。もたもたするな」

椎名は携帯を耳に当てたまま林道を進んでいった。道は地形の影響を受けて、大きな岩を迂回したり、沼地を左へ回り込んだりする。散歩にしてはやや険しいコースだ。

相手の指示に従って十数分歩いたころ、前方に開けた場所が見えてきた。木々の向こうに古い家が建っているのがわかる。

――毎回こんな家を、よく探してくるものだ。

感心しながら、椎名は電話の向こうにいる人物に報告した。

「家が見えてきた」

「敷地に入ってもらおう。落ち着いて、静かにな」

椎名はバッグから一眼レフカメラを取り出し、ストラップを肩に掛けた。電源を入れ、いつでも撮影できる態勢を整える。革手袋を嵌めて、その家を見上げた。

築四十年以上はたっていそうな木造の民家だ。今まで椎名が見てきた家と同様、あちこち傷んでしまっている。蜘蛛の巣、染みとカビ、汚れた雨戸、ガラスの割れている窓。誰も住んでいない廃屋だ。

「では椎名さん、あとは任せる」

そう言って相手は電話を切ってしまった。過去二回と同じパターンだ。奴は椎名を廃屋まで案内し、放り出してしまう。椎名は家に入らざるを得ない。なぜなら今までと同様、この家にも貴重な被写体が用意されているはずだからだ。椎名はそれを撮影しなければならない。また、先日のボールペンのように椎名とのつながりを示すものが、ここにも残されている可能性があった。

深呼吸をしてから椎名はドアに手を掛けた。施錠はされていない。手前に引くと、ドアは軋んだ音を立てて開いた。

中は薄暗かったが、ハンドライトが必要なほどではない。椎名は靴を履いたまま、散らかった家に上がっていった。

足下に注意しながら廊下を進んでいく。あちこちで床板が嫌な音を立てた。長年放置されたこの家は、かなり老朽化してしまっている。場所によっては腐りかけた部分があるかもしれない。床板を踏み抜かないよう気をつけるべきだろう。

廊下の左側に洋室があったが、不審なものは見当たらなかった。その隣は台所で、四人掛けのテーブルに菓子の缶や薬の瓶が置いてある。ここにも気になるものはない。

椎名は台所を出ると、隣にある居間を覗いた。そこで、はっと息を呑んだ。

畳の上にクリーム色の毛布や、白いタオルが落ちている。それらには埃と髪の毛、そして茶褐色の汚れが付いていた。何の汚れであるかは明らかだ。あれは人の血液だろう。

椎名は毛布とタオルを踏まないようにして、部屋の中央にある卓袱台に近づいた。四十数年前の状態のまま放置されているこの家で、唯一、新しいものがそこにあった。色鮮やかな写真だ。

コンクリートの上に横たわり、虚空を睨んでいる男性。腹部を押さえて白目を剝いている女性。車に轢《ひ》かれ、腕や脚をつぶされてしまった少年——。どれも異様な写真だった。だがそれらの被写体には見覚えがあった。

これらはどれも死体美術館に掲載されていたものだ。何者かがそれをプリントアウトして、ここに残していったのだ。

写真の横には煙草の箱が置かれていた。これもまた、四十数年前の住人とは無関係だろう。なぜならこの銘柄は、つい数年前に発売されたものだからだ。普段椎名が吸っているものと同じ種類の煙草だった。

——あいつも煙草を吸うということか？

一瞬そう考えたが、とんでもない間違いだと気がついた。

この煙草は、誰かが忘れていったわけではない。あいつが故意に置いていったのだ。以前、武蔵村山市の廃屋に椎名のボールペンが置かれていたのと同じことだ。

椎名は煙草の箱を手に取り、ポケットにしまった。それからフラッシュを焚いて室内の写真を撮った。

一旦廊下に出て、向かいの部屋に入ってみた。そこはかつての住人の寝室だと思われる。板敷きの床の上にベッドが置かれていて、中央部分に膨らみが見えた。

息を詰めて椎名はベッドに近づいた。数秒様子をうかがってから、掛け布団に右手を伸ばす。覚悟を決めて、勢いよく布団を剝ぎ取った。

だが、そこには誰もいなかった。毛布が丸められ、人が寝ているように見えただけだったのだ。

椎名は安堵の息をつく。だが次の瞬間、背後から男の声が響いた。

「動くな！」

椎名はぎくりとした。反射的に振り返り、声の主を探す。

廊下に男の姿があった。身長は百六十五センチぐらい。髪は短く、顎の右側に古い傷がある。着ているのは灰色のスーツだ。その男は鋭い視線で椎名を睨んでいた。

「椎名達郎だな？」

そう訊かれて椎名は動揺した。奴は俺のことを知っているのだ！

どうして、という思いと、やられた、という思いが入り交じっていた。この男は椎名がここに来ることを知っていたのだろう。情報源はあいつに違いない。先ほど電話で椎名を誘導してきた人物だ。

男のそばには、もうひとつ別の人影があった。そちらは三十歳ぐらいの女で、スタッフジャンパーのようなものを着ている。どういうわけか、彼女はビデオカメラらしきものを担いでいた。

――いったい何者だ？

椎名は一眼レフカメラを手にしたまま、油断なく身構えた。

どうするべきかと考えた。二対一ではあるが、女のほうは突き飛ばせばいいだろう。問題はあの男だ。背は高くないが、筋力がありそうな体つきをしている。揉み合いになったらこちらが不利かもしれない。だとしたら瞬発力で勝負すべきだ。不意打ちをして、奴が怯《ひる》んだところで脱出するしかない。

だがここで、スーツの男が意外なことを口にした。

「メモを見たぞ」

「……メモ？」

思わず、椎名はそう聞き返してしまった。相手の術中に嵌まることを警戒しながらも、話を聞かずにはいられなかった。

「あんたの部屋を調べたんだ」その男は言った。「メモにこのへんの住所が書かれていたから、先に来て調べていた。歩いているうち、この廃屋が見つかったというわけだ」

黙ったまま、椎名はその男を睨みつけた。男は視線を逸らさず、こう続けた。

「血の付いた毛布とタオルがあったな。それから死体美術館の写真も」

「知っているのか。あのサイトを」

椎名が尋ねると、男は深くうなずいた。

「あんた、ああいう写真をたくさん持っているよな」

椎名は眉をひそめた。この男はアパートの部屋に侵入したのだ。

「それは違法捜査じゃないのか？」椎名は低い声で尋ねる。

「あいにく俺たちは警察官じゃない」

「……マスコミの人間か」

なるほど、と椎名は思った。だからあの女はビデオカメラを肩に担いでいるのだ。

だとするとこの状況は椎名にとって有利なのか、それとも不利なのか。警察に見つかったのでなければ、逮捕という最悪の事態は避けられる。だがこの場での行動を撮影されているとしたら、椎名は弱みを握られることになるだろう。

いや、待て。自分がしたことといえば、些細な軽犯罪だ。

「住居侵入で通報するっていうのか？　そんな大袈裟な話か？」

椎名はあえて余裕を見せながら尋ねた。ところが、スーツの男はさらに予想外のことを口にした。

「武蔵村山と青梅の事件は、あんたの仕業だろう？」

この男は、そのふたつの事件と椎名を結びつけているのだ。すでに相当深い部分まで、調べを進めているのではないか。

「わかった。詳しい話をしよう」

椎名は穏やかな口調で男に話しかけた。彼らのほうへゆっくり近づいていく。

「ただし、あんたたちの身元を教えてほしいんだ。これは取材なんだろう？　だったら会社の名前ぐらい聞かせてくれよ」

「ああ、そうですよね」女がビデオカメラを担いだまま、隣の男のほうを向いた。「久我さん、あの人に名刺を……」

「名刺？」

男はスーツのポケットを探り始める。そこに隙が生じた。

床を蹴り、椎名はふたりに向かって突進した。女を突き飛ばして転倒させる。男のほうは体のバランスを崩したが、壁に手をついて踏ん張った。男は腕を伸ばして、椎名の体にしがみつく。揉み合いになった。

——くそ、捕まってたまるか。

椎名はポケットからナイフを取り出した。それを見て、スーツの男も怯んだようだ。彼は椎名との間に少し距離をとった。

「椎名さん！」

床に腰を落としたまま、女が声を上げた。

「その人を傷つけたら、ますます罪が重くなります。もうふたりも殺しているのに、まだ続けるんですか？」

「俺は誰も殺していない！」

ナイフを構えたまま椎名は言った。スーツの男は低い声で問いかけてきた。

「だったら、あんたはなぜ遺体の写真を死体美術館に送ったんだ」

もう、そこまで知られているのか。警察の人間よりも早く、奴らはどうやってそんなことを調べたのだろう？

椎名はマスコミのふたりに向かって言った。

「命令されて、写真を撮っただけなんだ。俺は、誰だかわからない『脅迫者』に写真を送った。それをノーマンが死体美術館に掲載したんだ」

「脅迫者？　そいつは何者だ」男はわずかに首をかしげる。

女はゆっくりと立ち上がった。椎名から目を離そうとはしない。

「我々はクライムチャンネルというケーブルテレビ局の者です。私は早乙女、この人は久我。……椎名さん、あなたが殺人犯でないというのなら、今いったい何が起こっているんです？　詳しく聞かせてもらえませんか」

早乙女という女は、真剣な顔で椎名を見つめている。おとなしそうな顔をしているが、思ったより芯が強そうだ。

「あんたたち、警察には通報したのか？」

「いえ、していません」早乙女は首を横に振った。「私たちはメディアの人間です。真実を探ることが目的なんです。だから……」

「俺の話したことは、テレビで流れるのか？」

「もし椎名さんがそれを望まないのなら、できる限りの配慮はするつもりですが」

椎名は早乙女の表情を観察した。嘘をついているようには見えなかった。

「わかった。こうなったら俺も覚悟を決める」椎名は体の力を抜いた。「真実を伝えてくれるのなら、あんたたちの取材に答えよう」

「ありがとうございます。じゃあ、まずはそのナイフを下ろしていただけますか」

「……そうだな」

椎名はナイフをポケットにしまい込んだ。だが、油断のない目でふたりを見て、こう付け加えた。

「もし俺を警察に売ったりしたら、あんたたちを絶対に許さない」

「もちろんです」早乙女は真顔でうなずいた。「万一そんなことになったら、刺されても文句は言いません」

部屋の中はだいぶ暗くなっている。椎名たちは廃屋から出ることにした。

4

廃屋の玄関を出たところで、綾香はうしろを振り返った。久我に続いて、椎名達郎がこちらにやってくる。まだ綾香たちを警戒しているようだが、襲いかかろうという雰囲気はなくなっていた。

ここまで来れば、久我の腕力で相手をねじ伏せる必要もないだろう。綾香はビデオカメラを久我に預けた。

「椎名さん、あなたとのインタビューを撮影させていただいてもいいですか？　もし差し支えがあるようなら、音声だけでもけっこうですが……」

綾香が問いかけると、椎名は少し考える様子だった。ややあって彼は答えた。

「悪いが、声だけにしてもらいたい。正体をさらされて犯罪者扱いされたんじゃかなわないからな」

そうは言いながらも、椎名は取材を受け入れてくれるようだ。心の中に、マスコミの力を借りたいという気持ちがあるのかもしれない。

「わかりました。では胸から上は映さないようにします。音声も、必要があれば編集で加工します。固有名詞を消すことも可能です」

綾香は隣に立つ久我のほうを向いた。久我はうなずいて、カメラの準備をする。撮影が始まると、綾香は早速質問に移った。

「この廃屋で、血の付いた毛布とタオルが見つかりました。椎名さん、あなたは今日カメラを持ってこの廃屋を訪れましたが、目的は何だったんですか？」

椎名は咳払いをした。インタビューだということを意識したのだろう、丁寧な口調で話しだした。

「俺の所持品を回収するためですよ」ビデオカメラをちらりと見てから、椎名は言った。「ここには死体美術館というウェブサイトの写真と、普段俺が吸っている煙草が置いてあった。もしかしたら、煙草の箱には俺の指紋まで付けてあったかもしれません。そんなものが警察に見つかったら、いろいろな疑いがかかります。そういう危険があったから、俺は仕事を抜けてこの廃屋に来なくてはならなかったんです」

「いろいろな疑いとは、どういったことですか」

綾香の質問を受けて、椎名は口を閉ざした。だが数秒後、意を決したという表情でこちらを見た。

「ここ数日の間に、白浜唯と酒井菜々美が殺害された事件があったでしょう。俺を嵌めて、罪をかぶせようという企みがあったんです」

それを聞いて綾香は眉をひそめた。慎重に、言葉を選びながら質問を続けていく。

「武蔵村山市の廃屋で死亡していたのは白浜さんでした。でも青梅市で見つかったのが酒井さんだとは、まだ公表されていないはずです。なぜあなたは、酒井さんだと知っているんですか？」

綾香たちがそれを知ったのは、つい先ほどのことだった。柴管理官の電話を受けてから、まだ三十分しかたっていない。

「それは……」椎名は口ごもった。「現場で遺体を見たからです。でも、やったのは俺じゃない。二回とも、俺は遺体を見つけただけですよ」

「どのタイミングで、あなたは事件現場に行ったんです？」

「武蔵村山には十日の午後三時ごろ行きました。青梅は十三日の午後四時半ごろです」

「どうやってふたつの現場を知ったんですか？」

「九日の夜……いや、日付が変わって十日ですね。名前を名乗らない人物からメールが届いたんです。俺がカメラマン志望だったことを知っているようで、面白い写真が撮れるから十日の午後三時ごろ、武蔵村山に行ってみるように、とありました。仕事をしているはずの時間だから、俺は無視するつもりだった。しかし俺が返事をせずにいると、そいつはまたメールを送ってきたんです。もし行かなければおまえの過去の罪をばらしてやる、と書かれていました。悩んだ挙げ句、俺は武蔵村山に行くことにしました」

「過去の罪というのは？」

椎名は再びためらう表情になった。脅されていた内容だから隠しておきたいのだろう。

「ここは編集のときにカットしましょうか？」

「そうですね。そうしてください」うなずいたあと、椎名は続けた。「四年前、俺は滝本啓子という女性と交際していたんですが、彼女が自殺してしまったんです。その理由というのが、俺にも少し関係があって……」

綾香ははっとした。自分たちはその女性の名前を知っている。

「木場の運河で、階段から転落した人ですね？」

完全に予想外だったのだろう、椎名は両目を見開いていた。メディアの人間がなぜ滝本のことを知っているのか、訳がわからないという顔だ。

カメラを回したまま、久我が言った。

「今後、あなたは警察に追われる可能性がありますよ。しかし過去の経緯を話してくれれば、我々は報道を通じてあなたを援護することができます」

「椎名さん」綾香も説得に加わった。「今までひとりで悩んできたことを、私たちに話してくれませんか。私たちにも、解決の方法を考えさせてください。一緒に知恵を出していきましょう」

綾香の言葉を聞いて力を得たのかもしれない。椎名は再び口を開いた。

「滝本啓子と交際している途中、同じ写真サークルのメンバーだった酒井菜々美が、俺に近づいてきたんです。俺のほうも酒井に好意を持ってしまって……」

椎名は色白ですらりとした体形だ。タレントの誰かに似ているような気もする。昔から女性に人気があったのではないだろうか。

「それで酒井さんとも交際を？」

「いえ、つきあってはいません。でも、酒井がいろいろと触れ回ったせいで、滝本啓子は自殺してしまったらしいんです」

久我は首をひねっていたが、やがて低い声で尋ねた。

「失恋しただけで自殺したというんですか。本当にそうなんですかね」

威圧するように久我は相手を見つめる。椎名は空咳をしてから言った。

「じつは、滝本啓子は妊娠していたようなんです。いや、当時、俺はそのことを知らなかったんですけど」

「あなたの子ですか？」

「ええ、たぶん……。酒井菜々美や白浜唯は滝本啓子を呼び出して、俺と別れろと迫ったようです。そこで揉み合いになったのか、滝本啓子は階段から落ちて、流産してしまったわけです」

「そういうことか」

久我はひとり眉根を寄せている。その顔を見ながら、椎名は続けた。

「流産したことが自殺の原因だろうと、俺は考えています。ただ、ショックはショックだったでしょうが、それで死んでしまうというのは、正直、どうなんだろうと感じるんですよ」

「どういうことです？」と綾香。

「だって、子供はまた作れるじゃないですか」

え、と言ったまま綾香は絶句してしまった。椎名は真顔になってこちらを見ていた。

「そうですよね？　子供が産めない体になったというわけじゃないだろうし、俺に一言、相談してくれていれば……」

綾香の心の中に不快な感情が広がっていった。椎名に悪気がないことはわかる。だが今のような言葉を平気で口にしてしまう彼に、綾香はある種の怖さを感じていた。男だからとか女だからとか、そういうことではないような気がする。

　久我は渋い表情のまま、椎名に質問した。

「それで結局どうだったんです？　まだ酒井さんへの未練はあったんですか？」

「いや、違います。それまでに俺は、酒井がひどく自分勝手で残酷だということに気づいていました。だから距離をおいていたんです。それに腹を立てて、酒井は滝本啓子にあれこれ嫌がらせをしたんでしょうね。あとで調べてみて、酒井が陰湿なやり方をしていたことがわかりました」

「酒井さんのことを調べていたのはなぜです？　いつか滝本さんの復讐をするためだったんですか？」

　まさか、と言って椎名は眉を大きく動かした。

「白浜唯が殺されてから、俺は四年前のことを調べ始めたんです。誰かが俺を嵌めようとしている。そいつの正体を知るために、白浜の周辺を調べなくてはならない、と考えました。そのうち、今度は酒井まで殺されてしまった。今の状況を考えると、俺が滝本啓子の復讐をしているように見えてしまいます。そんなふうに計画したのが誰なのか知りたかったんです」

　椎名の過去の罪については、これでおおむね理解できた。そのことを公表されたくなければ言うとおりにしろ、と脅迫者は命じてきたのだ。

「事件の話に戻りますが、あなたは指示に従って、十日の午後、武蔵村山市に出かけたんですね？」

「そうです。自分の身を守るために、俺は行動せざるを得ませんでした。今日ナイフを持ってきたのも、何が起こるかわからなかったからで……」

「廃屋にはどうやって行ったんですか？」

「時間と場所を決められていたんです。あとで電話をかけるからと携帯番号を訊かれて、俺はそれを教えました。十日の午後三時、俺は指定された場所に車を停めて待機していました」

「林の中の空き地ですね。私たちはそこでタイヤの跡と、樹脂注入器の金属部品を見つけました。あなたが落としたんですよね？」

「注入器の金属部品……。ノズルのことですか？　いや、あんな場所で落としたとは思えませんけど……。最近使っていないので、確認はしていませんが」

椎名は首をひねったあと、説明に戻った。

「そのうち脅迫者から電話がかかってきて、俺は車を降りて歩くよう命じられました。電話で誘導されて十五分ぐらい歩いたのか……。やっと廃屋にたどり着いて、中に入りました。

すると、そこに白浜唯の遺体があったんです。事前のメールで、俺はその遺体の写真を撮るよう命令されていました。『死美人』というタイトルでメールに添付するようにと。十三日も同じように、車から十何分か歩かされて廃屋に着きました。そして酒井菜々美の遺体を見つけたんです。そのときも写真を撮って、脅迫者にメールしました」

「死体美術館に直接交渉して売ったわけではないんですね？」

「違います。俺が脅迫者に送って、脅迫者がそれを死体美術館のノーマンという管理人に売ったんです。あとで送信済みのメールを調べてもらえばわかります」

「なぜ脅迫者はそんなことをしたんでしょうか」

綾香が問うと、椎名は渋い表情になった。

「今考えれば、それも罠だったんじゃないかという気がします。死体美術館のことは脅迫者からメールで教わりました。『あなた好みのサイトがあるからチェックしてみるといい』とか、そんなことが書いてあったんです。会員になってサイトを確認すると、そこにはグロテスクな死体写真がたくさんありました」

「私たちもそのサイトを見ました」綾香の頭にさまざまな写真が浮かんできた。「あそこに武蔵村山の現場写真が載っていたから、殺人犯が白浜さんの写真を撮って、管理人に売ったんだと思ったんです」

「それが脅迫者の狙いでしょうね。俺のパソコンを調べれば、死体美術館にアクセスしていたことがわかる。それは、俺が猟奇趣味者だという裏付けになる。脅迫者はそこまで計算していたんだと思います」

「そうやって、あなたは罪をかぶせられそうになった……」

「ええ。武蔵村山の廃屋には、俺のボールペンが落ちていました。会社で使っていたんですが、しばらく前になくなってしまったんです」

え、と言って久我がまばたきをした。

「ちょっと待った。だとしたら、あなたを嵌めようとした脅迫者は、会社にいるってことじゃないですか」

「そうなんです。俺も会社の人間が怪しいと思って、同僚を調べていたんですよ。あとをつけられているんじゃないかと、家に帰ってからも外の道をよく覗いていました。……考えてみれば会社の同僚たちは、俺がカメラマン志望だったことを知っているんです。だから、遺体の写真を撮ってこいと命じたのかもしれない。そのデータが俺のカメラやパソコンから見つかれば、殺人犯だということの証拠になるでしょうから」

聞けば聞くほど、その脅迫者は用意周到な人物だと思えてくる。

「あなたはそんな人物に恨まれているということですか。何か心当たりはないんですか」

綾香は椎名をじっと見つめた。椎名は戸惑うような表情になった。

「気になる同僚はいるんですが、そいつが脅迫者かどうかわからないんです。それで、残業して机の中を調べたりしていました。その一方で俺は、酒井菜々美や白浜唯とつきあいのあった女性から話を聞きました。下井草にミシマ写真店というのがあって……」

「長沢瑠璃さんですね？　あなたは箱崎という偽名で、彼女に接触していた」

綾香が訊くと、椎名は驚いたという顔をした。

「そうです。長沢は写真サークルのメンバーではなくて、白浜の友達でした。白浜に誘われて酒井とつきあい始めたようです。白浜としては、気の弱い長沢を仲間にすることで、使い走りのような立場から逃れたかったんでしょうね」

なるほど、と綾香は思った。長沢瑠璃は写真サークルとは無縁だったから、椎名とは会ったことがなかった。だから椎名は偽名で近づくことができたのだ。

「俺は長沢から事情を聞いて、酒井菜々美が滝本啓子を脅していたことを確認しました。やはり酒井は、俺と別れるよう滝本啓子に迫っていたんです。まったく、強引なことをしたものですね。……当時の俺は、啓子が妊娠していたことも流産したことも知らなかった。酒井が啓子に嫌がらせしていたことにも気づいていなかった。本当に悔しいですよ。啓子も、そこまで追い込まれていたのなら、俺に相談してくれればよかったのに。黙っていたんじゃ、こっちは何もわかりませんからね」

またただ、と綾香は思った。自分に非はないと言いたげな椎名の言葉に、どうしても違和感を抱いてしまう。

「あの……啓子さんから、何かサインのようなものはなかったんですか」

綾香が尋ねると、椎名は不思議そうな目をこちらに向けた。

「サイン、というと？」

「自殺するほど悩んでいたのなら、その気持ちが行動にも出ていたんじゃないかと思うんですが」

「いや、あの時期、啓子は俺を避けていたんですよ。電話にも出てくれなかったし」

「これは想像ですが、妊娠していることを、椎名さんに話しづらかったんじゃないでしょうか」

「どうしてですか？」椎名は怪訝そうな顔になった。「彼女がきちんと説明してくれれば、俺のほうでも、いろいろアドバイスできたはずなのに」

滝本啓子が気にしていたのは、椎名のそういうところではなかったのか。おそらく椎名は悪い人間ではないのだろう。だが、理が先に立ってしまって、情の部分が足りていないような気がする。

啓子はそれを感じ取って、椎名に妊娠のことを伝えられなかったのではないか。もし伝えていたら、椎名は事も無げに「堕《お》ろせばいいよ」とでも言ったのではないだろうか。そういう不安を感じさせるものが、椎名という男性にはある。

「いや、待てよ。もしかしたら……」綾香の前で、椎名はつぶやいた。「酒井菜々美たちに脅されて、啓子は俺に連絡できなかったのかもしれません。ひどい話だな」

腕組みをして、椎名はひとり考え込んでいる。

横から久我が尋ねた。

「椎名さん、今回あなたは長沢瑠璃さんを相当厳しく追及したんじゃないですか？　そのせいで長沢さんは自殺を図ったんですよ」

これは予想外の話だったようで、椎名は眉をひそめた。

「そんな馬鹿な……。俺は、それほど厳しく追及したつもりはないですよ。あの程度で自殺を図るなんて」

「でも、長沢さんにとってはきつい尋問だったのかもしれない」と久我。

とにかく、と言って椎名は咳払いをした。

「俺には誰も彼もが怪しく見えたんです。会社の同僚だけでなく、滝本啓子の知り合いも、俺の友達もね。だから周りの人たちを、疑いの目で見るようになってしまったんです」

表情を曇らせる椎名を見ながら、綾香は考えを巡らした。

その脅迫者とはいったい何者なのだろう。酒井菜々美、白浜唯、椎名達郎の三人を、同じように恨んでいる人物なのか。

気を取り直した様子で、久我が言った。

「疑問点をまとめてみよう。ひとつ。犯人はどこで被害者を殺害したのか。死体遺棄の現場に大量の血痕はなかったから、ほかの場所で殺害して遺体を運んだと思われる。……ふたつ。なぜ犯人は椎名さんに写真を撮ってくるよう命じたのか。現場に行かせて、犯人らしく見せかけるためだったとは思うが、二回もだからな」

「そして三つ。なぜ仕事の時間中に行かせたのか」綾香はメモ帳を見ながら言った。「休みの日なら確実だと思えるのに、どうして仕事の日を指定したんでしょう」

「四つ。なぜ白浜唯も酒井菜々美も、膝を抱えるような恰好で死後硬直していたのか。あれは死んだあと、狭いところに押し込められていたせいだと考えられる。まさか犯人が屈葬したわけじゃないだろうし、どういう状況でああなったのかが気になる」

「それから五つ目」椎名が口を開いた。「現地に着いたあと、俺がしばらく歩かされたのも引っかかります。二回ともそうでした」

ここで綾香は首をかしげた。

「三回目の今日は？」

「ええ、今回も同じように電話で誘導されました」

「でも今日、この家に遺体はありませんでした」

綾香は振り返って、古い民家の屋根を見上げた。椎名がやってくる前に到着し、中に入って調べてみたのだが、血の付いた毛布とタオル、煙草の箱以外に不審なものは発見できなかった。

「何か、おかしいな」久我が眉根を寄せていた。「今日椎名さんを誘導したことは、イレギュラーなことだったんじゃないか？　遺体がないんだから、過去二回とは目的が違うと考えるべきだろう」

「目的？」椎名は久我のほうに目を向けた。

「今回は遺体を発見させるためじゃなく、別の目的であなたをここに来させたんじゃないですかね。車で待機させ、電話で誘導したのはこれまでと同じ手順だが、そうすることで違和感を抱かせないようにしたのかもしれない。犯人としては、あなたが今までと同様に廃屋へ行くことを望んでいたわけです」

「でも、ここに遺体はありませんよね？　だったら意味がないのでは……」

「遺体はなかった。だが、俺たちがいた」

腑に落ちないという顔で、椎名は久我を見ている。

「今日で終わりだったんじゃないでしょうか」久我は言った。「あとは、椎名さんがマスコミや警察に見つかって身柄を拘束される。きつい取調べを受けて疲弊する。いずれ殺人の疑いは晴れるかもしれないが、それには相当な時間がかかるはずです。無罪だとわかったあとも、いろいろ悪い噂を立てられるに違いない。椎名さんの人生はかなりのダメージを受けることになります。それが犯人の目的だったとしたらどうです?」

「その可能性はありますね」綾香はうなずいた。「白浜さんと酒井さんはもっとも罪が重いから、犯人はふたりを殺害した。滝本啓子さんを助けてくれなかった椎名さんにも恨みがあるけれど、殺害するほどではない。それで嫌がらせ的に、事件に巻き込むことにしたのかもしれません」

「怪しいのは滝本啓子の遺族か」と久我。

「ええ、おそらく……」

と言いかけたところで、綾香は「あ!」と声を上げた。それは直感と呼ぶべきもので、裏付けがあるわけではなかった。だが、ひとつの可能性として考えていくと、かなり説得力のある着想だ。

「四年前に亡くなったのは滝本啓子さんだけじゃありません。自殺の前の転落事故で、赤ちゃんが亡くなっていますよね」

綾香がつぶやくと、久我は不思議そうな顔をした。

「そうだな。滝本啓子は流産しているが……」

誰よりもそれを惜しむ遺族。滝本啓子を大切に思い、その子が生まれるのを楽しみにしていた人物。その人物こそが事件の犯人ではないだろうか。

「お聞きしたいことがあります」綾香は椎名のほうを向いた。「もしかしたら、あなたの周辺に滝本さんの遺族がいたんじゃありませんか？」

「俺の近くに？　いや、そんなはずは……」

「私が思い浮かべている人物が遺族なら、動機は明らかです。そして、あなたを二回も廃屋に行かせたことも説明できそうです」

綾香の表情をうかがいながら、久我が尋ねた。

「キャップ、あんたいったい何に気づいたんだ？」

「椎名さんは、ただの嫌がらせで巻き込まれたわけじゃなかったんですよ。あなたには重要な役割が与えられていたんです」

「役割？」訳がわからず、椎名は戸惑っているようだ。

「すぐに出発しましょう。早くあの人から話を聞かないと」

そう言って、綾香は車のほうへ向かった。

5

社有車をスタートさせる前、久我は携帯を取り出して架電した。

「そうですか、それはよかった」久我は顎の古傷を撫でながら言った。「ええ、こっちもうまくいきましたよ。じゃあ、これから言う場所に移動してもらえますか。東京都三鷹市の……」

連絡が済むと、久我はこちらを向いた。

「キャップ、あんたの読み筋はなかなかのものだ。俺もその読みに乗っかることにする。もう、人の手配も頼んでしまったからな」

「読みが外れたら大恥をかきますね」と綾香。

「まあ、そのときはあんたに責任をとってもらうさ」

「久我さんも同罪でしょう？」

「とんでもない。俺は単なる協力者だよ」

そんなことを言って久我はにやりとした。軽口を叩いてはいるが、彼も綾香と同様、普段よりも緊張しているに違いない。

これから綾香たちは、一連の事件の犯人と対峙するのだ。

車はあきる野市の山林を出発した。綾香たちのワゴン車の前には、シルバーのワンボックスカーが走っている。やがて二台の車は中央自動車道に入り、東へ進んだ。

辺りがすっかり暗くなった午後七時過ぎ、綾香たちは三鷹市の糸山工務店に到着した。

車を降りて綾香と久我、椎名の三人はいくつか言葉を交わした。椎名の顔には、何かを決意したような表情がある。その決意が事態を好転させることを、綾香は祈った。

椎名は会社の玄関に向かった。綾香たちは彼のあとを追う。

この時刻、事務所の中には七、八名の社員がいた。一日の仕事を終えて会社に戻り、事務作業をしているところなのだろう。

椎名とともに入ってきた綾香や久我を見て、社員たちは怪訝そうな顔をした。特に久我が手にしているビデオカメラには注目が集まっている。

久我は油断のない顔で事務所の中を観察していた。もちろんまだカメラは回していないが、いざとなれば撮影できるよう身構えているに違いない。ボーナスのチャンスを逃すわけにはいかない、と久我は考えているはずだった。

「椎名、どうしたんだよ」

そう話しかけてきたのは、椎名より少し年上と見える男性だった。痩せていて顔が細長く、目も細い。この人が先輩の赤崎だな、と綾香は思った。ここへ来る前に、椎名から話は聞いていた。

「お疲れさまです」椎名は赤崎に向かって頭を下げた。「今、戻りました」

「その人たちは？」と赤崎。

「ケーブルテレビ局の人です」

椎名は辺りに目を配りながら答えた。赤崎は訳がわからないという様子だ。

「テレビ？　どうしてこんなところに……」

「ああ、クライムチャンネルさん」

うしろから声が聞こえた。綾香たちが振り返ると、廊下から社長の糸山宗夫が入ってくるところだった。彼は椎名の姿を認めて、はっとした顔になった。

「ここでは何ですから、向こうの部屋へ行きましょうか」

糸山は綾香たちにそう言ったあと、椎名のほうを向く。

「おまえも一緒に来てくれ」

椎名はぎこちなくうなずいた。

綾香たちを促して、糸山は事務所から出た。廊下を十メートルほど進んだところに社長室があり、大型の事務机や四人掛けのソファ、丸椅子などが置かれていた。糸山は綾香と久我にソファを勧め、向かい側に腰掛ける。椎名は丸椅子に腰を下ろした。

糸山は綾香に視線を向けた。

「ええと……クライムさん、今の状況を教えてもらえますか。その……私はいったいどうすればいいのかな」

彼が戸惑っていることは明らかだった。それはそうだろう。糸山は、椎名が事件に関わっていたのではないか、と言っていたのだ。その椎名とともに綾香たちが現れたのだから、驚くのも無理はない。

「午後四時半ごろ、椎名達郎さんを見つけました」綾香は口を開いた。「あきる野市の山林に廃屋があって、椎名さんはそこに現れたんです」

椎名は仕事に行くと見せかけて、実際には部屋にあったメモのとおり、あきる野市に出かけていたのだ。その事実を知って糸山は眉をひそめた。

「おい椎名、おまえ何をしたんだ？　人を殺したのか？　頼むから警察に行って、本当のことを話してくれ」

「待ってください、糸山さん」綾香は言った。「椎名さんは殺人犯ではありません」

「え……。しかし彼はあのメモのとおり、あきる野市に行ったんでしょう？　今までのふたつの事件も、椎名が起こしたんじゃないんですか」

「私たちもそう思っていました。でも、違ったんです。椎名さんから事情を聞いて、そのことがわかりました」

「その話は信じられるんですか？」

「もちろん虚偽である可能性もあります。ですが、信用できる部分が多い話だと、私たちは感じました」

綾香は椎名のほうに目をやった。彼は口を引き結び、険しい表情をしている。

糸山の言うとおり、たったひとりの証言を信じてしまうのは危険だった。誤報が発生しないよう、メディアの人間はどんなときにも情報の裏をとるようにしている。ただ、その証言が信じるに足るものかどうか、これから裏をとって確認する価値があるかどうか、そういったことを判断するのは記者ひとりひとりだ。情報の真偽を見抜く嗅覚について、綾香は新聞記者時代に先輩たちからさまざまな教えを受けた。

綾香は椎名の話を聞いた上で推理を重ね、彼を信じることにしたのだった。

「椎名さんはある人物から脅されて、廃屋に行っていたんです」彼から聞いたことを、綾香は説明していった。「……そういうわけで四年前、運河のそばで転落した一カ月後に、滝本啓子さんは自殺してしまいました。その復讐のために、犯人は白浜唯さん、酒井菜々美さんを殺害したのだと思います。一方、犯人の目には、椎名さんが滝本さんを裏切ったように見えたんでしょう。だから犯人は椎名さんを事件に巻き込んだんです」

そこまで話して、綾香は糸山の反応をうかがった。糸山は警戒するような顔をしながら、口を開いた。

「今の話だと、犯人は椎名の持ち物を現場に置いて、罪をかぶせようとしたということですか？　ずいぶん暇な人間だという気がしますが」

「たしかに、そこだけ見れば、なぜそんなに手間をかけたのか不思議に思えます。でも、犯人が椎名さんを毎回現場に向かわせたことには、もっと大きな理由があるんです」

綾香はポケットからデジタルカメラを取り出した。ボタンを操作して液晶画面に画像を表示させ、糸山のほうに向けた。

そこには銀色のワンボックスカーが写っていた。この建物の外に置いてある、糸山工務店の営業車だ。

「先ほど撮影してきたものです。これは椎名さんが普段乗っている車です」

撮影されているのは車の後部で、ドアが開かれ、荷物を載せるスペースが見えている。そこには木材や丸めたクロス、エアコンの室外機が入りそうなサイズの資材収納ケースや、工具、台車などが積まれている。

「問題はこの資材収納ケースです」綾香は画像を指差した。「椎名さんによると、以前からずっと載せたままで、使うことはほぼなかったということでした。この箱を調べたところ、中は空でしたが、長い髪の毛が何本か残っていました」

糸山はまばたきをした。だが、すぐに言葉の意味を悟ったようだ。

「まさか……その中に、誰か入っていたということですか？」

「警察でＤＮＡ鑑定をしてもらえばわかるはずです。おそらく白浜唯さんか酒井菜々美さんの髪の毛でしょう。あるいは、ふたり分かもしれません」

「そのふたりは……殺人事件の被害者ですよね？」

信じられない、という顔で糸山は綾香を凝視する。

そうです、と綾香は答えた。

「犯人はこのケースに遺体を入れたのだと思います。膝を抱えた恰好で、狭いスペースに押し込んでいたんでしょう。だから、ああいう形で死後硬直することになったんです。……まさか遺体を載せているとは知らずに、椎名さんは車を運転しました。十一月十日は武蔵村山市へ白浜唯さんの遺体を運び、十三日は青梅市へ酒井菜々美さんの遺体を届けたんです。椎名さんはふたつの事件で、遺体の搬送をさせられていたわけです。

十一月になって、今はだいぶ気温が下がっています。それに加えて、椎名さんに煙草を吸う習慣があったのは、犯人にとって好都合だったはずです。多少遺体のにおいがしたとしても、煙草のにおいのせいで椎名さんは気づかなかったでしょうから」

「いや……それにしても変です」糸山は腕組みをした。「あなたの話では、椎名は向こうに着いて空き地に車を停めた。そのあと廃屋に行って遺体を見つけたんですよね？　遺体は車の中にあるはずなのに」

「椎名さん、廃屋にたどり着くまでの様子はどうでした？」

綾香に訊かれて、椎名は当時を思い出す表情になった。唇を舌の先で湿らせたあと、彼は言った。

「電話で道を指示されて、十五分ほど林の中を歩きました。あとで地図を見たら、かなり遠回りをさせられたことがわかって不思議だったんですが……」

「その間に犯人は車から遺体を下ろし、最短ルートで廃屋に運んだんだと思います」

「車の鍵はどうしたんですか？」糸山は椎名のほうを向いた。「おまえ、鍵をかけずに車から離れたのか？」

「いいえ、鍵はかけていましたよ。習慣で、いつも必ずそうしていました」

「じゃあ、犯人はどうやって……」

簡単なことです、と綾香は言った。

「殺人犯はこの会社の人間なんです。だから椎名さんの車のスペアキーを使うことができました。まず殺人犯は白浜さんをここへ呼び出し、おそらく作業場で殺害したんだと思います。そのあと駐車場に停めてある営業車まで遺体を運び、鍵を開けて、収納ケースの中に隠した。その上で椎名さんにメールを送り、十日の午後三時に武蔵村山市へ行くよう指示したんでしょう。仕事中だから椎名さんは当然、電車ではなくいつもの営業車で移動することになります。知らないうちに遺体のデリバリーをやらされていたわけです。

椎名さんが車で現地に到着する前、死体遺棄犯はおそらく電車で移動し、空き地のそばに身を隠していた。だから死体遺棄された場所は二回とも、鉄道の駅から徒歩で行ける範囲内の廃屋だったんだと思います。

あらかじめ廃屋で被害者を殺害すればよかったのではないか、という疑問も出てくるでしょう。しかしあんな山の中の廃屋に来てくれと言っても、白浜さんや酒井さんはやってこなかったはずです。だから、この会社で殺害することになったんです」

建物の外で車の停まる音がした。綾香は腕時計を確認したあと、廊下のほうに目をやった。

「応援が到着したようですね。では結論を……」綾香は表情を引き締めた。「殺人犯はあなたですね？　糸山宗夫さん」

綾香は言葉を切って、相手の表情を観察した。糸山は口を閉ざし、考えを巡らしているようだ。ややあって、彼はこう反論した。

「馬鹿なことを言わないでください。遺体が運ばれていた時間、私は会社にいましたよ。それは社員たちが証明してくれます」

ええ、と綾香はうなずく。

「ですから私は『殺人犯』はあなたですね、と尋ねたんです。この事件には殺人犯と死体遺棄犯という、ふたりの犯人が関わっているはずなんです」

廊下をこちらへ近づいてくる靴音が聞こえた。ドアが開いて、スーツ姿の男たちが現れた。部屋に入ってきたのは、特捜本部の捜査員たちと柴管理官だった。


「何ですか、あなたたちは」咎めるような声で糸山は言った。

「失礼。警視庁の者です」

柴は素早く警察手帳を呈示する。それから久我のほうを向いた。

「特捜本部にたれ込みをしたのはおまえだな、久我」

無表情な顔で柴は問いかける。久我は口元を緩めた。

「ちゃんと柴さんの耳に入ったようですね。死体美術館に被害者の写真が掲載されていること、犯人は椎名という男性を嵌めようとしていることを、俺は伝えてあげたんです」

「死体美術館の件はすでに我々もつかんでいたが、まあそれはいい。……たれ込みに従って我々は、ある人物のことを調べ、身柄を確保してからここに来た。おまえ、警察をうまく利用したつもりか？」

柴は久我を睨んでいる。だが久我はまるで気にしていないようだった。

「その話はまたあとで」久我は咳払いをした。「柴さん、例の人を連れてきてもらえますか？」

不満げな顔をしていたが、柴はうしろを振り返って部下に合図した。それを受けて、廊下からふたりの捜査員が入ってくる。彼らに支えられるようにして姿を見せたのは、五十代半ばと見える男性だった。筋肉質な体に四角い顔。無精ひげを生やしている。ジーンズに茶色いカーディガンというラフな恰好だ。

現れたのは、四年前に自殺した滝本啓子の父・滝本弘二だった。彼は眉間に深い皺を寄せ、鋭い視線を綾香たちのほうに向けてきた。

「滝本弘二さんにはもともと動機がありました」綾香は話を続けた。「娘さんが自殺したきっかけを作ったのは、酒井菜々美さんと白浜唯さんだったからです。……ただ滝本さんは完璧なアリバイを持っていました。最初の事件の被害者・白浜唯さんの死亡推定時刻に、近所の居酒屋でお酒を飲んでいたんです。私たちはそれを知って、滝本さんは殺人犯ではないと判断しました。ですが殺人は無理でも、死体遺棄だけなら可能だったんです。

警察に調べてもらったところ、武蔵村山市の廃屋に遺体が運ばれたと思われる時間帯、滝本さんにはアリバイがありませんでした。彼の家を調べれば、証拠となるようなメモが出てくるはずです。椎名さんの行動を観察した記録なども、残されている可能性があります」

「我々がそういう話をしたら、滝本弘二は自分の罪を認めたよ。この男は一連の事件で、死体遺棄を担当していたんだ。そうだな？」

柴に問いただされ、滝本は一瞬目を逸らした。

「今さら、ごまかしはきかないぞ。おい、はっきり言ってみろ」

いまいましげに滝本は舌打ちをした。

「俺の娘は、あの女たちに殺されたも同然だ。気の弱かった啓子は、奴らにつきまとわれて自殺に追い込まれた。あんな馬鹿どもは、死んで当然なんだよ！」

「滝本、そういう話はあとでゆっくり聞いてやる」宥めるように柴は言った。「だから答えろ。おまえは死体遺棄だけを担当したんだな？」

「……ああ、そうだ」

悔しそうな顔で滝本はうなずいた。それを確認してから、柴は続けた。

「滝本はこんな話をしてくれましたよ。自分は死体遺棄をしたが、殺人はしていない。ふたりの女を殺害したのは糸山工務店の社長だと」

　みなの視線が一カ所に集中した。糸山宗夫は落ち着かない様子で、浅い呼吸を繰り返している。

「どうして私が、人を殺さなくてはいけないんです？」

　彼に問われて、綾香はこう説明した。

「椎名さんの車が利用されたことから、この会社の誰かが彼を嵌めようとしていることは明らかでした。それを前提として椎名さんに質問を重ねるうち、彼は教えてくれたんです。この会社に自分が就職できたのは糸山社長のおかげだと。会社のすぐ近くに借り上げ社宅を用意してくれて、家賃が安かったから椎名さんにとってはメリットが大きかった。仕事の面でも糸山社長には目をかけられ、椎名さんはいろいろと優遇されていた。

　このことから、ひとつの疑いが生じました。糸山さんが椎名さんを優遇しているのは、油断させ、あとで罠にかけるつもりだったからではないか？　近くに住んでもらうようにすれば、糸山さんは椎名さんを監視しやすくなります。普段車で仕事をしている人たちは、営業車で自宅まで帰ってしまうこともあると聞きました。でも椎名さんの場合は、どんなに外出先での仕事が遅くなっても、必ず車で会社に戻ってきます。自宅が会社のそばにあるから、ほかの社員のように直行や直帰をすることはないわけです。

そうであれば、糸山さんはいつでも自由にスペアキーを使って、椎名さんの車に遺体を載せることができます。糸山社長が椎名さんに便宜をはかっていたのは、親切心からではなく、先々の計画のためだった。そう考えれば、いろいろと納得がいくんです。だから私は、糸山さんが殺人犯ではないかと思ったわけです」

「そんな……憶測でものを言われても困る」

糸山は捜査員たちを見たあと、綾香に視線を戻した。虚勢を張っているようだが、唇が震えているのがわかった。

柴管理官が糸山に一歩近づき、顔を覗き込んだ。

「糸山さん、調べさせてもらいましたよ。あなたには糸山仁美という娘さんがいましたね？　彼女はここにいる滝本弘二さんと結婚し、滝本啓子さんが生まれた。仁美さんが亡くなったあと、あなたは孫の啓子さんをとても可愛がっていたんでしょう。だから啓子さんを死なせた酒井菜々美さんと白浜唯さんが許せなかった。それで義理の息子である滝本さんと協力して、今回の事件を起こした。違いますか？」

空咳をしたあと、糸山は低い声で言った。

「待ってくださいよ。椎名を罠に嵌めるのが目的なら、遺体の写真を撮らせるだけでよかったんじゃないですか？　わざわざ遺体を運ばせるなんてリスクが高すぎる。なぜ私がそんなことをしなくちゃならないんです？」

「それについて、私たちはある情報を得ています」綾香は糸山に話しかけた。「糸山さんは先ほど営業車の台数を数えたとき、間違えましたよね。そして、自分は目が悪いと言いました。視力が落ちていたから、廃屋までの長い距離は運転できなかったんじゃありませんか？もうひとり滝本さんがいますが、この人は自動車事故で奥さんを死なせてから、ずっと車を運転していないということでした。運転が怖くなって、その後は免許も更新しなかったというから、遺体の運搬は無理だったんでしょう。もちろん車の運転自体はできたと思いますが、万一無免許で警察の取り締まりにあったりしたら、積んである遺体が見つかってしまうかもしれない。そんな危険なことはさせられなかったんです。

そういうわけで、廃屋まで遺体を運んでくれるドライバーがほしかった。誰かいないかと考えるうち、いいアイデアが出ました。椎名さんに遺体を運ばせれば、糸山さんはアリバイ作りができます。それに椎名さんが遺体を運搬したという事実があれば、彼を陥れることもできる。うまくいけば警察が彼を逮捕してくれるかもしれません。仮に逮捕までいかなかったとしても、孫娘を見捨てた椎名さんを、精神的に苦しめることができます。これはまさに妙案だったわけです。本当によく考えたものだと思いますよ」

突然、糸山は大声を上げた。

「ふざけるな！」

周囲の人間を威嚇し、彼は廊下へ逃げようとした。だがこれだけ捜査員が多い状況で、逃走などできるはずもない。若手の刑事たちに取り押さえられ、糸山は喚いた。

「くそ、椎名！　おまえさえいなければ啓子が死ぬことはなかったんだ。ひ孫を流産させて、啓子を自殺させて……。おまえみたいな男はきつい取調べを受けて、世間から非難されて、一生苦しめばよかったんだ」

ひとしきり喚き続けたあと、糸山は急に脱力したようだった。刑事たちが元どおり、彼をソファに座らせる。糸山は肩を落としてうなだれた。

綾香は椎名の横顔に目をやった。彼は息を詰めて、糸山をじっと見ている。今、椎名の心の中にある感情はいったいどんなものなのだろう。自分を嵌めようとした者への強い怒りか。それとも、すべてを暴露されて絶望する犯罪者への憐れみなのか。

おそらくその両方なのだろう、と綾香は考えた。

柴管理官に促されて、糸山は事件の経緯について語り始めた。

「交通事故で母親が亡くなったとき、孫の啓子はまだ九歳でした。父親の滝本くんだけでは手が足りないから、私や妻も、啓子の面倒を見てやりました。あの子は素直な子に育った。

他人に迷惑をかけるようなことは一度もなかったんです。それなのにあの子は自殺してしまった……」

他殺の疑いありということなら警察も動いてくれただろう。だが目撃者の証言からも、啓子が飛び降り自殺したことは明らかで、事件性は皆無だった。

それでも糸山は納得できなかった。啓子が自殺した理由は何なのか。それが知りたくて、滝本とともに調査を始めた。そのうち啓子の古いメモが見つかって、椎名達郎と交際していたこと、そこに酒井菜々美が割り込んできたことがわかった。

「酒井菜々美は白浜唯や長沢瑠璃を従えて、何度も啓子に会っていたんです」糸山は言った。「九月には気の弱い啓子を木場の運河に呼び出して、椎名と別れるよう迫った。揉み合いになり、逃げようとした啓子は階段から落ちて怪我をしました。そしてお腹の子を流産してしまった。まだ妊娠の初期だったので、椎名には伝えていなかったそうです。もちろん私や滝本くんも聞かされていなかった。……この流産のことだけでもひどいのに、その後、酒井と白浜は何度も啓子のところに押しかけて、プレッシャーをかけたそうです。椎名はもう酒井と交際しているんだと、嘘の情報を伝えて啓子を苦しめました。そういうことが重なって、啓子はマンションから飛び降りてしまったんです」

父親の滝本も相当悲しんだはずだが、それに劣らぬほど糸山もショックを受けたに違いない。犯人の動機という観点から綾香が思い至ったのは、まさにその部分だった。当時聞かされていなかったからこそ、流産のことを知ったときの動揺は大きかったはずだ。啓子は自殺してしまって、もう新しい命が生まれてくることもない。そのことを悲しみ、憤りを感じたのは啓子の父であり、祖父母だったはずだと、綾香は考えたのだった。

「私は警察にそのことを話しました」糸山は床の汚れを見つめていた。「しかし自殺をしたのは啓子自身だし、そのきっかけを作ったからといって、酒井たちを罪に問うことはできません。一度、滝本くんがふたりを訪ねていって、おまえたちには道義的責任があるだろう、と詰め寄ったんです。しかしあの女たちは悪びれることもなかったらしい。そうなんだよな？」

糸山に問われて滝本はうなずいた。唇を噛んだあと、彼は話しだした。

「酒井はこう言ったんだ。一言一句、俺は忘れていない。『たかが男のことで自殺するなんて、あいつ馬鹿じゃん』と。それからこうも言った。『あの子の話し方とか目つきとか、ムカついてたんだよね。だからちょっと意地悪しただけなのに、まじで死んじゃって。普段から暗いし、何考えてんのって感じだった。あの子、ほんとキモいんだよね』と」

滝本は拳を震わせていた。綾香たちは黙ったまま彼をじっと見つめる。

「ふざけるな、と俺は思った」滝本は続けた。「この話は、お義父《とう》さんに報告するのもつらかった。啓子がかわいそうで、かわいそうで……。だから俺は決めたんだよ。酒井菜々美と白浜唯、このふたりは絶対に許さないって」

その後、糸山と滝本は、復讐の計画を練り始めたのだという。自殺の原因を作った酒井と白浜を殺害し、椎名には殺人の罪をかぶせることにしたのだ。

「椎名のことを調べていくと、啓子が自殺したあと、勤めていた建築会社を退職していたことがわかりました。アルバイトで生計を立てていたようでした」

糸山がそう言うと、それまで黙っていた椎名が口を開いた。

「俺は苦しんでいたんです。啓子さんが亡くなったことで大きなショックを受けました。仕事を続ける気力もなくなって、結局、辞めることになったんです」

「そんなことはどうでもいい」糸山は吐き捨てるように言った。「……とにかくこれは椎名を取り込むチャンスでした。私は間に紹介者を挟んで、椎名をうちの会社に入社させました。借り上げ社宅として、会社のすぐそばにアパートも用意してやった。そうして、自分の監視下においたんです。入社から一年たって、最近は椎名もひとりであちこちへ行き、仕事をするようになってきた。そろそろ計画を実行してもいいだろうと判断したんです」

柴はメモ帳のページをめくって質問した。

「殺害と死体遺棄について話してもらおう。ふたりの女性を殺したのは糸山、あんたひとりの犯行ということで間違いないんだな？」

「そうです。まず九日の夜に、白浜を会社に呼び出しました」

「白浜唯は、よくひとりでやってきたな。警戒していなかったのか？」

「『別れさせ屋』というのがあるでしょう。アングラの世界にもそういう稼業の人間がいて、今回ひとり紹介してもらったんです。もちろん、私の本名は明かさずにね。……その男は偶然を装って白浜に近づき、何度か食事やプレゼントをしました。彼はプロだから女を口説くのは得意です。そうやって二カ月ほどつきあったあと、大事な話があるからと言って深夜、白浜を三鷹駅に呼び出した。その夜、実際に三鷹駅で待っていたのは私です。彼のところへ案内すると言って、タクシーで白浜をこの会社に連れてきました。そして作業場で殺したんです」


そのときの状況を想像して、綾香は眉をひそめた。四年前の件で、たしかに白浜唯には非があったかもしれない。しかし、だからといって私刑など許されるはずはない。

「私が白浜を殺しているとき、滝本くんには飲み屋でアリバイを作らせました。そのあと私は遺体を椎名の車に載せ、十日の午後三時、武蔵村山市に行くようメールを送った。その一方で私は、椎名の机から盗んでおいたボールペンを渡して、午後、滝本くんを武蔵村山に行かせました。滝本くんは先に廃屋に入ってボールペンを置いてきた。椎名が空き地に着く三時ごろ、私は会社から椎名に電話をかけ、しばらく歩かせました。その間に滝本くんは遺体を下ろして布袋に詰め、廃屋まで運んでいったんです。遺体は、膝を抱えて座り込む形で死後硬直していました。だから、自分の左腕を遺体の膝の下に差し込み、右腕は遺体の背中に回して、抱きかかえるような恰好で運んだそうです」

おそらく遺体を車から降ろすとき、樹脂注入器の金属部品が落ちてしまったのだろう。それを手がかりに、綾香たちは糸山工務店を見つけ出すことができたのだ。

「滝本さんの体は筋肉質ですよね。女性を抱きかかえて運ぶことも可能だったと……」

「そういうことです。白浜のあと、酒井を殺したときもだいたい同じような手順でした」

「しかし、よく廃屋をいくつも知っていたものだな」横から柴が尋ねた。

「昔、廃墟に興味があって、あちこちへ出かけていたんですよ。そのころの経験が役に立ったというだけの話です」

糸山は椎名に遺体の写真を撮るよう命じていた。椎名はその指示を守り、画像をメールに添付して送信した。そのときのタイトルが「死美人」だ。この画像を、糸山は死体美術館に投稿したのだ。

「いずれ、その投稿写真に警察が気づいたとき、送ったのは椎名だと偽装するつもりでした」糸山は椎名の顔をちらりと見た。「今日こいつの部屋の壁に、死体美術館の写真をたくさん貼っておいたのは私です。椎名が猟奇趣味者に見えるようにしたかったんです。私は社長ですから営業車だけでなく、借り上げ社宅のスペアキーも持っていたんですよ」

それを聞いて、椎名は不快そうな表情を浮かべた。まさか社長が、自分の家に勝手に入っていたとは思わなかったのだろう。

「死体美術館を管理しているのはノーマンという人物だ。おまえがあのサイトの管理人じゃないのか？」

柴が尋ねると、糸山は首を横に振った。

「違います。死体美術館のことはもともと知っていて、今回椎名が猟奇趣味者に見えるよう、あのサイトを利用しただけです。メールで椎名にサイトのアドレスを教え、会員になって内容を確認するよう指示しておきました。それで椎名は死体美術館を何度か見たわけです。そこに犯人の手がかりがあると思っていたんでしょうが、手がかりなんて最初から何もなかったんですよ……」

そこまで話すと、糸山は深いため息をついた。すべて告白して気分が落ち着いたということなのか、彼はもう覚悟を決めたという顔をしている。

だが、それでいいのだろうか、と綾香は思った。

「糸山さん」綾香は言葉を選びながら、彼に話しかけた。「あなたはふたりの女性を殺害して、当初の計画をほぼ完遂させたのかもしれません。でも、それで本当に納得できるんでしょうか」

「啓子はこんなことを望んでいなかった、とでも言いたいんですか？」糸山は軽蔑するような目で綾香を見た。「そんな安っぽい説教、今の私には必要ないですよ。私の目標は、啓子の恨みを晴らすことだけだったんだ」

「そうじゃないんです」綾香は首を左右に振った。「今回あなたがああいうサイトを利用したことを、私は気にしているんです。あのサイトの存在を教えることで、椎名さんを事件に巻き込みやすくなったのは事実だと思いますが……」

「わかったようなことを言わないでくれ」

「いえ、私たちはわかっているつもりです。あのサイトの写真の中に、白いブラウス、青いストライプ模様のスカートを穿いた女性が写っていました」

強い衝撃を受けて腕がねじ曲がってしまった女性だ。綾香は以前、サイトでその写真を見ている。椎名の部屋の壁にも、同じ写真が貼ってあった。

「あれは滝本啓子さんですよね？　たまたま飛び降り自殺の直後、遺体を見つけた人が写真を撮ったんでしょう。こづかい稼ぎのためか、撮影した人物は死体美術館にその写真を売った。糸山さん、あなたはネット検索していてその写真を見つけたんじゃありませんか？　大変なショックを受けたはずですが、あなたはその写真をいったいどうしたか……」

「あの写真は……」

糸山が言いかけるのを制して、綾香は続けた。

「あなたはその写真を、椎名さんを陥れるために利用したんです。大事なお孫さんのあんな姿を、犯行計画のために使った。それを何とも思わなかったんですか？」

「椎名を追い詰めるために必要だったんだ」糸山は険しい表情になった。「あの写真を見せることで、椎名に四年前のことを思い出させたかった。いくら面の皮の厚い椎名でも、遺体の写真を見れば罪の意識に苦しめられるだろうと思ったんだよ」

「あなたは、啓子さんの死の尊厳を傷つけたんです」

「マスコミの人間に言われたくないな。あんたたちこそ、人の尊厳を傷つけているじゃないか。事件の取材だと威張っていても、所詮は興味本位の仕事だろう？　いつも他人の不幸を探し歩いているんだよな」

厳しい言葉だった。ある意味で、糸山の言うことは真実だ。綾香たちは他人の不幸を取材し、ニュースやドキュメンタリー番組を作っている。自分の仕事が終われば、取材対象のことは忘れてしまいがちだ。ネタがないときなどは、何か事件が起こらないかと、無意識のうちに願ってしまうこともある。

「たしかに……私たちはいつも事件を追いかけています」綾香は小さくうなずいた。「でも自分たちが事件を起こすことはないし、報道するときも模倣犯が出ないように注意しています。もしどこかの新聞社やテレビ局がルール違反をしたら、それに反発する動きが出て、その会社は必ず制裁を受けることになります。マスコミの世界というのはそういうものです。

それに対して、最近は個人がインターネットを通じていろいろな情報を発信するようになりました。事件現場に出かけていって、個人で実況中継する人などもいます。その結果、世の中に提供される情報量が大幅に増えて、速報性が高まりました。しかしその一方で、個人が勝手な思い込みで情報を広めてしまうケースが出てきています」

「興味本位という意味では、個人だろうがマスコミだろうが同じことだろう？　ワイドショーなんかを見ればわかる」

「そのワイドショーだって、行きすぎたことがあれば謝罪や訂正を求められます。でも個人が好き勝手に発信している情報は、感情によって暴走しがちですよね。法を無視してしまうこともあります。犯罪を助長することだってあるかもしれません。死体美術館はそういう種類のサイトだと思うんです」

「テレビ局が個人を目のかたきにして、つぶそうっていうのか」

「そうじゃありません。個人メディアであっても、自分を律するルールがなければあっという間に暴走して終わってしまうだろう、ということです。ブログもＳＮＳも動画投稿サイトも、発信する側が今は未成熟なんじゃないでしょうか。中には、一般の人たちを扇動するために発信されているような情報もありますよね」

「表現の自由というものがあるだろう？　死体写真だってそうだ。ああいうものを見たいという人もいるんだろうさ」

「私は見たいとは思いません。椎名さんもそうでした。だから椎名さんは、管理人に連絡をとったんですよ」

眉をひそめて、糸山は椎名のほうを向いた。綾香に促され、椎名はこう説明した。

「今、あのサイトに啓子さんの写真はありません。昨日、削除されました」

「どういうことだ？」

糸山は怪訝そうな顔で椎名を見た。

「あのまま啓子さんの写真が公表されていることには耐えられなかったんです。だから俺は管理人にメールを送りました。金を出すから、あの写真をサイトから削除してもらえないかと。十万円払うということで、ノーマンは承知してくれました」

金で解決を図るというのは、いかにも椎名らしい合理的な考え方だ。だが、彼が啓子の写真を見て心を痛めていたことは間違いない。

「そんなこと……」糸山は眉をひそめたあと、激しい口調で言った。「おまえが、自分の保身のためにやっただけだろう？」

「そう言われても仕方がないと思います。でも教えてください。社長は、啓子さんのあんな姿がさらされていて平気だったんですか？」

糸山は何か言いかけたが、言葉を呑み込んでしまった。目を逸らしたまま、椎名の問いには答えない。

「滝本さんはどうなんです？」

椎名に訊かれて、滝本弘二も戸惑う様子だった。しばらくためらっていたが、やがて「そうだな」とつぶやいて、彼は小さなため息をついた。

「啓子さんの葬儀は、親族だけで行われたんですよね」つぶやくような声で、椎名は言った。「いつの間にか葬儀が終わっていたと、あとで知ったんです。仕方なく、俺はひとりで墓参りに行くようになりました。花を供えて、墓の掃除をして……」

糸山は、はっとした表情になった。思い当たる節があるようだ。

「今さら、そんな話を……」糸山は右手の拳で、自分の膝を叩いた。「なぜあの子が生きているうちに、手を差し伸べてくれなかったんだ。死んでからでは、どうにもならないじゃないか」

糸山の嗚咽《おえつ》が室内に響いた。それを見て、滝本も唇を震わせている。

柴管理官が部下に命じて、糸山と滝本を立ち上がらせた。刑事たちに付き添われ、ふたりは廊下へ出ていった。

室内が静かになると、柴はこちらを向いて尋ねた。

「久我、今回の番組作りでおまえはいくら稼げるんだ？」

「どうでしょうね。額を決めるのは会社ですから」

「こんな仕事、おまえのやるべきことじゃないと思うんだがな」

「そうですか？」久我は澄ました顔で言った。「けっこう充実していますよ。自由に動けるし、今までの経験も活かせる。柴さんみたいな、うるさい上司もいないし」

柴は不機嫌そうな声を出した。

「本来なら、こんな場所で事情聴取なんかしないんだ。それを今回はだな……。まあいい。これで、おまえとは貸し借りなしだぞ」

「了解です」と久我。

咳払いをしてから、柴は椎名のほうを向いた。

「椎名さん、あなたからも話を聞かなくてはなりません。このあと、署まで同行していただけますか？」

「わかりました」そう答えてから、椎名は綾香に向かって深く頭を下げた。「早乙女さん、いろいろとお世話になりました。あなたがいなければ、俺は警察に疑われたままだったと思います」

「後日、あらためてインタビューさせていただけますか？」

「もちろんです」椎名は力強くうなずいた。

柴とともに、椎名は部屋から出ていった。靴音が徐々に遠ざかっていく。

綾香はそばにいる久我の横顔をちらりと見た。この部屋に入ってから、彼は一度もビデオカメラを回さなかった。相手の許可を得ていないし、警察の捜査も入ったから撮影は遠慮していたのだろう。

「さて久我さん。忘れないうちに、ここでの出来事をメモしておきましょうか」

「ああ、その必要はないよ、キャップ」久我は言った。

綾香が不思議に思っていると、彼はポケットから銀色の機械を取り出した。え、と言って綾香はそれを見つめる。

「ＩＣレコーダー？　勝手に録音していたんですか」

「情報をしっかり押さえておかないと、俺のボーナスに関わるからな」

そんなことを口にして、久我はにやりと笑った。

エピローグ

朝方は肌寒かったが、日が出てくると気温が上がってきた。天気予報によれば、今日は一日よく晴れるということだ。

十一月十七日、午前九時五十分。綾香と久我は東大和警察署に到着した。車を降りてロビーに入っていくと、すでにマスコミ各社の人間が大勢集まっていた。奥のほうでは記者たちが副署長を取り囲んで、少しでも情報をとろうとしている。携帯電話で会社に連絡をとったり、タブレットPCで何かを調べたりする者もいる。

「早乙女、お疲れさん」

右手のほうから声が聞こえた。東陽新聞の元先輩、梶浦がこちらにやってくるのが見えた。

「おはようございます。何かいいネタはありました？」

綾香が訊くと、梶浦は口元に笑いを浮かべた。

「あったとしても、おまえには教えないよ」

「そうですよね。私たちはライバル同士ですから。ではまた……」

会釈をして去っていこうとする綾香を、梶浦は引き止めた。

「まあ待てよ。ライバルだといっても、早乙女が後輩であることは変わらない」梶浦は声を低めた。「今の会社を辞める気になったら、いつでも連絡してくれ。悪いようにはしないから」

「たぶん、そういうことはないと思いますよ」

「どうしてだ。最近はテレビ業界も、あまり景気がよくないんだろう？」

「それは新聞業界も同じことでしょう」

綾香が言うと、梶浦は黙り込んでしまった。インターネットが普及してからというもの、テレビや新聞といった従来のメディアには以前のような勢いがない。

梶浦は咳払いをした。

「とにかく連絡を待っているから。今度飯でも食おう」

じゃあ、と言って梶浦は去っていく。そのうしろ姿を見送ったあと、そばにいた久我が綾香のほうを向いた。何か言いたそうな顔をしている。

「大丈夫ですよ」綾香は久我に話しかけた。「私はよその会社に情報を流したりしませんから」

「当然のことだ」久我は深くうなずいた。

まもなく記者発表が始まる時刻だった。会場に向かおうとしているところへ、うしろから声をかけられた。振り返ると、柴管理官がこちらに近づいてくる。向こうから話しかけてきたのは、これが初めてかもしれない。

「早乙女さん、ひとつ確認させてもらいたい」周囲を気にして、柴は声のトーンを落とした。「今回の事件について、クライムチャンネルは放送することを考えているよな？」

「最終的に決定するのは上司ですが、おそらく放送することになると思います」

綾香の返事を聞いて、柴は顔をしかめた。普段、表情の読みにくい彼にしては珍しいことだった。

「この前、糸山宗夫と滝本弘二の身柄を確保したときのことだが、あの内容を詳しく放送するつもりか？」

「細かいことについては、まだ何とも言えません」綾香は正直に答えた。

「取調べに影響する部分もある。放送については配慮願いたい」そう言ったあと、柴は付け加えた。「これはあくまで協力の要請だ。圧力をかけているわけじゃないぞ」

ふん、と久我が鼻を鳴らした。

「柴さん、何をどう報道するかは我々が決めることですよ」

「それはわかっているが……」

反論しようとする柴に向かって、久我はこう続けた。

「しかし、何もかも無分別に放送するわけじゃありません。そうだよな？　キャップ」

急にそう訊かれて、綾香は戸惑った。

「……ええ、まあ、社内で検討したあと、決めることになりますね」

綾香は意外に思っていた。以前の久我からは、とにかく金を稼ぎたいという意気込みばかりが感じられた。そのためには多少の無理も押し通すという勢いがあった。だが、いつの間にか久我は態度を変えたようだ。

電話がかかってきたのだろう、「失礼」と言って久我はポケットを探った。携帯を取り出し、綾香たちから離れていく。

その姿を目で追いながら、綾香は柴に尋ねた。

「もしご存じなら教えてほしいんですが、久我さんはどうして警察を辞めたんですか？」

柴は綾香をちらりと見たあと、目を逸らした。彼の表情は硬く、容易に理由を聞き出すことはできそうにない。やはり駄目か、と思いながらも、綾香はこう言ってみた。

「本人は、組織とうまくいかなかった、と言っていましたよ」

意外だという顔をして、柴はこちらに視線を戻した。

「それは違う。……いや、あいつの中ではそういうことだったのか。まあ、個人の事情と、警察の仕事がうまく嚙み合わなかったという話だな」

ひとり納得した様子だったが、柴はあらたまった調子で続けた。

「早乙女さんはあいつの同僚だ。話しておいたほうがいいかもしれない。……久我の奥さんが亡くなったことは知っているか？」

「えっ」

思わず大きな声を出してしまった。綾香は自分の口を手で押さえたあと、声を低めて言った。

「娘さんがいることは聞きましたけど、奥さんのことは……」

「久我の奥さんは昔、俺の部下だったんだ。気が利くし、仕事もできて、久我なんかにはもったいない女性だった。久我たちが結婚してから、俺の家とは家族ぐるみのつきあいがあってね。だから娘さんのこともよく知っている。可愛い子だよ。その子を残して、奥さんは事故で亡くなってしまった」

「じゃあ、柴さんはひとりで子育てを？」

「いや、親戚に助けてもらいながら娘さんを育てていたんだ。ところがその子が三年前、難しい病気になってしまったらしい。最近は、入院と退院を繰り返しているそうだ。警察に勤めていては娘と過ごす時間が限られてしまう。後悔しないように退職する、と久我は言った。仕事については配慮するから、と俺たちは引き止めたんだが、あいつの意志は固かった」

「じゃあ、組織とうまくいかなかったわけではなくて……」

「自分だけ特別扱いされるのは心苦しいと思ったんだろうな。そういう意味では、休みのとりにくい警察という組織に問題があった、と言えなくもない」

綾香は再び、久我の背中に目を向けた。久我はロビーの隅に立ち、小声で誰かと通話している。

警察は大きな組織だ。娘が病気だというのなら、負担の少ない部署に替えてもらうこともできたのではないか。だが、久我はそれをよしとしなかったのだろう。周りに迷惑をかけるのを嫌ったか、それとも、警察の組織に息苦しさを感じていたということか。

とはいえ、今の契約形態を見ると、彼が金を重視していることは明らかだ。

「娘さんの治療にお金がかかるんでしょうか」綾香は小声で尋ねた。

「詳しいことは俺にも教えてくれなかったが、たぶんそうだろう。警察を辞めたあと、時間が自由になる仕事を探したんだと思う。しかし、そう簡単に条件のいい仕事が見つかるはずはない。いくつか職場を変わって、そのうち誰かの紹介でクライムチャンネルの面接を受けた、という噂を聞いた」

テレビ局の仕事も忙しいのはたしかだが、久我は正社員ではないため、フレックス勤務のような働き方ができる。それに、番組一本分の取材が終われば、何日かまとめて休みをとることも可能だろう。刑事として徹夜の張り込みなどをするのに比べたら、はるかに時間は自由になるはずだ。

「早乙女さん。俺がこんなことを言うのも何だが、あいつのことをよろしく頼むよ」

柴は神妙な顔をしている。綾香はこくりとうなずいた。

「大丈夫です。久我さんはよく働いてくれていますよ」

「あいつ、意固地だから人の言うことを聞かないだろう？」柴は苦笑いを浮かべた。「まったく、面倒見きれないよな」

そうかもしれませんね、と綾香は答えた。

武蔵村山事件、青梅事件について取材を重ね、綾香と久我は午後六時ごろ会社に戻った。

七時から制作二課の打ち合わせが行われた。露木部長と野見山、小森、久我と綾香が打ち合わせスポットに集まり、それぞれ手元の資料を開いた。

「一連の事件について、警察の取調べが続いているようだな」薄い色付きの眼鏡をかけた露木部長が、部下たちを見回しながら言った。「うちの社では、収録した映像の編集作業に入っているが、今後の捜査状況によって、少し内容を変える可能性がある」

「あの……それは、捜査当局に配慮するってことですか？」

表情を曇らせて野見山が尋ねた。彼はもともと押しの強い性格ではないが、報道の仕事にはプライドを持っている人だ。最近は綾香の上司として、責任感も出てきているようだった。

「いや、配慮するとか、そういうことじゃない」露木は答えた。「警察の公表内容は、旬の話題ということになる。それに合わせた宣伝をすれば、視聴者が興味を持って番組を見てくれるだろう。その上で、我々はまだ警察が発表していない事実を交えて、番組を流す。そうすると視聴者の驚きが増すというわけだ。手持ちのネタがたくさんあるからこそ、我々はこういう放送の仕方ができる。これは評判になるぞ。役員たちに評価されれば制作二課も安泰だ」

オールバックの髪を撫でつけながら、露木は満足げな顔をした。現在彼は制作部の部長という立場だが、ゆくゆくは役員を目指しているのだろう。綾香たちの作る『重犯罪取材ファイル』の評判がよければ、出世にもつながることになる。

「小森、そういうわけだから編集をしっかり頼むぞ。臨機応変にな」

「警察の動向を見て内容を変えなくちゃいけないんですよね」小森は渋い顔をしている。「もちろん頑張りますけど、時間がないから綱渡りになりますよ」

「大丈夫だ。小森ならできる」

そう言って、露木は小森の背中をぽんと叩いた。

「部長、基本的な編集方針についてですが……」綾香は口を開いた。「あの事件をどう報じるか、少し悩んでいるんです。今回の取材内容を番組にすれば、大変な反響があると思います。ただ、それでいいんだろうかという疑問も感じているんです」

「どういうことだ？」と露木。

「テレビ局としては糸山や滝本の主張を、事実としてそのまま報道すべきかもしれません。でもそれを流してしまったら、犯罪者である糸山や滝本を擁護することにならないでしょうか。……逆に糸山たちを批判するようなタッチで番組を作ったとすれば、彼らをバッシングする意見がネットに溢れると思うんです。そういうふうに一般市民を誘導するような番組の編集は、はたして正しいことなのかどうか……」

先日糸山の話を聞いて、強く感じたことだった。メディアは事実を報道するのが仕事だが、語り方によって印象が大きく変わってしまう。綾香たちのさじ加減ひとつで、犯人に同情したくなるような番組にもできるし、犯人を批判し、憎みたくなるような番組にもできる。

「その判断をどうすべきか、迷っているということ？」

野見山が怪訝そうな顔で尋ねてきた。はい、と綾香はうなずく。

「今の時点では、どちら寄りにも作れますよね。ニュースなら淡々と事実を伝えるだけでしょうけど、ドキュメンタリー番組にはナレーションもBGMも入りますから、かなり作り手の意思が反映します。編集イコール演出といってもいいんじゃないかと思えてきたんです」

「そこは誰もが悩むところだろうな」

背後から声が聞こえたので、綾香は驚いて振り返った。外国製のスーツを身に着け、颯爽《さっそう》と近づいてくる人がいた。親会社・スピードゲートの保志憲一郎社長だ。

「お疲れさまです、保志社長」

慌てた様子で露木は立ち上がる。綾香たちも椅子から立った。

「ああ、いいから。みんな座って」

そう言ったあと、保志はテーブルの横に立ったまま綾香に話しかけてきた。

「早乙女くんはとても良心的な制作者だよ。自分の作る番組がどう受け止められるか、しっかり考えながら作っているわけだろう？　その場しのぎでまとめてしまう人間が多い中、君の態度は立派だ」

「……ありがとうございます」戸惑いながら綾香は頭を下げる。

「だがね、考え続けても、その問いの答えは出ないよ」

「はい？」

「たとえばドラマでも映画でもいいが、作り手がこういうことを伝えたいと思っていても、受ける側が百人いれば百通りの感想が出てくる。ある映画がどれほど評判がよくても、こんなものは駄目だと貶《けな》す人間は必ずいるだろう？　こちらの意図がすべて伝わらなくても、それは仕方のないことなんだよ。ただ、作り手は常に誠実でなくてはならない、と私は思う。そこだけは気にしてほしいところだな」

保志は特別立派なことを言ったわけではないのかもしれない。だが綾香には、彼の言葉が深い意味を持つものとして感じられた。

新聞社にせよテレビ局にせよ、今までのような仕事を続けていたのでは先細りになっていくに違いない。そういう状況の中で、自分たちはどんなふうに事実を伝えていけばいいのだろう。これから進むべき道を、じっくり考えなければならない時期にきているのではないか、という気がする。

「ところで……」思い出したという顔で、保志は言った。「今回の事件で死体美術館というサイトが使われたそうだな。早乙女くん、あのサイトは気にならないか？」

「そうなんです。個人的にとても気になっていました。ノーマンという人物が管理しているんですが、正体はわかっていません。趣味でやっているサイトだとは思うんですが……」

「ひょっとすると、趣味では済まないかもしれないぞ」

「え？」

綾香はまばたきをした。保志は真顔になっていた。

「あのサイトが犯罪を助長するとか、そういう単純な話じゃなくてね。私が恐れているのは、すでに起きている事件の写真が、あそこに載っているんじゃないかということだ。事実、滝本啓子さんが自殺したときの写真が、死体美術館に掲載されていたんだろう？」

「ええ、そうです」

「たとえば、だ。殺人事件の被害者が撮影され、あそこに掲載されているかもしれない」

保志を見つめて、綾香は眉をひそめた。

「殺人犯が写真を売っているということですか？」

「いや、さすがにそれはないと思う。しかしあのサイトの写真が、過去に起きた事件の手がかりになる、ということはあるかもしれない」

「たしかに、かなりの枚数が掲載されていましたから、そういう可能性も……」

「どうだ早乙女くん。いつか手があいたら、あのサイトを調べてみないか？　すでに警察も調べているだろうが、うちでも取材したら、いい番組になると思うが」

遺体の写真ばかりを集めたサイトだ。保志の言うように、犯罪絡みのものが交じっていても不思議ではない。

「そうですね。あのサイトの秘密を探れば、ドキュメンタリーとして見応えのあるものになりそうです。それに、まだ明らかになっていない殺人事件の犯人が見つかる、という可能性もあります」

「取材プランについて少し考えておいてくれないか。楽しみにしているよ」

保志はさっと右手を挙げ、さっと下ろした。じゃあ、と言って、彼は総務部のほうへ去っていった。

そのうしろ姿を見ながら、久我がぼそりと言った。

「あらためて思ったんですが、保志さんって変わった人ですね。……まあ、だからこそ俺みたいな人間を雇ってくれたんでしょうけど」

おや、と綾香は思った。久我の口から、そういう殊勝な言葉が出てくるとは意外だ。

久我は手元の資料を閉じてから、露木のほうを向いた。

「早乙女キャップに聞いてもらえばわかりますが、今回、俺はかなり貢献したつもりです。事件の解決にも、番組作りにもね。そういうわけですから部長、手当もボーナスも、弾んでもらえますよね？」

「ああ、初めてにしては、よくやってくれたと思う。次の仕事もよろしく頼むぞ」

そこへ小森が口を挟んできた。

「そうだ久我さん、忘れてました。建築・建設会社を洗い出すのに、僕はアルバイトを五人使ったんですよ。その費用の請求書は久我さんに回しておきますから」

「えっ？」途端に久我の顔色が変わった。「露木部長、まさか俺に払えとは言わないですよね。どう考えてもあれは経費でしょう？」

「まずは報告書を出してもらおう」露木は言った。「精査してから結論を出すことにする。もし無駄な出費だとわかれば、経費として認められない場合もある」

「そりゃないでしょう。五人も雇ったのは小森くんです。彼にも責任があるはずだ」

「ちょっと久我さん、ひどいじゃないですか。なんで僕の責任になるんですか」

小森は唇を尖らせている。一方、久我のほうは顔をしかめている。

「それは久我さんが悪いな、うん」横から野見山が口を出す。

やれやれ、と思いながら綾香はタブレットPCを引き寄せた。お気に入りに登録してあるサイトの中から、ひとつを選択する。

黒い背景の中に《死体美術館》という白い文字が浮かび上がった。

綾香はページを切り換えていく。椎名の言ったとおり、滝本啓子の画像は消えていた。だがそれ以外のページを見ると、今日も画像が増殖し続けていることがわかる。管理人のノーマンというのは、いったいどんな人物なのか。その人物は犯罪者やアンダーグラウンドの組織とも関係があるのだろうか。

「早乙女キャップ」

声をかけられて、綾香はタブレットPCから顔を上げた。資料を手にして久我がそばに立っている。彼は咳払いをしてから、声を低めて言った。

「仕事も一段落したことだし、どうだろう。軽く飲んでいかないか」

久我から誘われたのは初めてだった。珍しいこともあるものだ。

「そうですね。取材もだいたい片づいたことだし」綾香はうなずく。「わかりました。じゃあ、ご馳走になりましょうか」

え、と声を上げて久我は首を振った。

「いや、それはちょっと勘弁してもらえないか。俺もいろいろ大変なんだ」

「冗談ですよ。割り勘にしましょう。お互い、相手に遠慮しなくても済むようにね」

これから久我とうまくやっていけるかどうかは、自分次第なのかもしれない、と綾香は思った。久我には久我の、綾香には綾香の得意なことがある。それをどう組み合わせるのか、考えていくのはリーダーの仕事だ。

「さあ、行きましょう」

久我にそう声をかけ、リュックを手にして綾香は立ち上がった。

本書はフィクションであり、登場する地名、人名、団体名などはすべて架空のもので、現実のものとは一切関係ありません。

この作品は書き下ろしです。原稿枚数562枚（400字詰め）。

沈黙《ちんもく》する女《おんな》たち

麻見和史《あさみかずし》

平成29年10月10日　初版発行

発行人——石原正康
編集人——袖山満一子
発行所——株式会社幻冬舎
〒151-0051東京都渋谷区千駄ヶ谷4-9-7
電話　03(5411)6222(営業)
03(5411)6211(編集)
振替00120-8-767643
印刷・製本—株式会社　光邦
装丁者——高橋雅之

幻冬舎文庫

ISBN978-4-344-42649-8　C0193　あ-52-2